La noche se me fue
de las manos

Max Ehrsam

La noche se me fue de las manos

Penguin
Random House
Grupo Editorial

La noche se me fue de las manos

Primera edición: junio, 2019
Primera reimpresión: junio, 2021
Segunda reimpresión: junio, 2022

D. R. © 2019, Max Ehrsam

D. R. © 2022, derechos de edición mundiales en lengua castellana:
Penguin Random House Grupo Editorial, S. A. de C. V.
Blvd. Miguel de Cervantes Saavedra núm. 301, 1er piso,
colonia Granada, alcaldía Miguel Hidalgo, C. P. 11520,
Ciudad de México

penguinlibros.com

ISBN: 978-607-318-070-2

Impreso en México – *Printed in Mexico*

Para Carmen Ehrsam, mi madre, que me leía Óscar Wilde por las noches sin tener conciencia alguna de los riesgos.

A Kyle Szary, mi esposo, para que termine de aprender español y para convencerlo de que le haga espacio a mi escritorio.

Andersonville, leí en alguna parte, es un barrio sueco, pero fuera de algunas panaderías que se anuncian como tales, no me parece ni más ni menos sueco que el resto de Chicago. Si las pocas personas que caminan por la calle tienen pinta de suecas —si son rubias como la cerveza clara y tienen la nariz de cochinito— es difícil saberlo, porque todas van abrigadas con gorros y bufandas de lana que casi les tapan la cara por completo. Llevan también abrigos y chamarras que les deforman el cuerpo. Hace un frío polar.

Camino sin rumbo específico. Sobre la calle Clark, la avenida principal, hay establecimientos de ropa usada y muebles de segunda mano. En una tienda encuentro una playera de los años ochenta, tal vez incluso de la década anterior. Es casi toda blanca, con excepción de un toque optimista: franjas horizontales a la altura del pecho que circundan la prenda con los colores del arcoíris. Decido comprarla sin probármela y pago por ella lo mismo que habría pagado por una playera nueva en una tienda cara.

Salgo otra vez a la calle. En la esquina de enfrente está el Starbucks en el que quedé de encontrarme al mediodía con mi amigo Fadi, que esta mañana tiene una clase en la universidad. Entro, me siento junto a la ventana que da a Clark y miro el reloj. Son apenas las once y media. Lamento no haber traído mi libro: una novela contemporánea sobre vaqueros adolescentes que, sin proponérselo, me provoca erecciones a cada rato. Miro a la gente que ocupa las otras mesas: estudiantes la mayoría. Algunos leen libros universitarios de temas áridos, otros escriben en sus computadoras. Descubro, al fondo del café, junto a la puerta de atrás, a una pareja que discute furiosa en voz baja. De vez en cuando se les escapa una sílaba resonante y alguien cerca de ellos se vuelve furtivamente para observarlos. Ella es más o menos bonita, de un tipo de belleza que es genérica en este país. Se ha de llamar Jennifer: facciones delicadas, casi sin maquillaje; pelo castaño claro, recortado a la altura de los hombros. No está peinada con mucho esmero: quizá Jennifer haya perdido ya la ilusión de gustarle al hombre que tiene enfrente. De él —Brad, tal vez— solo puedo ver la parte de atrás de la cabeza y dos centímetros de nuca que quedan al descubierto de un abrigo de lana pesado. Es posible que no se haya quitado el abrigo para evitar que la conversación se alargue; para escaparse, a la primera oportunidad, por la puerta de atrás.

Jennifer levanta un dedo acusatorio y con la cabeza le dice que no; para nada, estás muy equivocado, al tiempo que fuerza una risa sarcástica. Brad alza ambas manos y las extiende con las palmas hacia arriba, tal vez para explicarle algo o para implorar ecuanimidad. Le murmura unas palabras, consciente de que hay gente alrededor que los escucha. Jennifer, exasperada, da un manotazo contra la mesa; un manotazo que da por terminada la conversación y que hace que varias personas del café que no se habían percatado del pleito se vuelvan a verlos. Se pone de pie, recoge su bolsa y abrigo, y sale por la puerta de atrás.

Brad la observa partir sin intentar detenerla; la mira marcharse por la calle y se queda fijo en esa posición dos, tres, cuatro minutos, tal vez con la esperanza de que vuelva, como hacen los perros día tras día cuando el amo los deja solos en casa. Al final, el hombre acepta la derrota: baja la cabeza y se tapa la cara con las manos; los codos sobre la mesa. Después de un rato se pone de pie y sale por la misma puerta que Jennifer, pero en dirección opuesta.

Los clientes del Starbucks vuelven a sus libros de texto, sus computadoras, sus conversaciones templadas. Me quedo sin nada que hacer, más que esperar a Fadi. Observo por la ventana a la poca gente que está en la calle: bultos de ropa que intentan caminar con prisa sobre las aceras cubiertas de hielo. A mi lado, del otro lado de la ventana, pasa un hombre que me llama la atención porque no lleva gorro de invierno y porque, sin detener el paso, vuelve la cabeza para verme la cara. Entra al Starbucks por la puerta principal, que está a tres metros de mí. Una vez que ha entrado, me mira otra vez. Le sostengo la mirada, no tanto por curiosidad o valentía, sino porque —desprevenido— no sé qué hacer con los ojos. Entonces me sonríe: una sonrisa de calendario, de anfitrión de programa de concursos. Su sonrisa es ensayada, pero efectiva: me ha persuadido. Le sonrío también. Abro la boca para decir hola, pero no digo nada.

Lo veo caminar hacia el mostrador y hablar con la cajera. Lleva botas de invierno, *jeans* y una chamarra de edredón negra. Es perfectamente rubio; tanto, que a la distancia es difícil saber dónde termina su nuca blanca y dónde empieza su pelo, cortado a la usanza de los militares. Tiene las orejas coloradas por el frío.

Mientras habla con la cajera, ambos ríen un poco. Debe de ser un cliente cotidiano, porque se comunican como si fueran grandes amigos. La cajera tuerce los ojos y señala algo en el mostrador de pan dulce. El rubio se ríe con más ganas y la señala a ella. La cajera vuelve a girar los ojos y se tienta la cadera con ambas manos en busca de una gordura imaginaria. Así pasan un rato, hasta que la empleada a cargo de preparar el café le trae al rubio su bebida en un vaso de cartón. El rubio paga, recibe el cambio con una mano y al instante lo deja caer en la cubeta de las propinas. Luego saca otro billete del bolsillo delantero de su pantalón y lo agrega a la cubeta. La cajera le dice, con voz muy entusiasta, gracias, nos vemos mañana; el rubio, creo, le guiña un ojo. En todo este tiempo no ha vuelto a mirarme. Camina hacia la salida de atrás, abre la puerta y gira la cabeza en el último momento. Sabe que lo he estado observando. Me dedica otra sonrisa antes de irse.

Siento que acabo de ver un comercial de pasta de dientes.

Me levanto a comprar un té. La cajera me atiende con cortesía profesional, pero sin alharaca. Regreso a mi mesa junto a la ventana que da a la calle Clark y pongo el saquito de té en el agua a punto de hervor. A la vez que el té se hunde en la taza, se forma en el agua una nube color arándano que poco a poco crece y se apropia del líquido caliente hasta teñirlo por completo. El té se llama Pasión. Absorto, contemplo el proceso sin importarme que el té se enfríe. Fadi llega unos minutos más tarde.

Al día siguiente, le pido a Fadi que me lleve a conocer la escultura abstracta de Picasso que el artista le regaló a Chicago en 1965, cuando la tradición de la ciudad era la de solo exhibir monumentos en honor a personajes y eventos históricos.

En el metro, Fadi va sombrío. Sigue molesto por causa de la conversación que tuvimos anoche.

Nos bajamos en la estación Washington y caminamos la cuadra y media hasta Daley Plaza, donde está la escultura sin título. El viento nos impide caminar a buen paso. Llevo calzones largos, pero esta precaución resulta casi nimia, porque el aire helado se cuela por la parte inferior de mis pantalones.

La escultura es gigantesca; de unos quince o veinte metros de altura. El diseño es intricado.

—¿Es un caballo? —le pregunto a Fadi.

—No, es una mujer.

Observo la escultura otro rato. A pesar de mis buenas intenciones, no me produce emoción alguna. Tras un minuto, Fadi agrega, como si el dato pudiera ayudarme a encontrarle forma al monumento:

—La mujer que posó era francesa.

Me esfuerzo inútilmente por pensar en algo astuto que decir. Me salva el hecho de que Fadi tiene los labios morados.

—¿Tienes frío? ¿Quieres irte?

Fadi asiente, se da la vuelta y se encamina hacia la estación de metro sin decir palabra.

Me lleva a cenar con sus amigos: un grupo de artistas de talento más o menos reconocido. En el coche, camino al restaurante, me describe los logros del grupo. Uno de ellos está por publicar un libro de poemas sobre su infancia turbulenta en Beirut. Otro, pareja del poeta, es contratenor en un coro de cámara. Por último, Layla, que es amiga de la familia de Fadi desde que Fadi era niño, hace teatro *performance*.

Entramos al restaurante. Los amigos de Fadi ya nos esperan sentados a la mesa. Me presenta con cada uno. Haas, el poeta, tiene los ojos verdes, el pelo negrísimo, las cejas pobladas, pestañas de más. Su barba de cinco días procura ocultar una cicatriz curva que empieza abajo de los labios y termina cerca de la oreja. Me estrecha la mano, pero no dice nada. Apenas sonríe. Es guapo, con un dejo de terrorista. En cambio, Arturo, su pareja, es la felicidad encarnada. Todo le entusiasma: mi suéter, el nuevo corte de pelo de Fadi, el mesero que nos atiende. Es hijo de inmigrantes nicaragüenses, me dice, pero casi no habla español. Mide de estatura lo que un parquímetro. Como sucede con frecuencia cuando conozco a una pareja gay, al instante me los imagino cogiendo: Haas en proceso de penetrarlo, lenta pero resueltamente; Arturo con la mandíbula apretada por un dolor que promete cosas muy buenas.

Aunque tiene rasgos varoniles —la nariz aguileña, la mandíbula cuadrada—, Layla es una mujer hermosa. No es difícil imaginarla sobre un escenario: me da la sensación de que lo lleva consigo a todas partes. Cuando habla, todos callan con deferencia. Tiene el pelo negro, largo, con canas intermitentes, prematuras, y ningún otro adorno. A cada rato se le escapa un mechón de atrás de una oreja y ella lo captura teatralmente con el dedo cordial y vuelve a colocarlo en su sitio. La imagino representando el papel de Hera —celosa, furibunda— en alguna tragedia griega.

Durante toda la cena, Layla se encarga de moderar la conversación: "Arturo, cuéntales a los recién llegados acerca de tu *soufflé* fallido", dice. Luego: "Fadi, dinos cuándo vas a acabar esa maldita tesis". Haas escucha las historias, pero casi no participa en la conversación. De vez en cuando, Layla le hace alguna pregunta y Haas responde con un monosílabo.

—Amor, ¿leíste la convocatoria del seminario de poesía que te envié? ¿No es perfecto?

—Sí.

Cuando llega el postre, Layla se inclina un poco por encima de la mesa, extiende el brazo y pone su mano sobre la mía.

—Ahora sí, querido, háblanos de ti. ¿De dónde es ese acento tan magnífico?

Les digo de dónde vengo y cuántos años llevo en Estados Unidos. Después de eso, no sé qué más decirles, tal vez por miedo a decepcionar a Layla, que me tiene fascinado. Quién sabe qué les habrá contado Fadi sobre mí, sobre nuestra amistad.

Arturo, entonces, comienza a hacerme una serie de preguntas acerca de mi familia, mis opiniones políticas, la ciudad de San Francisco, la editorial en la que trabajo, la comida mexicana. No he acabado de responder una pregunta, cuando Arturo ya ha formulado la siguiente. No sé si es interés legítimo o un aspecto compulsivo de su carácter de perrito faldero. Después de un rato, Layla le pide con tono adusto, pero maternal, que deje de interrogarme.

Acabamos de cenar y Layla se despide del grupo. Me da dos besos —uno en cada mejilla— y me suplica que vuelva a Chicago durante la primavera o el otoño, cuando el clima es más benévolo.

—Me encantaría que en tu próximo viaje fueras a ver mi espectáculo. Me interesa tu opinión.

Halagado, le digo que a mí también me encantaría, que haré planes para venir en la primavera. Nos damos un abrazo. Me quedo con ganas de abrazarla otro rato, más apretado.

Fadi, Haas, Arturo y yo pasamos unas horas juntos en casa de Fadi. Luego, a eso de las once, nos vamos en el cochecito de Fadi a Boystown, el barrio gay. Las calles están despobladas, pero puede verse que los bares, restaurantes y cafés tienen clientes en abundancia. Los vidrios de los locales están ligeramente empañados.

Encontramos un buen sitio para estacionarnos. Arturo, Haas y Fadi se quitan los gorros, abrigos, suéteres, bufandas, guantes. Fadi me explica que es mejor entrar al antro sin prendas de más, para ahorrarnos la cola en el guardarropa. Sigo el ejemplo de los otros y me quedo en *jeans*, tenis y la playera del arcoíris que compré ayer en la tienda de segunda mano. Arturo ve mi playera y expresa su entusiasmo con un gritito. Luego saca un paquete de mentas del bolsillo delantero de su pantalón. Lo abre, toma cuatro pastillas que se distinguen de las otras por su tamaño reducido y su color azul, y nos entrega una pastilla a cada uno. La pastilla tiene un trébol de cuatro hojas grabado en la superficie.

—Nos vemos del otro lado —dice Arturo, con la cara de un niño que acaba de robarse una galleta.

Me meto la pastilla a la boca y me la trago con pura saliva, con un poco de esfuerzo. Nos bajamos del coche y caminamos a paso veloz las dos cuadras que nos separan del centro nocturno; las manos en los bolsillos de los *jeans*.

Media hora más tarde, ya adentro, mientras observo a la miríada de hombres que bailan, sin camiseta, en la pista, siento el primer efecto: una caricia interna que se extiende de la boca del estómago hasta la mollera y deja en su rastro una sensación de omnipotencia bonachona. Al instante, se corrigen los errores de este mundo. Bebo agua de una botella que Fadi me compró cuando llegamos y el agua me sabe a oxígeno. Las luces de colores intermitentes pierden su apariencia aleatoria y adquieren una forma rigurosa, como de soneto barroco. No alucino: esclarezco mi entorno; arranco de las cosas su séptimo velo. Todo es nítido, resplandeciente. Lo más sublime del mundo, sin embargo, es el mar de piel que se agita ante mí al ritmo de la música electrónica, tribal: una selección de hombres que esta noche vino a bailar para complacerme. Pienso: "A huevo".

Me meto a la pista de baile para verlos más de cerca, uno por uno. Los hay altos y bajos; negros, blancos y de matices intermedios: todos inmejorables en su tipo. Algunos me sonríen, otros se mueven con los ojos cerrados. Bailo a momentos. Me imagino al centro de una hoguera en una tribu mítica, rodeado de caníbales cachondos. Alguien me toca el hombro: un negro de musculatura esculpida. Me da un jaloncito de playera y dice con los labios, sin emitir sonido, *"take it off"*. Obedezco. Me meto la playera en el bolsillo posterior de los *jeans*. El negro me pone una mano en el pecho y ahí la deja unos segundos, como si quisiera calcular mi ritmo cardiaco. Luego me pasa un brazo por la espalda, me acerca hacia él y comienza a mover la cadera. Así bailamos un rato. Así bailo con varios.

Una o dos horas más tarde, quién sabe, dejo la pista de baile y voy al bar a comprar agua. Pido cuatro botellas; me tomo la mía a grandes tragos. Camino alrededor de la pista en busca de Fadi, Haas y Arturo. Me muevo con lentitud, con ganas de no perderme un detalle, un músculo, un gesto facial. Encuentro, en un recoveco, una sala oscura en la que los hombres conversan, descansan o de plano se magrean con ruidos zoológicos. Reclinado en un sofá descubro a Haas, sin camisa. Tiene, previsiblemente, el torso cubierto de pelo crespo. También tiene un hombre a cada lado: uno de ellos lo besa en la boca, el otro le soba el abdomen. De pie, junto a ellos, Arturo observa la escena con la boca entreabierta. No alcanzo a leer la expresión en su cara. No quiero averiguar qué es lo que está por suceder: gritos, jalones de pelo, rasguños. Apenas decido darme la vuelta, Arturo levanta la vista y me encuentra ahí, anonadado, con tres botellas de agua en las manos. Me sonríe y agita ambos brazos, como si acabara de dar con el cofre del tesoro. Luego señala con el pulgar a Haas y su pequeño harén y abre los ojos muy grandes, como para decir, míralo tú, qué bárbaro. Me acerco, le entrego su botella de agua y la de su pareja, que está concentrado en los besos y las caricias y nunca se entera de mi presencia, y me voy a buscar a Fadi.

Lo encuentro solo, sentado en una tarima. Me ve venir y me sonríe sin ganas.

—¿Estás bien?

Al instante me arrepiento de haber abierto ese grifo. Fadi quiere discutir algo que me dijo hace un par de noches. Lo miro mientras habla, pero evito escuchar lo que me dice: ya conozco la propuesta; hace dos noches la rechacé. Fadi tiene muchas cualidades, pero la suma de ellas no me despierta sentimientos románticos. Siento lástima por él. En el tiempo que llevo de conocerlo ha demostrado siempre una gran lealtad, a pesar de que hemos sido amigos sobre todo a distancia; amigos telefónicos y por cartas certificadas. Ojalá pudiera corresponder a su lealtad; hacerlo defenestrar de una vez por todas sus expectativas de una relación amorosa entre nosotros. Siento lástima, pero también, debo admitirlo, un poco de frustración. Su discurso de esta noche es de lo más inoportuno. La pastilla del trébol que me tomé hace unas horas quiere llevarme en otras direcciones: a cualquier parte, lejos de aquí. En la pista de baile, por ejemplo, la danza lasciva me invita a gritos.

—Fadi, lo siento mucho, pero no puedo.

Le entrego su botella de agua. Fadi la acepta con cara de crucificado, lo cual me enerva aún más. Le toco la cabeza a manera de despedida y me alejo de él rápidamente.

Del otro lado del antro, separado de Fadi por la pista de baile, me apoyo contra la pared para ver pasar el río de hombres que fluye por el pasillo en ambas direcciones. Me concentro en áreas específicas de los cuerpos, como si estuviera en una carnicería: los bíceps, los hombros, los pectorales, el ombligo. Los hay de pierna, de lomo, de lengua, de pancita; llévese sus tacos. Quisiera tocarlos a todos; degustarlos.

De pronto, lo veo pasar frente a mí y, sin siquiera pensarlo, lo capturo con un apretón de brazo.

—¡Starbucks! —es lo único que se me ocurre decir.

El rubio me mira confundido, pero no intenta soltarse. No parece reconocerme. Al instante empiezo a dudar que sea él. Hay muchos rubios guapos en el mundo; el común denominador los hace indistinguibles. Cuando llegué a vivir a este país, tampoco podía diferenciar a un chino de otro. Todavía.

—Perdón —le digo. Lo suelto del brazo—. Te confundí con alguien más.

No cambia el gesto de la cara, pero levanta una mano y contrae dos dedos repetidas veces para pedirme que me explaye.

—Hace dos días vi a alguien en un Starbucks —le aclaro—. Pensé que eras tú.

Se queda inmóvil unos segundos. Me mira con escepticismo. De pronto, le cambia la expresión y me dice:

—El Starbucks de Andersonville. Estabas sentado junto a la ventana. Llevabas un suéter blanco con rayas negras.

Nos damos un abrazo efusivo, como si fuéramos compadritos de antaño y no completos desconocidos. Nos quedamos frente a frente y conversamos un poco. Para no gritar, nos hablamos al oído. El rubio tiene la barba ligeramente crecida; la siento rozar mi piel cada vez que me acerco a hablarle. Huele a alguna hierba terrosa que no alcanzo a identificar, quizá tomillo. Trae puesta una camiseta gris térmica que no aspira a moda alguna. Por su aspecto desgarbado, recio, me da la impresión de que viene de cortar leña en el bosque. Se llama Nathaniel; sus amigos le dicen "Nate".

Nos hacemos algunas preguntas básicas. Cuando le explico de dónde es mi acento, Nate me responde en un idioma que pretende ser español. No entiendo palabra alguna de lo que dice. Sin embargo, decido alentarlo:

—Qué bien lo hablas. ¿Dónde aprendiste?

A manera de respuesta, me pone una mano en la verga.

Nos besamos y manoseamos un buen rato, sin tomar en cuenta que estamos a medio pasillo, estorbando el paso. De vez en cuando uno de los dos se separa un instante para salir a la superficie del océano de nuestro faje, pero a los pocos segundos vuelve a sumergirse. Cada reencuentro en el fondo es más y más vigoroso. De pronto, abro los ojos y descubro a Fadi, Haas y Arturo frente a mí.

Les presento a Nate. Fadi y Arturo le dicen qué tal, gusto en conocerte. Haas ha recuperado la camisa y el carácter adusto: no dice nada. Arturo da un paso atrás, mira a Nate y luego me mira a mí, luego otra vez a Nate y otra vez a mí. Finalmente mira a Fadi, quien procura ocultar algún sentimiento desagradable: celos, decepción, disgusto. Sin verme a la cara, me anuncia que todos están listos para irse.

—Tú te quedas conmigo esta noche, ¿no es cierto? —me pregunta Nate enfrente de todos.

Lo pienso unos segundos.

—¿Te importa? —le pregunto a Fadi.

—No, haz lo que quieras. Nos vemos mañana.

Afuera del antro, Nate pide un taxi. Dejé mi abrigo en el coche de Fadi y solo llevo puesta la playera del arcoíris, pero el efecto residual de la pastilla me hace inmune al frío de Chicago. El taxista lleva una ventana entreabierta. Aun así, me suda la frente.

Nate pone la mano izquierda sobre mi muslo; con la otra señala sitios en la calle de interés general o particular: "Esa torre fue, durante mucho tiempo, las más alta del mundo", me explica. Más adelante: "Ahí venden unas sopas deliciosas".

Cuando llegamos a su casa, me ofrezco a pagarle al taxista, pero Nate rechaza mi oferta. Saca dos billetes del bolsillo delantero del pantalón, se los entrega al chofer y se sale del taxi sin esperar el cambio.

Entramos a su casa, me pregunta si quiero algo de beber y, antes de que le responda, ya lo tengo otra vez prendido de mí. Nos besamos de nuevo. Sin separarnos, caminamos a tropezones hasta su recámara. Nate se desnuda al instante y comienza a moverse por el cuarto: quita la colcha de la cama, dobla en dos la sábana de arriba, golpea las almohadas para darles forma, saca condones del buró. Está claro que tiene un ritual practicado para situaciones como esta.

Mientras prepara el escenario, observo su cuerpo. Tiene el pecho y los brazos musculosos, pero no tan grandes o marcados que denoten una vanidad excesiva. Tiene, incluso, medio centímetro de panza, lo cual acentúa su masculinidad. Cada uno de sus muslos es un toro de lidia, un toro albino; su verga, más grande que la mía. Lo que más me entusiasma son sus nalgas duras y redondas, del color refrescante de la leche.

Nate se me acerca y comienza a desnudarme. Me baja los *jeans* y los calzones de un tirón a la vez que se pone de rodillas. Mi erección le pega en la

23

cara. Nate se la pone en la boca sin más preámbulos y me da una mamada de antología. Pongo mis manos sobre su cabeza para acompañar el movimiento. A los pocos minutos siento que estoy por venirme, así que interrumpo la acción: no quiero que acabe todavía. Lo levanto de las axilas y lo empujo hacia la cama. Me echo encima de él. Lo beso. Mi verga se restriega contra la suya. Paso una mano por abajo de su nalga derecha y le rozo el culo con un dedo. Nate gime. Dice: "Cógeme". Me levanto, me pongo un condón, lo tomo de los tobillos y jalo su cuerpo hasta que los glúteos quedan al borde de la cama, a la altura de mi verga enhiesta. Miro la suave carnosidad de sus nalgas y pienso que no hay paisaje más glorioso en el mundo. En esa posición me lo cojo un rato hasta que Nate se viene con gemidos estentóreos. Luego me lo cojo bocabajo, con mi pecho adherido a su espalda. Al instante de venirme, le muerdo una oreja, la nuca blanca, el nacimiento del pelo perfectamente rubio.

Al día siguiente, Fadi me lleva al aeropuerto. Hablamos muy poco durante el trayecto. No hacemos referencia alguna a los sucesos de anoche.

—¿Cuándo vas a San Francisco a visitarme? —le pregunto.

Fadi sonríe, pero no responde. Entiendo que va a pasar mucho tiempo antes de que nuestra amistad recupere su cauce. Ni modo.

En el avión medito acerca del significado de la expresión *ni modo,* que es común entre los mexicanos y en algunos países de Centroamérica. Lo sé, porque parte de mi trabajo consiste en detectar y eliminar regionalismos lingüísticos de libros de texto para la enseñanza del español. Es una lástima que la expresión no se use en todos los países de habla hispana, dada su elocuencia y versatilidad.

En su uso más ordinario, *ni modo* equivale a una interjección de conformismo: ni modo, no hay nada más que hacer, nada más que decir; así es la vida. Su uso más complejo —acaso exclusivo de los mexicanos— está seguido de la conjunción *que* y, por ende, de una cláusula en subjuntivo, con sentido subordinado. Se dice, por ejemplo: "Fulano no quiere venir; ni modo que lo fuerce". O bien: "Mengano es a cien leguas gay; ni modo que lo niegue". En estos casos, *ni modo* plantea y rechaza —simultáneamente— una propuesta o alternativa. No hay otra expresión en el habla hispana que pueda hacer esto con semejante eficiencia.

En eso pienso hasta que me quedo dormido.

Los libros que edito varían un poco de acuerdo con las modas académicas; sin embargo, todas las metodologías emanan de un principio básico: primero debe enseñarse lo más inmediato y, al final, lo más remoto o abstracto. En términos de vocabulario, la secuencia de campos semánticos sigue, por ende, un orden más o menos determinado por la proximidad física de los objetos, las personas y los lugares; a saber: el salón de clases, los edificios de la universidad, los amigos, la familia, los muebles de la casa, la ciudad, la ecología y, por último, los viajes al extranjero. En cuanto a la gramática, primero se enseña el presente de indicativo, que es el tiempo más concreto. Le siguen los tiempos pasados, los tiempos perfectos y el modo subjuntivo. Hacia el final del libro, se enseñan el condicional y el futuro.

Para hacer el libro menos tedioso y con el pretexto de incluir datos —por lo general inútiles— sobre las culturas hispanohablantes, se incluyen personajes de diversos países: estudiantes universitarios cuyas conversaciones ejemplifican el campo semántico y el tema gramatical en cuestión. Por ejemplo, en el capítulo uno, que es cuando los estudiantes aprenden a contar del cero al veinte, el alfabeto, algunos verbos del presente y el uso impersonal del verbo *haber,* suele incluirse alguna variante de la siguiente foto: tres estudiantes morenos —un hombre y dos mujeres o dos mujeres y un hombre— están en un salón de clases, sentados ante sendos escritorios. Sobre los escritorios hay una plétora de útiles escolares. Los tres estudiantes se miran con gran regocijo, como si acabaran de abrir sus regalos de Navidad. Abajo de la foto aparece su presunto diálogo:

MAGDA: Raúl, ¿cuántos bolígrafos hay en el escritorio?

RAÚL: Hay siete bolígrafos en el escritorio. ¿Cuántas ventanas hay en el aula de clases?

MAGDA: Hay dos ventanas en el aula de clases.

SUSANA: Magda, ¿cómo se escribe tu nombre?

MAGDA: Mi nombre se escribe: eme, a, ge, de, a.

SUSANA: Gracias, Magda. ¡Vamos a la biblioteca!

En la medida en que los estudiantes de la vida real aprenden vocabulario y tiempos verbales más complejos, las vidas y conversaciones de los personajes del libro de texto se vuelven, hasta cierto punto, más sofisticadas: hablan sobre su infancia y sus parientes en Medellín, Barcelona, Guadalajara; comentan los encabezados del periódico, discuten los desafíos medioambientales; surge a veces entre los dos más guapos un travieso coqueteo que nunca llega a florecer, porque al final del semestre todos tienen que despedirse y volver a sus respectivos hogares en Medellín, Barcelona, Guadalajara, donde, según nos cuentan —mediante el uso de la conjugación futura—, verán de nuevo a sus padres, hermanos y amigos; conseguirán un empleo, comprarán una casa grande y siempre recordarán con añoranza sus experiencias universitarias en Estados Unidos.

Al volver de Chicago me espera en mi oficina, sobre mi escritorio, el manuscrito de un nuevo libro. Adherida a la primera página del manuscrito hay una nota amarilla. Es de Ted, mi jefe. "El nuevo manuscrito", dice, con su caligrafía rechoncha. Enciendo la computadora, abro el correo electrónico y leo el primer mensaje. Es de Ted. Dice: "Te dejé sobre tu escritorio el nuevo manuscrito".

Para llegar al "cuarto de recreaciones" —una cocineta con cafetera, cuatro sillas y una televisión— bastaría con que saliera de mi oficina, girara a la derecha y caminara quince metros. Sin embargo, tendría que pasar frente a la oficina de Ted, lo cual evito siempre que puedo. Giro, entonces, a la izquierda. Paso por los cubículos de los asistentes editoriales, que hoy no han llegado todavía; doy vuelta a la izquierda y corto por el departamento de diseño: un pequeño laberinto; doy vuelta de nuevo a la izquierda y atravieso el departamento de producción, en donde trabaja Cecilia, una lesbiana que me detesta; doy vuelta a la izquierda por última vez, camino entre los anaqueles de las ediciones muertas, rodeo los elevadores por completo, cruzo el pasillo que vincula mi oficina con la de Ted y entro al cuarto de recreaciones subrepticiamente.

En la barra, preparándose un café, está Ted. Lo primero que veo al entrar son sus nalgas de mujer.

—Buenos días.

—¡Hola, muchacho! —me dice en español, con muy poco acento—. ¿Qué tal el Medio Oeste?

Conversamos un minuto o dos acerca de la ciudad de Chicago. Recargado contra la barra, Ted finge interés en mis impresiones de viaje. Me hace varias preguntas, pero, cada vez que empiezo a responder, desvía la mirada: atrás de mí, por arriba de mi hombro, la pantalla de televisión muestra el resumen de un partido de futbol americano.

—Bueno, a trabajar —concluyo.

—Sí, te dejé el nuevo manuscrito sobre tu escritorio.

Me preparo un café y regreso a mi oficina por la vía corta. Sentado ante mi área de trabajo —una mesa de formaica que extiende mi escritorio un par de metros—, le quito las horquillas al manuscrito y paso las primeras páginas sin leerlas, hasta dar con la lista de los personajes: Sebastián, defeño;

Esperanza, chicana; Santiago, limeño; Pablo, santiaguino; Lulú, madrileña. Para cada personaje hay también una descripción de su carácter e intereses académicos.

Despierto mi computadora con una sacudida de ratón y le escribo un mensaje a James, el editor de fotografía, con copia para Ted, a quien le gusta estar al tanto de todos mis movimientos: "¿Podríamos hacer un *casting* la próxima semana?" Después de enviarlo, reviso mi correo electrónico y descubro, en negritas, tres mensajes nuevos, enviados con cinco minutos de diferencia entre el primero y el último. Son todos de Nate.

"Espero que hayas tenido un buen viaje de regreso a San Francisco."

"Esta mañana pasé por Starbucks y pensé en ti. La mesa en la que estabas sentado aquel día estaba desocupada."

"Me gustaría que estuvieras aquí. Más bien, me gustaría estar allá contigo. Muy pronto tendré que planear un viaje a San Francisco."

Salto del tercer mensaje al primero para releerlo, luego al segundo y otra vez al tercero. Mientras bebo mi café, exprimo el significado de cada mensaje hasta que las palabras pierden su sentido.

Durante los días siguientes, Nate y yo establecemos una rutina diaria de mensajes electrónicos y llamadas breves. En Chicago es dos horas más tarde que en San Francisco, por lo que suelo encontrarme, por la mañana, con un mensaje suyo —o varios— al llegar a la oficina. Son, por lo general, notas mínimas: recordatorios de que me tiene en mente o preguntas simplonas como: "¿Qué tal dormiste?" o "¿Cómo te quedó el pollo de anoche?"

Poco a poco, sin embargo, sus preguntas se vuelven más personales. Me pide que le describa a mi familia, mi empleo, mi vida en San Francisco. A su vez, le gusta narrar anécdotas sobre sus actividades cotidianas: a qué amigo vio, lo que le dijo algún colega, qué compró en el súper, algo que le ocurrió mientras viajaba en el metro. Me cuenta también sobre su empleo: trabaja como consejero sicológico para una organización dedicada a la salud mental de la comunidad gay de Chicago. Sus pacientes son, sobre todo, hombres depresivos, suicidas, seropositivos y adictos a la metanfetamina cristalizada.

Me gusta imaginarlo en otros ámbitos que el antro y la cama. Tengo un interés genuino en conocerlo más a fondo: sus cualidades son, por lo visto, múltiples y diversas. Sin embargo, el recuerdo de Nate, más que producir pensamientos nobles, suele conducirme a la masturbación. Lo imagino bocabajo sobre las sábanas blancas, con las piernas ligeramente separadas y el culo pálido al aire. Me excita recordar la musculatura de sus antebrazos, el pelo áspero de sus axilas, la forma en que se muerde un labio cuando está a punto de venirse.

Con frecuencia menciona la sincronía de nuestros dos encuentros en Chicago. Más que coincidencias, los describe como si fueran pruebas indudables de la existencia del destino: "Algo presentí cuando iba por la calle y te vi sentado dentro del Starbucks", me escribe un día. En otra ocasión: "La noche en que nos encontramos en el antro quería quedarme en casa, pero algo me dijo que me pusiera la ropa y saliera a la calle". Sus supersticiones, aunque cursis, me halagan sobremanera. Nunca nadie se había sentido vinculado a mí por la inevitabilidad.

Al *casting* para los personajes del libro de texto se presentan unas sesenta personas: más de diez aspirantes por personaje. James, el editor de fotografía, que no habla español, se encarga de descartar a quienes no tienen edad universitaria. Busca también cierto grado de belleza física; sin embargo, cuando no hay aspirantes más o menos de buen ver, James se conforma con que tengan carisma y los dientes parejos. Al final de su ronda eliminatoria quedan catorce.

A mí me corresponde poner a prueba sus habilidades lingüísticas en español: además de tomarles fotos para el libro de texto, vamos a hacerles entrevistas espontáneas para un video. Los aspirantes con los que elijo quedarme son todos atractivos, con excepción de la mujer que va a hacer el papel de Esperanza, la chicana: sufre de un ligero estrabismo y tiene patillas de Libertador. La elijo porque, de todas las mujeres a quienes entrevisto para su papel, ella es la única capaz de comunicarse en español sin recurrir al empleo de neologismos sacados del ano.

Los otros aspirantes tampoco son ideales: la mujer que va a hacer el papel de Lulú es granadina, no madrileña; el hombre que va a hacer el papel de Sebastián es tapatío, no del Distrito Federal; el que va a hacer el papel de Pablo es santiaguino, que es lo que buscamos, pero tiene el acento contaminado tras quince años de vivir en este país. No sé de dónde sea el que va a hacer el papel del limeño Santiago, ni me importa, porque es el más guapo de todos. Es alto, moreno, un poco flaco, de espalda ancha. Se me figura que juega al tenis. Lo imagino sin camiseta, con la raqueta en alto y el cuerpo estirado en plena maniobra atlética. Pienso: "Me lo voy a coger". Mientras lo veo discutir algo con Lulú, la española, contemplo cómo crear una oportunidad para echármelo. Se me ocurre una idea estupenda. Me acerco a él con un pretexto laboral, pero, cuando estoy a un metro de distancia, descubro que tiene los ojos puestos en el escote de Lulú. Nada que hacer en casos como este; ni modo que lo convierta.

El día del intercambio de regalos navideños todos en la oficina están de un humor campechano. A las tres de la tarde, los miembros del equipo editorial nos reunimos en la sala de juntas, que está diseñada para contener a menos de la mitad de los concurrentes. Los que quedamos de pie nos recargamos incómodamente contra la pared. Ted, mi jefe, está sentado a la cabecera de la mesa ovalada, sobre la cual hay un arbolito de Navidad de plástico rodeado de un par de docenas de regalos envueltos. Cada miembro del equipo editorial trajo un regalo, pero nadie sabe quién trajo qué. También sobre la mesa hay varias botellas de sidra sin alcohol. Nancy, una de las asistentes editoriales, sirve la sidra en vasitos desechables. Los vasitos pasan de mano en mano hasta que todos quedamos servidos.

Ted explica las normas del intercambio "para quienes no tuvieron la fortuna de participar hace un año" y se ofrece a empezar con el juego; escoge un regalo al azar, le quita la envoltura y revela una caja de galletas con forma de hojas de muérdago. Exclama: "¡Qué bien, voy a quedármelas!" A continuación, el editor de italiano abre el segundo regalo: es un estuche con ornamentos para el árbol. Ted le pregunta: "¿Quieres quedarte con tu regalo o prefieres intercambiarlo?" El editor prefiere intercambiarlo: le quita a Ted la caja de galletas y Ted se queda con los ornamentos. Todos en la sala ríen un poquito. El siguiente regalo lo abre un asistente editorial. Es una corona de adviento aromática. El asistente decide intercambiar su regalo por los ornamentos de Ted y Ted parece encantado de quedarse con la corona aromática. La editora de alemán abre el regalo que yo traje: una veladora de vaso que, en vez de una estampa hagiográfica, tiene una foto de Farrah Fawcett de cuando era uno de los ángeles de Charlie. Todos en la sala de juntas se vuelven a verme. Ted me mira con resentimiento durante un instante, pero no dice nada.

La editora de alemán decide intercambiar su regalo por la caja de galletas del editor de italiano; a su vez, el editor de italiano decide cambiar la veladora por la corona aromática de Ted y Ted cambia la veladora por los ornamentos del asistente editorial. Así continúa el intercambio hasta que todos —menos Ted, a quien le fascina el juego— tienen cara de hastío. Al final, vuelvo a mi oficina con una esfera de cristal que contiene una escena navideña, sumergida en agua, y bolitas de plástico que, al agitar la esfera, simulan copos de nieve.

En la oficina me espera un mensaje electrónico de Nate: "¿Qué te parece si voy a pasar la nochevieja contigo?" Hablamos por teléfono. Le digo que me daría gusto verlo, pero que es improbable que encuentre un boleto de avión a estas alturas, sobre todo a un precio razonable. Nate me confiesa que, impulsado por el entusiasmo de verme, compró el boleto hace una hora. Tuvo que pagar tres veces lo que suele costar un vuelo de Chicago a San Francisco. Llega el miércoles de la próxima semana.

En el primer capítulo del libro de texto, la foto muestra a los personajes sentados en la cafetería de la universidad. Para evitar el empleo de cualquier tiempo que no sea el presente de indicativo, los personajes se expresan con el entusiasmo impune de los niños. Dicen: "Me gusta el café", "Tengo clase de matemáticas", "El lunes voy al gimnasio". Como ignoran su pasado y no tienen aún concepto del futuro, viven en un mundo sin consecuencias. A primera vista puede verse en la foto que esto los pone de buen humor: Pablo y Sebastián conversan animadamente; Esperanza, que es la más estudiosa, está absorta en la contemplación de un altero de libros; Lulú bebe de una taza humeante y Santiago la mira con los ojos muy abiertos, como si en vez de beber café, Lulú acabara de sacar un conejo de un sombrero.

El miércoles hago planes para salir de la oficina poco antes del mediodía. El vuelo de Nate llega a las doce y media y quiero ir a recibirlo al aeropuerto.

Ted se tomó esta semana libre, por lo que los miembros del equipo editorial se pasean por la oficina ociosamente. Yo leo mi novela en el cuarto de recreaciones: la historia de cinco hermanas que, una por una, deciden suicidarse. De vez en cuando levanto la vista para ver la tele y darle seguimiento a una noticia de última hora: esta mañana descubrieron los cadáveres de un hombre y una mujer en una casa de Oakland. La casa era de la mujer, explica la presentadora del noticiario. El hombre, que era su novio, la mató a balazos en un aparente arrebato de celos, para luego suicidarse ahí mismo, junto a su amada víctima.

—Las historias de este tipo son de por sí atroces —comenta la presentadora—, pero que algo así suceda en épocas navideñas es en verdad horripilante.

Vuelvo a mi oficina. La luz roja del teléfono me anuncia que hay un mensaje de voz. Es de Nate. Me pide que lo llame en cuanto pueda, lo cual es, en sí mismo, una mala noticia: a esta hora Nate ya tendría que estar en el avión. Le marco al celular.

—Perdón, es que trabajé hasta las cinco de la mañana —me explica—. Como estaba tan cansado, no escuché el despertador a las siete y llegué tarde al aeropuerto.

Por suerte, hay un vuelo que sale de Chicago a las dos de la tarde. Nate ya tiene un asiento confirmado.

—No puedo creer que ya vamos a vernos —me dice—. Desde el día en que nos conocimos, no he podido pensar en otra cosa más que en estar contigo otra vez.

Le doy las gracias y le digo que también yo estoy entusiasmado con su visita. Tras colgar el teléfono, vuelvo al cuarto de recreaciones para matar unas cuantas horas más. Me preparo un té. En la tele, la presentadora del noticiario ofrece detalles adicionales acerca de la pareja de Oakland. No pongo mucha atención. Estoy distraído. La cronología en el relato de Nate no me cuadra. Tengo en la cabeza una pregunta apremiante que me nada de un lado al otro como pez rojo en un acuario. Pondero un rato la relevancia de la llamada de Nate, hasta que entra Cecilia, la lesbiana que me detesta, e interrumpe mis pensamientos con una letanía de preguntas acerca del nuevo manuscrito.

Aguardo a Nate en el área de recepción del aeropuerto. Cada vez que las puertas eléctricas se deslizan para dejar salir a un pasajero, busco a Nate entre la gente que acaba de aterrizar. Me siento un poco aprensivo, lo cual me conduce a tener pensamientos atropellados. Se me ocurre la posibilidad de que Nate no haya tomado el vuelo; que al final se haya arrepentido de venir a San Francisco. Luego pienso que, aunque haya tomado el vuelo y estemos a punto de reencontrarnos, es posible que Nate no reconozca mi cara; que la tenga olvidada. Finalmente, se me ocurre algo mucho peor: que reconozca mi cara, pero que su reacción al verme, tras cuatro semanas de haber acumulado expectativas, sea de un profundo desencanto.

Siento la boca seca. Sospecho que tengo mal aliento.

Contemplo la posibilidad de ir a la tienda a comprar enjuague bucal, pero justo entonces las puertas eléctricas se deslizan de nuevo y Nate —su cabeza conspicua, perfectamente rubia— aparece frente a mí.

Sonríe. Acelera el paso hasta donde estoy, deja caer su maleta al piso y me besa en los labios con ansias, como si acabara de volver de la guerra. Me tranquilizo un poco y alcanzo a disfrutar los últimos instantes del beso.

—¿Qué tal tu vuelo?

En el metro, camino a casa, Nate me narra las vicisitudes de esta mañana: no escuchó el despertador, abrió los ojos una hora más tarde de lo planeado, tuvo que caminar diez calles antes de encontrar un taxi, el aeropuerto estaba a reventar. El único motivo por el que la línea aérea le otorgó un asiento en el vuelo de la tarde es porque Nate convenció al agente de que se trataba de una emergencia.

—Lo cual es, hasta cierto punto, verdadero —concluye Nate—, porque ya me urgía verte.

Me río de su comentario, halagado.

—Ah, por cierto, se me olvidaba… —dice. Pone su maleta en el piso del vagón, la abre y saca un racimo de flores aplastadas—. Al menos me dio tiempo de comprarte esto.

Me entrega el racimo lacerado con un orgullo en la cara que me desbarata.

Durante el resto del trayecto, mientras Nate continúa su narración, contemplo cómo algunos de los pétalos, tras el largo viaje, ceden poco a poco; cómo se desprenden del cáliz y van a dar al piso mugroso del metro.

Entramos a mi estudio. Mientras le muestro el cuarto principal, Nate me besa el cuello. Lo llevo a la cocina y ahí me abraza por atrás. Le enseño la ventana que abre a la escalera de incendios y Nate me agarra las nalgas. Antes de que le muestre el baño, Nate ya me ha desnudado por completo. Cogemos sobre la alfombra.

Horas más tarde lo llevo a cenar a un restaurante. Al salir de mi edificio, Nate me toma de la mano y así bajamos la pendiente de la calle Castro. En la esquina con Market le señalo la famosa bandera del arcoíris.

—Aquí se izó la primera bandera gay del mundo —le explico—. O tal vez sea solo la más grande, no estoy seguro.

Caminamos sobre la calle Market, donde me topo con varias personas del barrio que conozco de vista. Cada vez que nos cruzamos con algún conocido, inclino la cabeza a manera de saludo, con ganas de que me vea con Nate; tomado de la mano de él. De pronto, me doy cuenta de que nunca antes en mi vida había caminado por la calle de esta forma: de la mano de otro hombre. El acto, sin embargo, está embebido de una sensación de familiaridad.

Le muestro a Nate mi gimnasio, el puesto de flores que está en la esquina de la calle dieciséis, dos bares que frecuento, una tienda de abarrotes que me gusta, la pastelería en la que venden los mejores postres de la ciudad. Aunque paso por estos locales todas las mañanas camino al trabajo y todas las tardes de regreso a casa, por algún motivo me producen esta noche un cierto grado de sorpresa, como si acabaran de ponerlos ahí o, cuando menos, de renovarlos. Me viene a la mente un cuento que leí de niño sobre unos astronautas que viajan a Marte para colonizarlo y encuentran, para su sorpresa, un duplicado del planeta Tierra; una versión idílica que los llena —y eventualmente los mata— de nostalgia.

En el restaurante hacemos planes turísticos para los días siguientes. Nate no tiene sugerencias o expectativas; me pide que le muestre los sitios que más me gustan.

—Estoy seguro de que habrá varias otras oportunidades en el futuro de conocer la ciudad contigo —dice, al tiempo que extiende el brazo por encima de la mesa y oprime mi mano.

Al final de la cena, Nate me pide que volvamos a casa: está agotado por la falta de sueño. Tiene las escleróticas de los ojos enrojecidas y a cada rato se tiene que tragar un bostezo. Pido la cuenta y, cuando la trae el mesero, Nate saca del bolsillo delantero de sus pantalones un fajo de billetes doblados por la mitad.

—Yo invito —separa seis billetes y los pone sobre la mesa. Deja una propina muy generosa, exagerada—. ¿Nos vamos?

Al día siguiente voy a trabajar unas horas a la oficina. Nate se queda dormido en mi cama. Le dejo una copia de las llaves sobre mi escritorio, por si se despierta y quiere salir a caminar por el barrio. Sin embargo, cuando vuelvo a casa al mediodía, Nate continúa dormido.

Me siento a su lado sobre la cama. Aunque es invierno y la calefacción está apagada, Nate se quitó el cobertor en algún momento de la mañana. Duerme bocabajo, con la sábana blanca cubriéndole solo las piernas, las nalgas y parte de la espalda. Fuera de eso, está desnudo. Tiene los brazos alzados por encima de la cabeza, lo cual hace que sus hombros se vean aún más amplios de lo que son. El pelo de sus axilas es del color del carrizo seco; un poco más oscuro que el de su cabeza, que es perfectamente rubio. Sobre la nuca tiene dos pigmentaciones pequeñas —unas manchitas rosadas—; supongo que son de nacimiento.

No hay nada más estimulante en el mundo que ver a un hombre dormir; su masculinidad indefensa.

Me quito la ropa, me acuesto junto a él y lo despierto con un beso en la frente, al tiempo que oprimo mi erección contra su cadera.

Tenía en mente llevar a Nate a conocer varios sitios turísticos. Sin embargo, casi no salimos del estudio durante los próximos dos días. Nos limitamos a coger y a intercambiar palabras melosas. Cuando se acaban las reservas de mi despensa y refrigerador, salimos a la tienda de la esquina por fruta, pan y vino. Compramos una *baguette*, una botella de Malbec, plátanos y moras azules. También compramos uvas para celebrar la nochevieja, que es mañana. Mientras le pago al dueño de la tienda, un chino de edad indefinida, le explico a Nate la costumbre de las doce uvas; sin embargo, tengo la impresión de que no me escucha: me mira a los ojos, pero tiene la mente puesta en algún lugar recóndito.

—¿Sabes algo? —me interrumpe de pronto—. Somos almas gemelas.

El dueño de la tienda deja de contar mi cambio y levanta la vista.

—No es este nuestro primer encuentro —explica Nate, sin importarle que el chino nos mire atónito—; tú y yo hemos coincidido en otras vidas.

No digo nada. Tengo la esperanza de que se trate de una broma; de que Nate suelte, de pronto, una carcajada catártica. El concepto de destino siempre me ha parecido insufrible, sentimentalista. Nate, sin embargo, continúa con seriedad:

—Lo entiendes, ¿verdad?

Lo miro sin saber qué responder. El chino hace una mueca, no sé si de incredulidad o de disgusto. Nate me toma del brazo y me da un apretoncito enfático.

—Lo sabes, ¿no? —insiste—. ¿Lo entiendes?

El azul de sus ojos se oscurece un poco.

El chino sigue absorto. También aguarda mi respuesta.

Con el propósito de cambiar de tema, le ofrezco a Nate la ambigüedad de una sonrisa. Él permanece inmóvil un par de segundos, como para evaluar mi sinceridad. Luego sonríe también, me suelta del brazo y se va satisfecho al otro lado de la tienda, a inspeccionar los anaqueles.

El chino pierde el interés, acaba de contar el cambio y me entrega el dinero y la bolsa con las compras. Nate se ofrece a cargar la bolsa. Su comportamiento ha vuelto a la normalidad.

—Que tengan un buen día —nos dice el dueño de la tienda en inglés, con acento chino.

Volvemos a mi estudio. Abro la botella de Malbec y empiezo a rebanar la *baguette*. Llevo apenas dos rebanadas cuando Nate me mete una mano en los *jeans*, primero por delante y luego por atrás.

Horas más tarde, cuando ya ambos sentimos la verga dolorida por tanto sexo, Nate me da de comer uvas, moras y trozos de pan en la cama, como si yo fuera un emperador romano y él mi esclavo.

Finalmente, el último día del año salimos a pasear por la ciudad. Es un día más o menos soleado, fresco, con nubes grises que amenazan a lo lejos.

En la esquina de las calles Market y Castro tomamos el tranvía histórico que pasa por el centro; llega a la torre del reloj, donde arriban y parten los trasbordadores marítimos; da vuelta a la izquierda —hacia el noroeste— y recorre la longitud del Embarcadero. Nos bajamos en el muelle treinta y nueve para ver la orgía estrepitosa de los leones marinos. Hay este invierno cuando menos dos centenares; en la primavera, atraídos por un cardumen generoso de arenque, el número de leones marinos puede aumentar hasta casi dos mil. El olor a mierda se vuelve intolerable.

Desde el muelle treinta y nueve puede verse también la isla de Alcatraz —su cárcel legendaria— y, a la distancia, casi cubierto por la niebla, el Golden Gate Bridge.

Nate les pide a unos turistas que nos tomen fotos con los leones marinos de fondo, luego con la cárcel y, finalmente, con el fragmento del puente rojo que puede verse desde el muelle. Cada vez que un turista está por tomarnos una foto, Nate me pasa un brazo por los hombros y me atrae hacia él.

Caminamos a Fisherman's Wharf. En un puesto callejero nos compramos dos porciones de calamares fritos y dos botellas de agua. Nate paga con un billete sacado del fajo que guarda en el bolsillo delantero de sus *jeans*. Nos sentamos a comer en una banca, rodeados por gaviotas voraces que aguardan la primera oportunidad para robarse nuestros mariscos.

—Te quiero preguntar algo —le digo a Nate, timorato. Al instante me arrepiento de haber iniciado esta conversación: dudo que pueda tener una trayectoria agradable.

Nate detecta el titubeo en mi voz y deja de masticar. Me mira con los ojos entrecerrados, como gato a punto de echarse a correr. Contemplo, durante un momento, la posibilidad de hacerle una consulta trivial, distractora, en vez de la pregunta que he tenido en mente desde el día en que Nate perdió el vuelo a San Francisco. Sin embargo, con cada segundo que se alarga el silencio, la pregunta que estoy por hacerle adquiere más y más peso, hasta que se vuelve imposible dar marcha atrás. Me sudan las manos.

—¿Recuerdas tu llamada del día en que perdiste el vuelo en Chicago? Dijiste que la noche anterior a tu viaje habías trabajado hasta las cinco. ¿Te acuerdas?

Nate asiente con la cabeza, acaba de masticar, se traga el bocado y mueve la comisura de la boca en un amago de sonrisa. Espero a ver si dice algo, pero permanece en silencio, a la espera de la pregunta.

—No quiero entrometerme en tu vida privada —continúo—, pero bueno, se me hizo raro que un sicólogo tuviera que trabajar de madrugada.

Hago otra pausa. La sonrisa de Nate se hace un poco más amplia: mi reticencia lo tiene entretenido.

—Solo quería decirte que, si saliste esa noche y te acostaste con alguien más, no es asunto mío. No tienes que decirme mentiras o poner pretextos. No somos pareja, vaya. Casi acabamos de conocernos. Si vivieras aquí, la situación sería tal vez otra, pero tal y como están las cosas, sería ridículo que nos exigiéramos fidelidad. Somos más bien amigos, ¿no? Amigos que cogen.

Nate suelta una carcajada y se atraganta un poco; tose, bebe de su botella, casi tiene que escupir el agua; se aclara la garganta, tose otra vez y vuelve a reírse con ganas. No entiendo cuál es la broma, pero me río también un poco, contagiado por su ligereza. Me queda claro, por su reacción, que le di una importancia innecesaria al asunto del vuelo perdido.

La risa y la tos de Nate se apagan gradualmente. Cuando recupera la ecuanimidad casi del todo, dice, con seriedad simulada:

—Dijiste que me querías preguntar algo, ¿no? Bueno, no me has hecho la pregunta.

Lo pienso durante un rato, luego digo:

—Supongo que no tengo nada que preguntarte. Al menos, no te voy a interrogar acerca de lo que hiciste esa noche, porque, como dije, no me debes explicación alguna.

Nate baja la cabeza y se mira la punta de los zapatos. Luego dice, todavía con un dejo de efervescencia, pero sin levantar la vista:

—Soy trabajador sexual.

Me quedo callado. No sé qué decir. Tengo la esperanza de haber oído mal.

—¿Trabajador *social*? —le pregunto.

—No —responde Nate, divertido—. Sexual. Trabajo como acompañante, *I'm an escort*.

—Ah, vaya —le digo, como si ese dato en verdad aclarara todas mis dudas.

Guardamos silencio. A la distancia, la niebla, alborotada, se envuelve en sí misma como masa para pan. A ratos deja entrever un segmento del Golden Gate Bridge; una parte del mecanismo que sostiene al puente en alto: columnas de acero, cables indestructibles. Por arriba del puente, las nubes grises que esta mañana amenazaban a lo lejos cruzan ahora la bahía con determinación. El mar está picado. No tarda en caer un aguacero.

—¿Qué tal si nos vamos a casa?

Bastó un golpe certero para que terminara la batalla y el público —un grupo de niños con hambre de violencia— eligiera un ganador. Bruno vio un par de gotas de sangre en el suelo y sintió un alivio gigantesco. "Quien da el primer madrazo gana siempre la pelea", le había dicho, sabio, su hermano mayor.

Era la primera vez que Bruno golpeaba a otra persona. Él habría preferido otra solución —alzarse de hombros, fingirse sordo—, pero el hermano mayor le había ido al padre con la noticia de que Bruno era el hazmerreír de su clase por culpa de un mequetrefe de boca grande, y el padre había dicho eso nunca, mis hijos nunca, mañana mismo vas y le partes la madre al mequetrefe de boca grande, faltaba más.

—Pero, papá…
—Mañana mismo.

El mequetrefe medía una cabeza y media más que Bruno. Por lo demás, Bruno coleccionaba mariposas y aquello de los golpes no se le daba para nada. ¿Qué le importaban las burlas, los insultos? Mariposo, maricón, mariquita sin calzón: las palabras, como el entusiasmo de otros por el futbol y los coches raudos, le eran completamente indiferentes.

Hay casi veinte mil especies de mariposas en el mundo; en este país, más de dos mil. La mariposa más grande es la *Ornithoptera alexandrae*: mide veintiocho centímetros y está en peligro de extinción. La más chica se llama *Brephidium exilis* y mide un centímetro y medio. Las mariposas viven, casi todas, de dos a cuatro semanas, pero hay especies que viven tan solo dos días y especies que alcanzan a vivir hasta nueve meses. Los ojos de las mariposas están compuestos de seis mil lentes y pueden ver los rayos ultravioleta. Las mariposas tienen el sentido del gusto en las patas. Son, además, los únicos insectos con escamas en las alas. Estas son incoloras: los pigmentos que se perciben son el reflejo de la luz en las escamas diminutas.

—Aquí estoy. ¿Para qué quieres verme? —le preguntó el mequetrefe con tono altanero. En torno a ellos, el público de niños sediento de sangre.

"Quien da el primer madrazo gana siempre la pelea", le había dicho su hermano mayor. Así, Bruno, antenas filiformes y aleteos circulares delicados, respondió la pregunta del mequetrefe con un golpe que habría sido del todo inocuo —apenas un roce de alas—, de no ser por la rabia que despertó en su contrincante. Un solo puñetazo a la nariz de Bruno —un puñetazo certero y sangriento— bastó para que la batalla se diera por terminada. De bruces sobre el piso, Bruno vio un par de gotas rojas sobre el polvo, junto a su cara, y sintió un alivio gigantesco. "Nunca más", se dijo.

De día, Nate trabaja como consejero sicológico para una entidad sin fines de lucro. De noche, es puto de profesión.

Nate se ofrece a aclarar todas mis dudas. Cada vez que le hago una pregunta responde sin tapujos, pero no me proporciona, en rigor, más información que la que le pido. No entra en detalles. Sus respuestas carecen de la exégesis o verbosidad propia de quienes intentan justificarse o redimirse. Procuro ser imparcial, desapegado, pero mi serie exhaustiva de preguntas delata, cuando menos, incomodidad con su oficio nocturno.

Poco a poco, la historia adquiere forma. Para realizar sus estudios de posgrado, Nate le solicitó al gobierno grandes subvenciones económicas: decenas de miles de dólares. Saldar la deuda le habría tomado varias décadas. Una noche, en un bar, cuando Nate era aún estudiante de maestría, un hombre mayor le ofreció una cantidad sustanciosa de dinero para que se acostara con él. Nate accedió. Con el dinero que fue a dar a su bolsillo esa noche, compró toda su despensa del mes. A la semana siguiente, el hombre volvió a buscarlo y le hizo la misma oferta. Nate aceptó de nuevo. Después de eso, Nate y su primer cliente comenzaron a verse, en casa del hombre, casi cada fin de semana. Se hicieron amigos. El hombre, de sesenta y tantos años, había enviudado poco tiempo antes. Sus hijos vivían en otros estados del país y lo visitaban poco. Nate se convirtió para el hombre en fuente principal de placer y compañía.

Meses más tarde, el cliente le dijo a Nate que tenía un amigo interesado en conocerlo. La situación del amigo era delicada, porque tenía esposa e hijos adolescentes que aún vivían en casa. El amigo estaba dispuesto a pagar una cantidad excedente a cambio de que Nate fuera discreto y aceptara verlo en un hotel cercano al aeropuerto, donde el riesgo de que el hombre se encontrara con algún conocido era menor. Ese fue su segundo cliente.

Con el tiempo, Nate se hizo de una lista estable de consumidores de su amistad y sexo: hombres mayores, casi todos solitarios, miembros de una generación acostumbrada a relegar la homosexualidad a un mundo muy distinto del cotidiano; a un lapso de dos o tres horas semanales, incompatibles con su imagen pública. A su vez, Nate dejó de requerir préstamos estudiantiles e incluso comenzó a devolverle al gobierno parte de la fortuna debida.

—Y ahora que ya no eres estudiante y que ganas dinero como sicólogo, ¿por qué sigues siendo acompañante? —le pregunto a Nate.

—Ahora me siento responsable de ellos. Es difícil explicarlo, pero me da culpa dejarlos.

Estamos sobre mi cama, sin tocarnos; yo de espaldas y él de costado, con la cabeza apoyada en una mano, pendiente de mis reacciones. Para esquivar, al menos en parte, el sentimiento punitivo de la decepción, me concentro en los ruidos que hacen la lluvia y el viento al golpear la ventana. Pienso: "Nada ha cambiado", pero al instante sé que eso no es cierto.

Me quedo dormido.

Un par de horas después abro los ojos, desorientado. Me siento sobre la cama. Al moverme, despierto también a Nate, quien hace ruidos quejumbrosos, como de borracho. Se hizo de noche mientras dormíamos. No tengo idea de qué hora es. Me pongo de pie, prendo el interruptor y cierro otra vez los ojos un par de segundos, hasta que la luz se vuelve tolerable. Nate emite más sonidos de borracho y se tapa la cara con una almohada.

—¿Ya es año nuevo?

Mi reloj está sobre el escritorio.

—No, apenas son las nueve de la noche. Nos quedamos dormidos como tres horas.

Voy al baño a orinar y luego a la cocina por un vaso de agua. Vuelvo al cuarto. Nate está ahora bocabajo, con la barbilla apoyada sobre la almohada.

—¿Todavía quieres salir? —me pregunta.

Lo pienso unos segundos. Nate alza la mirada y las cejas, y me observa como si él fuera un perro y yo tuviera una pelota en la mano.

—Claro —le respondo.

Se pone de pie al instante y me da un beso escénico en los labios. Se desnuda, arroja sus prendas al piso y se mete al baño. Una vez que está en la regadera, abre los grifos y, al contacto con el agua, pega un grito de dolor o de placer, no estoy seguro.

Miro, sobre el escritorio, el jarrón en el que puse los restos del ramo de flores que me trajo Nate desde Chicago. Aunque no han muerto las flores, no queda ni una sola corola ilesa. La mayoría de los pétalos que llegaron al estudio con vida ahora están esparcidos sobre el escritorio.

Nate pega otro grito —este del susto— cuando recorro la cortina de plástico y me meto a la regadera con él.

En el antro, Nate saca el fajo de billetes —ahora entiendo por qué lleva siempre tanto dinero en efectivo— y paga la entrada de ambos. Adentro, me desprendo de él para ir a buscar al Ruso. Lo encuentro al instante gracias a su estatura prodigiosa y la

50

sudadera roja de siempre. Hola, Ruso, gusto en verte, le digo, con dos dedos alzados. Diestramente, sin bajar la vista para no hacer pública la transacción, pongo el dinero en su mano y él pone la bolsita en la mía.

Minutos después, Nate y yo nos metemos a un cubículo en el baño y cerramos la puerta con cerrojo. Saco las pastillas de la bolsita de plástico y las inspecciono: son rosadas y tienen un relámpago grabado en la superficie. Le doy una pastilla a Nate.

—Feliz año nuevo.

Nos tragamos el relámpago. Mientras nos hace efecto, damos una vuelta exploratoria por el antro, que esta noche está decorado con serpentinas metálicas y, sobre la pista de baile, grandes dígitos de luminosidad eléctrica que forman el número correspondiente al año venidero. La pista de baile ya está saturada de hombres y una que otra mujer (heterosexuales todas; las lesbianas no salen nunca de casa). Sobre la pista se forman gremios o guetos o pandillas o camadas, de acuerdo con el grado y la índole de intoxicación de los concurrentes. Las personas sobrias bailan cerca de los márgenes de la pista y suelen quedarse con la ropa puesta; quienes han tomado estupefacientes forman el núcleo semidesnudo y, dentro del núcleo, se distinguen por los efectos específicos de la droga consumida. Los borrachos, que conforman el gremio menos popular, se mueven aleatoriamente por la pista, chocan contra todos, interrumpen la felicidad ajena; luego van al baño y vomitan en el suelo.

Es fácil distinguir a quienes esta noche celebran con relámpagos rosados, tréboles azules o algún equivalente: bailan apretados, sudorosos, arrechos, como si el baile, más que serlo, fuera un preludio de cogedera. Supongo que en algunos casos lo es.

Pasa media hora, treinta y cinco minutos, cuarenta. Aguardamos con disposición de colegialas los primeros efectos, las primeras cosquillitas, pero nada: continuamos más sobrios que una parroquia de pueblo. Pienso: "Pinche Ruso, nos vendió placebo".

Le anuncio a Nate que tengo que ir al baño. No le digo que voy más bien a buscar al Ruso para exigirle otras pastillas, en parte porque tengo claro que, de haber tenido otras pastillas, el Ruso no nos habría vendido placebo. Es decir que hasta la búsqueda del Ruso es tiempo perdido; acaso la postergación del momento en que tengamos que admitir que los planes de la noche ya valieron madres.

Paso por el sitio donde encontré al Ruso cuando llegamos y nada, no hay vestigio de la sudadera roja, de su metro noventa de estatura. Luego voy al baño: a veces hace sus negocios ahí. Se ve que al miserable no le importa el olor a porquería; así ha de oler su casa, su familia, toda Rusia (aunque creo que el Ruso es más bien ucraniano).

Tampoco lo encuentro en el baño. El muy cabrón ya se fue del antro; a cuántos habrá estafado, pinche Ruso canalla.

Me acerco al meadero. Mientras orino, intento idear alguna forma de rescatar las horas que no han llegado pero que ya considero perdidas. De pronto, me viene a la mente, por algún motivo, la palabra

52

micción. Es una de esas palabras de fonética interesante, pero que nadie emplea en una conversación cotidiana. Me parece también que *micción* es un palíndromo; nunca antes se me había ocurrido que lo fuera.

Intento deletrear la palabra de atrás para adelante, para confirmar mi descubrimiento. Sin embargo, se me confunden las letras, las olvido casi al instante de haberlas nombrado, lo cual me causa, por algún motivo, muchísimo deleite. El humor me cambia al instante. A la vez que río un poco, observo el flujo de la orina al caer sobre la lámina del meadero. Es una imagen bella, artísticamente ignota, digna de una foto. Qué lástima que no tengo una cámara a la mano. Me sorprende también el sonido que hace el líquido al golpear el metal; es casi hipnótico. Podría quedarme la noche entera en este baño, tan lleno de inesperados, como una galería de arte experimental. Apuro, sin embargo, el chorro de pipí, la micción. Quiero ir a buscar a Nate lo antes posible. De pronto, siento unas ganas abrumadoras de estar con él, de no dejarlo solo.

Lo encuentro donde lo dejé. Tiene la boca entreabierta y los ojos como lámparas de dentista. Me ve venir; caminamos rápido el uno hacia el otro. Cuando nuestros cuerpos se tocan, nos abrazamos con alivio y angustia simultáneos. Así nos quedamos, sin decir palabra, un largo rato. Con la mano izquierda atraigo su espalda baja hacia mí, para que no se escape, para que nadie me lo quite. Con las yemas de los dedos de la otra mano froto su nuca y el nacimiento de su pelo, cortado casi al rape. Tiene el pelo y la nuca húmedos por el sudor incipiente; es como si acariciara pasto recién cortado. Huelo su cuello y hombros; aspiro con vehemencia: al igual que la noche en que lo conocí, su fragancia natural me recuerda a la del tomillo. Sin embargo, a diferencia de la hierba, el olor de Nate me provoca una erección férrea.

Nos separamos apenas lo suficiente para besarnos en la boca, primero con voracidad y después con ternura. Su saliva me sabe dulce. Hacia el final del beso, Nate me muerde ligeramente el labio inferior.

Siento sed.

—Tenemos que tomar agua —le digo.

Lo llevo al bar de la mano. Sin soltarlo, compro dos botellas. Nos tomamos el agua a tragos de náufrago.

—¿Qué quieres hacer? ¿Bailamos?

Nate lo piensa un instante.

—Todavía no. Prefiero estar solo contigo, tal vez caminar un poco.

Voy adelante y Nate pegado a mí, todavía de la mano, como si lo llevara al kínder. Nos movemos muy despacio para no perdernos detalle alguno: las luces de colores, el roce con la piel de los hombres que caminan en dirección contraria, la música electrónica, el golpeteo de las ondas sonoras contra la piel. Damos así una o dos vueltas a la pista de baile, hasta que Nate se detiene y me indica que ahora quiere bailar.

Entramos a la pista y atravesamos la franja tristísima de las personas sobrias o casi sobrias;

esquivamos a los dipsómanos, que dan tropezones vergonzosos a cada rato; evitamos a toda costa a los consumidores de cocaína, sus miradas prepotentes que dicen bailo mejor que tú, tengo más dinero que tú, mi ropa es más cara que la tuya; llegamos al núcleo donde bailan los sin camisa y, dentro del núcleo, buscamos a los nuestros, que son los querendones, porque hay otro tipo de semiencuerados: los que han tomado tranquilizantes veterinarios o metanfetamina cristalizada y a ellos para nada los queremos cerca, tienen los ojos en órbita y una ansiedad sin fondo; son vagones de un tren a punto de descarrilarse.

Nos quitamos la camiseta y bailamos pegados el uno al otro, prensados a causa de los hombres que bailan en torno nuestro, que se nos pegan a su vez, nos tocan con las manos, los brazos, el pecho, por el sencillo deseo del contacto y sin otro objetivo que este placer inmediato; lo que pase después no importa. Vivimos en un mundo sin consecuencias.

Se acerca la medianoche y la gente en el antro hace el conteo regresivo de los últimos diez segundos; se encienden los dígitos flotantes que anuncian el número correspondiente al año nuevo; ponen la canción tradicional de los amigos que se olvidan o que no deben olvidarse. Nate y yo nos besamos.

—Ojalá pudiera explicarte lo que siento por ti —dice Nate—. Hemos estado juntos en otras vidas; nos toca de nuevo estar juntos en esta. Te busqué durante años. Claro, si vivimos en distintos países durante tanto tiempo, cómo íbamos a encontrarnos. Quién hubiera pensado que iría a dar contigo en un Starbucks —hace una pausa y me sujeta la cara con ambas manos—. Ahora dime, ¿cómo le hago para convencerte? ¿Qué puedo hacer? Dime.

—No tienes que convencerme —respondo con sinceridad.

Vuelvo a besarlo. Aunque no creo en el origen ancestral de nuestra relación —en las vidas múltiples o el destino—, siento por Nate algo igualmente grandioso, que es el deseo de nunca separarme de él. Siento, más que nada, una gratitud profunda: gratitud hacia Nate, porque ve algo en mí que yo nunca he encontrado.

De pronto, me siento sobrecogido por tanta gente, música, emociones, todo.

—¿Te importa si nos vamos? —le pregunto.

Salimos del antro y pedimos un taxi. Le digo al chofer la dirección de mi estudio, pero, cuando estamos a escasas cuadras, me surge una idea brillante.

—Mejor siga por aquella calle.

Lo guío hasta la falda de Corona Heights, donde Nate le paga al taxista con dos billetes. Nos bajamos del coche a continuar el trayecto a pie. Subimos por las calles estrechas y empinadas hasta llegar a la pila de rocas, que es donde termina el alumbrado público. Nunca he subido al cerro de noche. Escalamos las rocas con cuidado; no puede verse casi nada. En todo este tiempo, Nate no me ha preguntado dónde estamos. Cuando llegamos a la cumbre, hago un movimiento de izquierda a derecha con el brazo.

—Mira —le digo—: San Francisco.

A nuestros pies se extiende un mapa accidentado de faroles y marquesinas; pendientes de grados inverosímiles delineadas por las luces de las casas. ¿A quién se le ocurrió construir una ciudad aquí? A los españoles, claro, ¿pero a quién? La vista es estupenda; roba el aliento. Nate sonríe, embelesado. Se sienta en la roca más alta y extiende su brazo hacia mí para indicarme que me siente junto a él.

Ya sentado, le señalo a Nate algunos sitios de interés en la medida en que se me revelan por su forma y ubicación geográfica; no por sus detalles, porque de madrugada son indiscernibles. "Mira, allá está el cine Castro", le digo. Al rato: "En el parque que se ve ahí hay una estatua de un cura mexicano del siglo XIX, muy famoso". Nate dice "ah" cada vez que le muestro un sitio nuevo. Me deja hablar. Tiene una sonrisa en la cara que parece fija, como las que se pintan con betún sobre las galletas antropomorfas de jengibre. Puedo adivinar lo que está pensando, gracias en parte al efecto telepático de la pastilla —tibio ahora, controlado—, pero también porque se trata de una conclusión obvia. Ambos llegamos a la misma conclusión hace ya varios días; solo nos falta ponerla en palabras.

—Me voy a mudar a San Francisco para estar contigo —anuncia Nate, para que haya constancia, para hacerlo oficial.

Después de eso no decimos nada. Nos quedamos en la cumbre de Corona Heights hasta que el efecto del relámpago desaparece casi del todo y comenzamos a sentir, por primera vez en la noche, el frío invernal de la ciudad.

Nos quedan tres horas de sueño. Al llegar al estudio, nos metemos desnudos a la cama. Nate se queda dormido casi al instante; ronca. Yo intento dormir durante un rato, pero me doy por vencido a la media hora. La estela que deja la pastilla rara vez me deja dormir hasta la noche siguiente. Además, los vecinos de abajo se están peleando otra vez. Sus gritos suben por el cubo de luz del edificio y se cuelan a mi estudio por la ventanita del baño. Ya conozco la historia; se trata de un pleito repetido: ella se embarazó imprevistamente hace un par de meses; él es un pintor mediocre —lo he visto pintar sobre lienzos con latas de pintura en aerosol— que se niega a buscar un empleo lucrativo. Ella teme por el futuro de su vástago; él exige respeto por su talento artístico.

—¡Carajo! —grita él—. ¡Estoy haciendo lo más que puedo!

La luz comienza a colarse por la ventana que abre a la escalera de incendios. Hace unos meses rompí accidentalmente la persiana y ahora no cierra del todo. A la luz del amanecer, observo el portento que es Nate, su cuerpo macizo. Levanto un poco las sábanas para verlo completo: las líneas musculares que deslindan sus hombros del resto del torso, la partición enérgica que forman sus omóplatos sobre la espalda; más abajo, al pie de sus nalgas, las dos hendiduras dorsales más marcadas que he visto nunca; no sé si sean genéticas o el resultado de sus esfuerzos deportivos. Luego, sus nalgas, que no parecen continuación de su espalda, sino que brotan de pronto, autónomas, blancas y firmes; completamente tersas, con excepción de los vellitos rubios que circundan el hoyo del culo. Pongo una mano sobre la raya que divide sus nalgas y hurgo con el dedo índice entre ambos hemisferios; recorro el cañón de sur a norte y de regreso: está húmedo y cálido, como jungla inexpugnable. Encuentro el agujero y, con la yema de mi dedo, lo oprimo hasta que cede. Poco a poco, hundo el dedo lo más que alcanzo desde este ángulo. Ahí lo dejo reposar: en su culo prodigioso, el refugio del guerrero. Nate frunce el ceño, pero no se despierta del todo. Tengo la respiración entrecortada y el corazón me palpita velozmente. En un instante me monto sobre Nate; pongo una rodilla a cada lado de sus muslos y hago que mi pito se abra paso entre sus glúteos. Nate está ahora despierto, o casi: no abre los ojos, pero sonríe y encorva un poco la espalda; eleva las nalgas hacia mi verga, en señal de invitación. Lo penetro con un movimiento largo, ininterrumpido, hasta el fondo. Nate hace un gesto de dolor. Me quedo ahí un momento, en el pozo de su cuerpo. Luego empiezo el vaivén de la cogida y el gesto de dolor desaparece de su cara.

Camino al aeropuerto, en el metro, vamos en silencio. Más que tristes por la despedida inminente, estamos agotados. Nate lleva la cabeza inclinada sobre mi hombro y parpadea de vez en cuando, al borde del sueño. Para entretenerme, veo los anuncios de una campaña contra la metanfetamina cristalizada que impulsó el gobierno hace unos días y que ahora decoran el vagón del metro. Cada anuncio muestra una foto de una persona de aspecto normal y, bajo la foto, la edad de la persona en el día en que fue retratada. Luego, a la derecha, se presenta un retrato más reciente de la misma persona, tras unos años de haber consumido metanfetamina cristalizada en abundancia. Si bien la diferencia de edad entre ambas fotos es de dos, tres, cuatro años a lo mucho, por su aspecto se diría que la persona retratada ha envejecido quince o veinte, en parte por las arrugas, la piel enjuta, pero también por una mirada que delata cierta demencia hueca.

El metro sale del túnel subterráneo a la intemperie. La lluvia choca contra las ventanas.

—Mira, el cielo está llorando porque nos tenemos que separar —dice Nate, sin ironía.

En el aeropuerto, lo encamino a los mostradores de la aerolínea y luego al área de seguridad, donde nos besamos por última vez. Lo veo avanzar por la fila larga de pasajeros hasta llegar a la cinta transportadora de equipaje. Justo antes de pasar por el detector de metales, Nate se vuelve a verme. Me sonríe igual que en Chicago, igual que en el Starbucks, con su sonrisa de anfitrión de programa de concursos: ensayada, pero efectiva. Luego, se pierde entre una multitud de pasajeros.

Cuando lo veo marchar, siento de pronto, para mi sorpresa —y, hasta cierto punto, orgullo—, un nudo en la garganta; el nudo aquel que se describe en las novelas decimonónicas cuando el amado parte a la guerra.

A uno de los efectos secundarios de las pastillas se le conoce como el "martes triste". Dice la *vox populi* —la voz del pueblo sodomita— que, si uno se toma las pastillas el sábado por la noche, tiene aún la oportunidad de gozar de sus delicias menguantes durante el domingo y el lunes, siempre y cuando le quede a uno un poco de serotonina en el cerebro. Para el martes, sin embargo, las reservas del neurotransmisor han quedado infaliblemente vacías, lo cual produce una sensación morosa. Hasta el día de hoy, siempre había pensado que el *blue Tuesday* no era más que una mentira con propósito de moraleja, pero hoy me costó un trabajo desmedido venir a la oficina. Me desperté sin ganas, sin energía, como con fiebre. Se me ocurre que quizá la sensación de pesadumbre sea emocional: Nate y yo no hemos vuelto a discutir su traslado a San Francisco desde de su partida, hace tres días. No ha olvidado la sugerencia o propuesta de mudarse aquí, de eso estoy convencido: a diferencia del alcohol o la mariguana, las pastillas no causan pérdida de memoria. Sin embargo, es un hecho que inhiben la parte del cerebro responsable de la lógica, de forma tal que el comportamiento y las decisiones son producto de impulsos sentimentales. Me pregunto, vaya, si Nate cambió de opinión una vez que empezó a considerar la sobria logística de una mudanza: dejar su empleo, su ciudad, a sus amigos, para mudarse a una ciudad nueva por causa de un noviazgo incipiente —¿somos novios siquiera?—, de apenas un par de meses. Como sea, no me corresponde a mí sacar el tema a colación. Si va a retractarse, que lo haga por iniciativa propia.

El nudo se ha instalado en la garganta; lo siento en todo momento, aunque no esté pensando en Nate, ni en la distancia, ni en la posibilidad de que nunca vayamos a vivir juntos, en la misma ciudad.

Trabajo el capítulo dos del nuevo libro de texto. Reviso las fotos y escojo las que me parecen mejores. En este capítulo, los estudiantes aprenden ciertas irregularidades del presente de indicativo (hago, tengo, digo, pienso, duermo, pido) y, en consecuencia, la conversación de los personajes del libro de texto se vuelve nominalmente más interesante. También se les indica que memoricen, sin entenderlo, el uso del verbo *gustar*. Es un tema complicado para los angloparlantes, porque en el español no lo empleamos como la mayoría de los otros verbos: no decimos, por ejemplo, "yo gusto", sino "me gusta". Es decir, el sujeto de la oración no es la persona, sino aquello que le gusta a la persona: el café, los perros, las nalgas grandes.

Sin entrar en explicaciones gramaticales detalladas (imposible precisar a estas alturas de la instrucción que la persona a quien se refiere la frase no es el sujeto, sino el objeto indirecto), los personajes del libro de texto ejemplifican el uso de *gustar* con un diálogo:

SEBASTIÁN: Lulú, ¿te gustan tus clases de este semestre?

LULÚ: Bueno, me gustan mis clases de matemáticas y mis clases de literatura, pero no me gustan

62

mis clases de filosofía y de química. ¿A ti qué te gusta?

SEBASTIÁN: A mí me gustan los deportes.

"Y a usted", le pregunta el manuscrito al lector, "¿qué le gusta?" Para facilitar la respuesta, el libro proporciona la primera parte de la oración: "A mí me gusta(n)…"

Salgo a almorzar algo. No tengo hambre, pero pido una ensalada en el mercado del muelle y me siento a comerla en una de las mesas comunales que están al centro del edificio. Cada vez que veo acercarse a algún colega de la oficina, miro hacia abajo, como si algo se me hubiera perdido entre la lechuga. La técnica de evasión resulta efectiva con dos o tres personas, hasta que Sean da conmigo. Sean es uno de los investigadores del departamento de arte y fotografía. También es estudiante de algo, no sé de qué, en la Universidad de Berkeley. Tiene cuadritos de metal de ortodoncia en los dientes delanteros.

—¡Amigo! —me dice en español, con acento enervante. Luego, en inglés—: ¿Me puedo sentar contigo?

Sean me anuncia que algunos de nuestros colegas tienen planeado salir esta tarde para festejar el cumpleaños de Nancy, una de las asistentes editoriales. Me pregunta si quiero ir. Sin aguardar a que responda, me advierte:

—Siempre tienes cosas que hacer; esta vez no voy a aceptar un "no" por respuesta.

Horas más tarde me encuentro con mis colegas en el *lobby* del edificio. Aunque he visto a Nancy varias veces hoy, no he tenido la oportunidad de felicitarla. Le digo "feliz cumpleaños" y me responde, pecosa y sonriente, algo que no entiendo: Nancy es australiana.

Aunque tengo pocas ganas de convivir con mis colegas, la alternativa de volver a mi estudio y pasar solo el resto de la tarde me parece aún más lúgubre.

Vamos a un bar en el barrio de Tenderloin. La mayoría bebe un licor alemán marrón, casi negro, que el barman vierte de una botella verde con letras góticas. Primero alinea los vasitos sobre la barra, luego los llena a la mitad con el licor marrón y los rellena con tequila y agua mineral. Mis colegas toman su vasito, lo azotan contra la mesa, se toman su contenido de un solo trago y sacuden el cuerpo como si alguien los hubiera enchufado a la toma de corriente. Al instante piden otro trago.

Yo bebo cerveza.

Sean no se me despega por nada; a cada rato me toca el brazo o la espalda. Cada vez que digo algo, inclina un poco la cabeza hacia la derecha y sonríe. Tiene los ojos vidriosos y un aliento homicida. Conscientes de las intenciones de Sean, algunos de nuestros colegas —en especial Nancy, la del cumpleaños— lo animan con guiños y empujoncitos. Ándale, es tu oportunidad, le dicen con gestos, a sabiendas de que también yo puedo verlos.

Decido irme a casa, y quizá Sean intuya que estoy a punto de despedirme, porque me toma del hombro rápidamente y me acerca la boca fétida al oído.

—Tengo coca —me dice.

En el baño de hombres hay un empleado trapeando el piso, así que nos pasamos al de mujeres. Una señora avejentada nos ve pasar por el espejo, pero no dice nada. Nos encerramos en el último cubículo del baño. Sean saca una bolsita de plástico traslúcida de sus pantalones y me la muestra: tiene un gramo de cocaína, a lo mucho. Nunca es suficiente.

Vuelca una porción del polvo sobre el tanque del retrete y forma cuatro rayas idénticas con una tarjeta de crédito. Mientras tanto, saco un billete de la cartera y lo enrollo para formar un popote.

—Adelante —me dice Sean.

Me tapo la fosa nasal izquierda; con la otra —y con el popote improvisado— inhalo una de las rayas blancas. Echo la cabeza hacia atrás, sin dejar de inhalar, para no desperdiciar el polvo. Al instante siento el efecto analgésico en la tráquea. La cocaína tiene un dejo tóxico —pero delicioso— que me recuerda el olor de la gasolina. Una vez, de niño, me explotó un cohete peligrosamente cerca de la cara; la sensación de la pólvora quemada en la laringe es casi idéntica.

Antes de pasarle el billete a Sean, repito la operación invirtiendo las fosas nasales. La segunda raya disgrega, sin más, la tristeza del *blue Tuesday*. El nudo que dejó en la garganta la partida de Nate se entumece por completo.

Sean inhala sus dos rayas y luego lame el borde de la tarjeta de crédito; la guarda en el bolsillo de su pantalón, me mira a los ojos con apetito animal y me ataca la cara. No me opongo a la ofensiva porque la cocaína, después de todo, es suya, pero sobre todo porque a la bolsita le quedan unas cuantas rayas más.

Nos besamos un buen rato. Procuro contener la respiración, pero aun así no esquivo el mal aliento de Sean. Siento cómo los cuadritos de metal me rasguñan la lengua y la parte interior de los labios. Es un beso largo, tortuoso. La boca me sabe a sangre.

Alguien con voz de mujer golpea la puerta del cubículo y dice algo con respecto a los hombres, los baños, la gerencia. Aprovecho la interrupción para decirle a Sean:

—Hay que hacer otra raya.

Veinte minutos después nos unimos al resto del grupo. Todos tienen muy mal aspecto porque no han parado de beber desde que llegamos al bar. A duras penas pueden articular oraciones coherentes.

—Pensamos que se habían ido— dice Nancy, pelirroja. Procura una sonrisa chabacana, pero justo en ese momento le llega una arcada y vomita el licor alemán sobre su falda y piernas. La falda gotea vómito por todas partes, como paraguas. Al instante, Nancy se pone a llorar. Sean se apresura a su lado y la abraza.

—No, nena, no llores. No pasa nada; estás entre amigos.

Aprovecho la distracción de mis colegas para escaparme del bar por la puerta de atrás.

Al día siguiente, le envío un mensaje electrónico a Fadi: cómo estás, qué has hecho, cuándo empieza el nuevo semestre en la universidad. Tarda un par de días en contestarme. Me responde, en el sentido más estrecho del verbo: está bien, no ha hecho nada en particular, el nuevo semestre empieza en dos semanas. Oprimo *reply* para darle seguimiento a la conversación, pero no se me ocurre qué escribirle. Quisiera contarle que Nate y yo nos hemos mantenido en contacto, que vino a visitarme, que tiene planes de mudarse a San Francisco o que tenía planes de hacerlo, no estoy seguro. No sé si debo fingir que no hay tensión entre nosotros; continuar la charla como si nada y aguardar a que las cosas se compongan por sí solas. No tengo claro cuál es el estado actual de nuestra amistad; si todavía existe o si se vio dañada en Chicago al punto de quedar para siempre fracturada. Observo la pantalla y mantengo los dedos suspendidos sobre el teclado, pero no me sale palabra alguna. Al final, decido posponer la respuesta unos cuantos días más.

Rodrigo observa la clase de ballet de sus hermanas mayores. "Eres el bebé", suelen recordarle o explicarle las amigas de su mamá: el favorito, el que siempre se sale con la suya; mejillas que piden a gritos un pellizco.

Hay una paradoja entre ser el más mimado y el tener que enfrentarse a cada rato contra las interdicciones de ambos padres. Las muñecas de tus hermanas, no. El juego de té, no. El delantal de mamá, no. La máquina de coser, no. El niño identifica la paradoja, aunque no pueda expresarla. Se sale con la suya, es cierto, pero solo cuando "la suya" armoniza con las expectativas viriles del padre.

Las hermanas arquean el pie, se paran de puntas, alzan las piernas y los brazos. Oculto en parte por la puerta entrecerrada, Rodrigo comienza a imitar los movimientos de las bailarinas. Algo en el universo se acomoda de pronto. Las manos de Rodrigo responden a la lógica de la música. Absorto en el placer del baile, no se percata de que la maestra de ballet lo observa a la vez que les da indicaciones a sus discípulas.

Media hora más tarde, cuando la madre pasa por Rodrigo y sus hermanas, la maestra se acerca a hablar con ella. Le dice que ha visto bailar a Rodrigo, que es un niño talentoso, con mucho potencial. Le sugiere —casi le implora— que lo deje tomar clases con sus hermanas.

Rodrigo siente anhelo y horror simultáneos; sobre todo horror. La madre lo mira con sorpresa, quizá también con un poco de decepción.

—Déjeme hablarlo con mi esposo —responde la madre.

Rodrigo sabe que nunca lo hará.

—Hola, Gato —me saluda Nate por el teléfono. Hace unos días decidió que era un buen apodo para mí. A veces lo usa en inglés, otras veces en español—. Ya hablé con Scott, mi jefe.

—¿Sobre qué?

A Nate le sorprende mi pregunta.

—Sobre el hecho de que voy a renunciar. ¿De qué más iba a hablar con él?

Estoy acostado sobre mi cama, supino. Por algún motivo, la sangre se me va veloz al pito y me provoca una erección incongruente. Hace días me convencí de que Nate jamás iba a mudarse a San Francisco y de que nuestra relación no tenía futuro por causa de la lejanía. Bajo otras circunstancias habría considerado mudarme yo a Chicago, pero estoy restringido a mi empleo en la editorial por causa de mi visa de trabajo. Soy un esclavo.

El jefe de Nate le pidió que se quedara unos meses más. Quiere que Nate entrene a uno de los consejeros de planta para que lo sustituya como supervisor del equipo de sicólogos.

—Lo más probable es que pueda mudarme en el verano. Como sea, no vuelvo a pasar un invierno en Chicago.

La erección no ha cedido, en parte porque la estoy avivando con la mano.

—¿Dónde vamos a vivir? —le pregunto. En mi estudio no caben dos personas—. ¿Empiezo a buscar un departamento más grande?

—No, preferiría que me esperaras. Me gustaría que lo buscáramos juntos. Quiero que ambos escojamos el espacio perfecto.

Mi excitación sexual aumenta con la propuesta de Nate, al punto de que tengo que desabrocharme el pantalón para hacerle espacio a mi pito.

—La tengo parada —le anuncio.

Nate suelta una carcajada.

—¿Y eso? ¿Por qué estás excitado?

—No sé —respondo.

Las mejores erecciones suelen ser imponderables.

—Te amo, Gato —me dice.

—Yo también te amo.

Hay algo de ridículo, casi vergonzoso, en decir esas palabras. "Te quiero mucho", dice la gente en mi país. El verbo *amar* está reservado para las baladas y las telenovelas. Confío, sin embargo, en la intensidad de mis emociones, que en este momento están encarnadas en mi verga erecta.

Al terminar la llamada comienzo a masturbarme frenéticamente. No puedo fijar una imagen específica en mi cabeza: las nalgas de Nate; sus axilas; los bíceps del negro que va a mi gimnasio; mi propio ombligo… nada en particular captura mi atención, pero de todas formas me vengo rápido, con un orgasmo detonante, sobre mi abdomen y pecho. Ahí me quedo un buen rato, sin limpiarme, con mi mano enconchada sobre el pito.

Pasan los días y el nudo en la garganta, obstinado, me hace ahora toser a ratos. Decido ir al doctor.

—Es gonorrea —me anuncia, tras hacerme una prueba de saliva.

A continuación, me explica algo con respecto al tratamiento, otras pruebas de laboratorio que deben hacer, la conducta sexual de riesgo elevado, la responsabilidad, los diques de látex. Me pone en la mano envolturas de condones y sobrecitos de plástico rellenos de lubricante. Luego me da una serie de folletos de colores. Cada folleto ilustra, con fotos eméticas y una lista de síntomas y repercusiones, la crueldad de una enfermedad de transmisión sexual. El folleto de arriba es amarillo y se titula "La clamidia no es una flor".

Apenas escucho lo que me dice el médico. Repaso las últimas semanas en mi mente para asegurarme de que no he tenido relaciones sexuales con nadie más que Nate. No puedo pensar en ningún otro encuentro, con excepción del día en que Sean y yo nos besamos en el cubículo del baño. ¿Es posible infectarse con un simple beso? Aunque la sesión de besos con Sean fue todo menos simple: el metal de su boca me hizo sangrar los labios. Seguramente eso incrementa la posibilidad de una infección.

Quisiera convencerme de que fue Sean quien me pegó la gonorrea, pero entonces recuerdo que ya tenía el nudo en la garganta antes de besarme con él. Los primeros síntomas los sentí el día en que llevé a Nate al aeropuerto. La cronología es ineludible: en todo caso, tal vez yo le haya pegado la gonorrea a Sean.

El médico me deja a solas unos minutos en el consultorio. Al rato entra un enfermero con una jeringa, una botella de antibiótico líquido y dos pastillas rosas en un vasito. Sin decir palabra, me sirve agua de un garrafón en un cono de papel y me da el vasito con las pastillas. Una vez que me las he tragado, abre el envoltorio de la jeringa, inserta la aguja en la botella de antibiótico, transfiere todo el líquido a la jeringa y me mira por primera vez a la cara.

—Bájese el pantalón e inclínese sobre la camilla, por favor.

Lo obedezco. Me clava la aguja y al instante siento cómo el líquido penetra el músculo de mi nalga izquierda. Es una inyección dolorosa, como el oprobio.

—Fui al médico, Nate. Me encontraron gonorrea en la garganta.

Nate no responde inmediatamente, lo cual me pone nervioso. Ojalá pudiera verle la cara a través del teléfono. Por algún motivo, su silencio me hace sentir culpable.

Tras varios segundos, Nate me pregunta:

—¿Te infecté yo? —no hay emoción alguna en su voz.

—Creo que sí. No he tenido relaciones sexuales en varias semanas más que contigo. Los síntomas me empezaron el día en que te fuiste de San Francisco.

—Entonces probablemente me infecté en el sauna. Fui unos días antes de irte a visitar. Debe haber sido el griego ese que te conté, el de la Fuerza Aérea. Te conté sobre él, ¿no? Qué raro, yo no tengo síntomas ni en la garganta ni en el pito. De todas maneras, desde luego, voy a ir al doctor. La gonorrea puede ser asintomática. También tendré que notificarles a mis clientes; espero que no los haya infectado. No voy a poder ver clientes cuando menos una semana completa.

Nate habla a la vez que piensa; con parsimonia, sin inflexiones. Para él, la gonorrea es, sobre todo, una inconveniencia logística. Al final, después de otro silencio, me pregunta:

—¿Estás enojado conmigo?

—No —respondo.

—Qué bueno. Perdón si fui yo quien te infectó.

A la mañana siguiente, en la oficina, busco un sitio en internet del que alguien me habló alguna vez. Lo encuentro sin dificultad. De una lista larga de enfermedades de transmisión sexual, marco el cuadrito que está a la izquierda de *gonorrea*. En la siguiente página, escribo la dirección electrónica de Sean. No tengo la dirección personal, así que pongo la del trabajo, a sabiendas de que este detalle tal vez me delate. Oprimo otro botón y la carta anónima se genera automáticamente:

"A quien corresponda: Una pareja sexual del pasado le ha enviado un mensaje con respecto a su salud. Para ver el mensaje y/o responder, oprima el siguiente botón".

Sin pensarlo demasiado, envío la carta.

Diez minutos más tarde recibo un mensaje electrónico:

"A quien corresponda: La persona a quien usted le envió la notificación anónima ha respondido. Para ver la respuesta, oprima el siguiente botón".

Lo oprimo.

"Ya sé quién eres", dice el mensaje; "no seas cobarde".

En marzo viajo a Chicago. Nate me pide que vaya sin equipaje, para que me regrese con una maleta suya y su mudanza en el verano sea más sencilla.

—Somos de la misma talla, más o menos. Te va a quedar bien mi ropa. No traigas ni chamarra; yo te llevo una al aeropuerto.

En los libros de texto que publica nuestra editorial nunca se utiliza la palabra *chamarra*, que es de uso casi exclusivo de los mexicanos. Los libros de texto de enseñanza de la lengua procuran utilizar los términos de empleo más generalizado en los países hispanohablantes, aunque a veces la elección parece arbitraria: habichuelas, arvejas, chándal, bragas. Los campos semánticos relacionados con la comida y la ropa son los más problemáticos por ser los que más varían de país a país. Por esta razón, las secciones de vocabulario cambian, hasta cierto punto, con cada libro de texto. *Chamarra*, sin embargo, nunca aparece en nuestras publicaciones. El término estándar es *chaqueta*, que para los mexicanos significa *masturbación*.

Procuro trabajar un poco durante el vuelo. Por culpa de los autores, que nunca antes han escrito un libro de texto y que me envían modificaciones innecesarias a cada rato, me ha sido imposible cumplir con las fechas límite de entrega. Reviso las primeras páginas del capítulo tres, pero no puedo concentrarme en la lectura, porque en la fila de atrás hay una mujer que no para de llorar.

—Perdóname, en verdad lo siento mucho —le implora el hombre que va junto a ella. Me imagino, por el tono de voz conciliatorio, que se trata de su novio o esposo.

—Pero es que te lo pedí mil veces, *mil* veces —dice ella en voz alta, sin importarle que la escuchen los otros pasajeros—. ¿De qué sirvió?

—Te juro que intenté…

—No, ni me digas, porque no te voy a creer.

El hombre guarda silencio. Ella vuelve a hacer ruidos de llanto con la boca y la nariz, y pregunta:

—¿No tienes más que decir?

—No sabes lo mal que me siento. Perdón.

—Ah, ¿sí? ¿Lo mal que te sientes *tú*?

—Perdón.

—Deja de disculparte.

Al final, termino por guardar la computadora. El resto del vuelo lo paso con los ojos cerrados, sin poder dormir.

Abigail, la mejor amiga de Nate, que tiene coche, lo lleva al aeropuerto a recogerme. Nate y yo nos abrazamos.

—Nunca antes había pasado tanto tiempo sin que nos viéramos —me dice al oído, lo cual me hace reír un poco, porque en realidad solo hemos convivido una vez en Chicago y otra en San Francisco.

Me presenta a Abigail, quien me saluda con un beso en cada mejilla.

—Qué gusto me da conocerte. Nate no ha parado de hablar sobre ti. Me muero de celos. ¡Y te lo llevas a San Francisco!

Abigail es aún más guapa de lo que Nate me había descrito por teléfono: pelirroja como Nancy, la del trabajo, pero no de manera desagradable. Tiene los ojos verdes, los labios delgados y la piel blanca a más no poder, como las princesas de los cuentos de mi infancia.

Nate me da la chamarra que llevó al aeropuerto para mí: es la negra, la de edredón, que traía puesta la mañana en que nos conocimos —aunque no hablamos en esa ocasión; nada más me sonrió y me dejó con ganas— en el Starbucks de Andersonville. Me pongo la chamarra. Huele a Nate y a mariguana.

Camino a Rogers Park, a la casa de Nate, en el coche de Abigail, me entero de que tenemos varios planes para los próximos días. Nate, que viene sentado detrás de mí, me pone las manos sobre los hombros y los oprime afectuosamente.

—Hay mucha gente que quiere conocerte —me dice.

Hoy, en un par de horas —me explica—, vamos a cenar con Abigail en casa de su novia, o exnovia, no me queda claro; mañana en la tarde hay una fiesta en casa de Nate; el domingo, si tenemos tiempo y no hace demasiado frío, vamos a encontrarnos con unos amigos antes de volver al aeropuerto para andar en bicicleta en Lakefront Trail, la vereda que recorre el lago Míchigan.

Abigail nos deja en casa de Nate. Por fuera no la reconozco —no puse mucha atención la noche en que me trajo—; por dentro, identifico más o menos la distribución general de los cuartos, pero los detalles me son desconocidos. Es una casa bien plantada: tiene todos los muebles necesarios y no hay espacio que no tenga un mueble correspondiente, como la regla de oro de Rosario Castellanos. En todas las paredes hay cuadros; sobre las mesas, jarrones, fotos enmarcadas, lámparas de luz tenue. Es como si alguien diez años mayor que Nate —alguien con un presupuesto más adulto— hubiera ornamentado la casa.

Mientras Nate usa el baño, me acerco al cuadro que está sobre la chimenea. Es un óleo de un hombre desnudo. El hombre mira de frente con un gesto provocador y ojos demasiado azules. Los músculos están delineados; los testículos y el pene tienen un tamaño optimista. La pose del hombre es anacrónica, neoclásica: tiene una pierna frente a la otra y, por ende, la cadera más elevada de un lado que del otro; los brazos, de venas emergentes, están entrelazados por encima de la cabeza. El trasfondo del cuadro muestra un despeñadero y un cielo improbables. Pienso, con sentimiento de culpa, que hace mucho no veía un cuadro de tan mal gusto. A los pocos segundos caigo en cuenta, con horror, de que el hombre del cuadro es Nate.

En ese instante sale Nate del baño.

—¿Qué te parece la pintura? —me pregunta.

—¡Eres tú! —respondo, de manera evasiva.

—Sí, lo pintó un cliente mío. ¿Te gusta?

—Claro, está muy bonito.

Nate me mira con los ojos entrecerrados, como hace cada vez que quiere calibrar la sinceridad de mis opiniones. Se me acerca, alza la mano derecha y me pone el pulgar sobre una mejilla y el dedo índice sobre la otra, como hacen algunas madres con sus hijos para amonestarlos con dulzura. Luego acerca mi cara a la suya hasta que estamos a punto de besarnos. Así nos quedamos un rato, sin decir palabra. Siento el aire cálido de su exhalación sobre mi boca, lo cual comienza a excitarme. Intento tocarlo con un brazo, pero Nate me sujeta de la muñeca para impedir que me mueva.

—La próxima vez que te pregunte algo, maricón —me dice con severidad fingida—, más te vale que me respondas con la verdad.

Me empuja hacia el sillón de la sala. Caigo sentado. Nate se desabrocha los *jeans*. Tiene la verga henchida. Se me ocurre comparar el tamaño real de su pito con el del cuadro, pero antes de poder hacerlo ya tengo la verga de Nate alojada a media garganta.

La novia o exnovia de Abigail —creo que ni ellas lo tienen claro— vive en un edificio remodelado cerca del centro de la ciudad. Nos abre la puerta de su departamento y, al verla, pienso al instante en masa para hacer tortillas. Se parece a mi primo Gerardo, quien tiene las ancas desbordadas por causa de un problema glandular. Tiene también el mismo corte de pelo.

—Hola, soy Teresa.

Su voz es incongruentemente aniñada. Me extiende la mano, pero no oprime la mía al saludarme. Su piel es como la plastilina.

Como sucede cuando conozco a una pareja, intento imaginar a Abigail y Teresa en el acto sexual: las pienso desnudas; primero una sobre la otra, luego al revés; lado a lado, invertidas, enganchadas: no alcanzo a entender el procedimiento, no tanto por el misterio que es el sexo entre mujeres, sino por la diferencia de tamaños.

Teresa nos sirve unas bebidas y luego una cena deliciosa: ensalada, pasta, brócoli, pastel de chocolate con helado de vainilla. No habla mucho; Abigail domina la conversación. Habla sobre su trabajo, sobre el de Nate; sobre su familia en Florida, sus planes para el verano, el gobernador del estado. Salta de un tema a otro sin esforzarse por entretejerlos. Nate la interrumpe en una ocasión para comentar lo rica que está la cena. Yo aprovecho para agradecerle a Teresa por habernos invitado. Abigail asiente y aguarda un par de segundos, sin siquiera dirigirle una mirada a Teresa. Luego, retoma su monólogo.

Durante el postre, es más que evidente que Teresa no está feliz. Tiene la cara inclinada y los hombros alzados. Corta, con su cucharita, porciones ínfimas de su bola de helado, pero no se las come: las pone al borde del plato y ahí deja que se derritan. De pronto, suelta la cucharita, que hace *clanc* al golpear el plato; se pone de pie y se va llorando a una de las recámaras. Azota la puerta.

Abigail suspira, sacude la cabeza y alza los ojos al cielo para implorar paciencia divina.

—Perdón —dice; arroja la servilleta de tela al plato y se va también a la recámara.

Nate y yo nos despedimos de la anfitriona a través de la puerta y volvemos a casa de Nate en taxi. Al llegar, Nate saca un fajo de billetes del bolsillo delantero de su pantalón y le paga al chofer.

Al día siguiente llamo a Fadi por teléfono.

—Hola, Fadi, estoy en Chicago.

—¿En serio?

En contra de lo que esperaba, Fadi no suena resentido. Me pregunta si fue un viaje de última hora, si vengo de trabajo, por qué no le avisé con tiempo que venía, dónde estoy hospedado.

—Sí, fue un viaje de última hora —le miento—. Vine a ver a Nate, ¿te acuerdas de él?

Fadi guarda silencio un segundo; dos, tres. Luego me dice, con naturalidad forzada, que claro que se acuerda de él, que le da gusto que yo haya venido, aunque seguramente estaré muy ocupado en este viaje y no podremos vernos, no importa, ni hablar, para la próxima. Le digo que claro que tengo tiempo, faltaba más; de hecho, para eso lo llamo, ¿qué tal si nos vemos para desayunar? Fadi acepta. Le pregunto, a instancias de Nate, si conoce el Bongo Room.

—Es un restaurante que está…

—Sí, lo conozco. ¿A qué hora nos vemos?

Fadi llega al restaurante con sus amigos Arturo y Haas. Arturo me saluda con un abrazo y Haas me tiende la mano. En vez de saludarme, Fadi dice:

—Invitamos también a Layla. Le habría encantado venir, pero tiene ensayo esta mañana.

A continuación, saludan todos a Nate. Arturo y Haas se presentan con él, aunque ya lo habían hecho la noche en que se conocieron en el antro.

Durante el desayuno, Fadi y yo conversamos, sobre todo, acerca de su tesis y mi trabajo: temas hasta cierto punto impersonales. No hacemos alusión al hecho de que vine a ver a Nate. Tampoco mencionamos que en los últimos tres o cuatro meses apenas nos hemos escrito. Hasta esta mañana, no habíamos hablado por teléfono desde antes de mi primera visita a Chicago.

Arturo y Nate conversan por su cuenta y Haas los escucha en completo silencio, con un humor inescrutable. Mientras hablo con Fadi, miro furtivamente a Nate; admiro el contraste entre su dicción tan profesional —le está describiendo a Arturo los detalles de un estudio de campo acerca de la conducta sexual de la juventud gay en las zonas rurales del país— y su ropa tan ceñida. Nate usa las manos, los brazos, para exponer sus ideas; entre más sustancial la idea, más se le marcan los hombros y los tríceps bajo la tela delgada de su camiseta térmica.

—¿Todavía crees que puedas venir conmigo a Beirut este verano? —me pregunta Fadi en voz baja.

Había olvidado nuestros planes tentativos. Con la mudanza de Nate a San Francisco, no hay forma de que me vaya con Fadi a Líbano.

—Es posible. Me encantaría, pero vamos a ver cómo ando de dinero.

Una vez en la calle, cuando estamos por despedirnos, Arturo nos anuncia que hoy en la noche se va a presentar un espectáculo de Layla en un teatro de la Universidad de Loyola. Layla manda decir que le encantaría verme. Nate me mira a los ojos y alza los hombros como para decir: "Tú decide". En la tarde hay una fiesta en casa de Nate —a la cual Fadi y sus amigos no están invitados—, pero en la noche no tenemos planes. Además, me encanta la idea de volver a ver a Layla; sobre todo, tengo muchas ganas de verla sobre el escenario, en toda su histriónica gloria.

Les digo que sí, por supuesto, con entusiasmo sincero. Arturo le explica a Nate dónde queda el teatro de la universidad. Quedamos de vernos a las ocho.

—Entonces no nos despedimos —dice Fadi.

A la fiesta llegan unas veinte personas; todas, o casi todas, con excepción de Abigail, son colegas de Nate. Abigail es también sicóloga, pero tiene un consultorio privado. Cada vez que alguien toca a la puerta, Nate se apresura a recibir al nuevo invitado y a continuación lo dirige al rincón de la sala en donde estoy de pie, con una cerveza en la mano, para presentarme. Todos me saludan con cierta familiaridad y me hacen preguntas acerca de mi vida en San Francisco: Nate les ha hablado sobre mí, en mayor o menor medida.

Una o dos horas más tarde, se abre la puerta de la entrada y aparece Finn. Lo reconozco porque lo he visto en algunas de las fotos que tiene Nate en la sala: en una de ellas —la más memorable— Nate y Finn están de vacaciones en una playa de Puerto Rico. Ambos llevan trajes de baño entallados y una bebida tropical en la mano. Ninguno se ha percatado de la cámara; se trata de un retrato espontáneo: Finn está en proceso de narrar algo claramente hilarante, porque Nate se ríe a carcajadas, con la cabeza echada hacia atrás. En la foto, la mano de Nate está extendida sobre el pecho fuerte y lampiño de Finn.

Finn es el exnovio de Nate. Hasta hace un año, vivían juntos en esta casa.

Con desenvoltura, Finn abre la puerta del clóset que está junto a la entrada, cuelga su abrigo y bufanda y vuelve a cerrar la puerta. Se toca el pelo para asegurarse de que esté impecable; mira a los invitados, primero de izquierda a derecha, luego de derecha a izquierda; encuentra a Nate —quien no se ha percatado de su llegada— y dice, con un suspiro afectado, como si el esfuerzo por encontrarlo hubiese sido exhaustivo:

—*There you are*, Nathaniel. Ahí estás.

Nate escucha su nombre o reconoce la voz de Finn o presiente en ese instante que su exnovio requiere de atención. Se vuelve a verlo, sonríe, se acerca a saludarlo y le dice algo con respecto a su impuntualidad. Finn ignora el comentario. Empieza a caminar en dirección a la cocina, donde están las bebidas alcohólicas, pero Nate lo toma del codo y lo desvía para llevarlo conmigo. Nos presenta. Nate le dice que llegué anoche de San Francisco.

—Ah, qué bien. ¿Y cómo es que conoces a Nathaniel? —me pregunta.

A Nate le cambia el color de la cara. Antes de que yo abra la boca, le recuerda a Finn quién soy: que vivo en San Francisco, que nos conocimos en el Starbucks de Andersonville, que fue a California a pasar la nochevieja conmigo. "Claro, claro…", repite Finn, aburrido.

Poco después estamos todos ya borrachos; unos más que otros. Abigail se ha instalado junto a mí en un sillón de la sala. Con Nate no he hablado casi nada. Como buen anfitrión, se mueve de un círculo de invitados a otro. Hace bromas, preguntas; encanta a hombres y mujeres con su sonrisa irrefutable. Alguien le habrá señalado algún día que su sonrisa tiene poderes de mago; quizá lo descubrió él mismo delante de un espejo, porque hay maestría evidente en la forma en que la usa.

Mientras Abigail y yo conversamos, observo el momento en que Nate y Finn coinciden en la puerta del baño que está cerca de la entrada. Ambos aguardan a que se desocupe. Como en la foto de Puerto Rico —la foto en la que Nate tiene la mano extendida sobre el pecho de su exnovio; el pecho de pectorales firmes y bronceados—, Finn hace comentarios seguramente simpatiquísimos y Nate oscila entre una sonrisa y el franco alborozo. Cuando se desocupa el baño, ambos invitan al otro a que pase primero; discuten joviales unos segundos acerca de quién tiene más urgencia y al final deciden usar el baño al mismo tiempo. Tras ellos, se cierra la puerta.

Abigail me describe con detalle las virtudes nutritivas de la comida orgánica y los beneficios del yoga cotidiano, pero no le pongo mucha atención: pasan cuatro, cinco, diez, quién sabe cuántos minutos... en todo caso, más tiempo de lo que suelen tardarse dos varones en orinar, ya sea simultáneamente o por turnos, aun cuando ambos han bebido demasiado alcohol.

Abigail pone su mano sobre la mía.

—No pasa nada, cariño —me dice—. No significa nada.

Como sucede con frecuencia en las fiestas de este país, los invitados se van todos de súbito a la misma hora, como por acuerdo tácito. En la casa quedamos solo Nate —que está más borracho de lo que lo había visto nunca—, Abigail y yo. Nate va a la cocina y vuelve con tres vasos de agua. Luego saca una bolsita de plástico de sus *jeans* y la pone sobre la mesa de la sala.

—Un regalito de Finn.

En la bolsita de plástico hay tres pastillas blancas con una mariposa grabada sobre la superficie.

Media hora más tarde estamos los tres tumbados bocarriba sobre la alfombra de la sala. En el cielorraso, las sombras forman dibujos complejos, pero mantienen un orden austero, como cuadros minimalistas. La música está a un volumen tenue; aun así, puedo sentir su vibración sobre la piel. Abigail tararea la canción que está puesta. Su voz me parece hermosa, me embelesa: es un canto de sirenas ancestrales. "No pasa nada, cariño, no significa nada", me dijo esta tarde para consolarme. La inmensidad de su corazón me tiene casi aturdido. No hay mujer más bella en todo el mundo: ojos de un verde desparramado, como praderas; palidez de novela de Jane Austen.

De pronto, Abigail deja de cantar, se yergue hasta quedar en cuatro patas, hace un ruido porcino y vomita sobre la alfombra.

Nate reacciona antes que yo. Se apresura a la cocina y vuelve con una cubeta, agua y trapos.

—¿Estás bien? ¿Estás bien? —le preguntamos a Abigail, pero no nos responde. El pelo cobrizo se le ha adherido a la frente desvaída y sudorosa. Parece bruja de fábula.

Justo cuando Nate termina de limpiar la alfombra, se tapa la boca como asustado, se pone de pie lo más rápido que puede y corre al baño. Desde la sala lo escuchamos vomitar. En ese instante siento yo que se me comprime el estómago y corro en dirección a la cocina. Vomito en la tarja sobre una pila de trastos: un solo chorro largo y violento.

Cuando vuelvo a la sala, Nate dice:

—Creo que la pastilla estaba cortada con heroína.

Exacerbado el efecto de la pastilla, el resto de la noche lo pasamos casi inmóviles. La intensidad es casi abrumadora, pero permanece dentro de los límites del placer. A ratos cambiamos de posición, nada más para acariciarnos los unos a los otros o para traer más agua de la cocina. Es importante que uno permanezca hidratado.

Nate me besa el abdomen, me toca el pecho con las yemas de los dedos; su lengua juega con los vellitos que tengo bajo el ombligo.

Al rato, Abigail me besa en los labios: primero el de abajo, luego el de arriba; después, un beso franco, de boca abierta.

Minutos u horas más tarde, Nate le habla al oído a Abigail; palabras melosas que no me corresponde escuchar. Ella sonríe. Nate le besa la cara.

Cada que puedo, inhalo la nuca perfectamente rubia de Nate —su olor a tomillo— como para apropiarme de él.

En algún momento de la noche —o quizá ya es de mañana— recuerdo que hace varias horas tendría que haberme encontrado con Fadi en el teatro de la universidad. Siento culpa, luego tristeza. Al rato lo llamo para disculparme.

—Normalmente paso por un café al Starbucks de Andersonville camino a la oficina, pero ese día salí de la casa veinte minutos tarde. Me paré en la esquina de Bryn Mawr y Clark y esperé varios minutos, pero no pasó ningún taxi desocupado: cosa extraña, porque en la calle Clark normalmente abundan a esa hora. Comencé a caminar, con la esperanza de encontrar uno pronto. Anduve tres, cuatro, cinco cuadras, hasta casi llegar al Starbucks. Como llevaba tanto retraso, lo lógico habría sido que no parara por un café, pero tenía mucho frío: se me había olvidado el gorro de invierno en la casa y tenía las orejas doloridas. Además —te lo juro— algo me dijo que entrara. Fue una sensación inexplicable. Lo sentí como una necesidad imperiosa, pero se lo atribuí inicialmente a la temperatura.

"Al acercarme al Starbucks te vi a través de la ventana. El corazón me palpitó más rápido. Sentí curiosidad al instante: me gustó tu constitución física; me sentí atraído, claro, aunque solo podía ver tu espalda y tu pelo; el filo de tu cara. Me gustaste desde el principio, ya te digo, pero también sentí otra cosa, otra sensación, como si hubiera llegado a un sitio a la vez nuevo y familiar; no sé cómo explicarlo. Por eso entré al Starbucks, sobre todo: porque tenía que verte la cara para cerciorarme.

"En cuanto entré y te vi sentado, en cuanto levantaste la vista y pude ver tus facciones, no me quedó la más pequeña duda de que nos conocíamos desde hacía mucho, mucho tiempo. Ya en otras ocasiones me había topado con gente con quien había convivido en otras vidas, en otras formas, por eso la sensación no fue del todo nueva. Aun así, es una sensación muy poderosa. Piensa en la última vez que perdiste o creíste perder algo muy valioso o importante: seguramente lo buscaste por días, en los bolsillos de tus pantalones, bajo los asientos del coche, en la ropa sucia, en cada cierre de tu mochila, en los cajones de los muebles. Finalmente, te diste por vencido —no sin angustia— y asumiste que nunca más volverías a encontrar el objeto tan, tan valioso. Y una vez que aceptaste la derrota, una vez que te acostumbraste a vivir para siempre sin el objeto extraviado, un día, de la nada, levantaste un cojín del sofá o aspiraste bajo la cama y diste con ese objeto otra vez. ¿Identificas esa sensación de alivio y orden; de equilibrio? Bueno, pues así me pasa cuando me he encontrado con personas de otras vidas. Abigail, por ejemplo: creo que en alguna vida pasada fue mi hermana menor; a lo mejor también fue mi madre en algún momento. A Finn lo conozco igualmente desde hace algunas vidas: fue un compañero temporal; lo quise y lo quiero mucho, pero a él y a mí no nos corresponde ser pareja romántica; fue un error desde el principio, nos confundimos, nos dejamos guiar exclusivamente por la atracción física.

"En fin, aquella sensación de orden, de equilibrio, de cuando encuentras un objeto que creías perdido, se amplifica cuando te encuentras con una persona de una vida pasada. Y contigo se amplificó aún más. El efecto fue casi abrumador; no del todo distinto al instante en que te pega el efecto de las pastillas: es una felicidad sobrecogedora. Así lo sentí contigo. Si no lo expresé con mi cara, fue por las barreras que uno alza en sociedad para evitar ridículos. ¿Te imaginas qué habrías pensado si me hubiera acercado a ti para decirte que nos conocíamos de otras vidas? De por sí te cuesta trabajo creerlo ahora. Lo sé, pero no me importa: no tienes que creerme. Algún día quedarás convencido. Al menos sabes que esto que existe entre nosotros es especial, que no sucede todos los días. Tú ves los vínculos entre muchas otras personas y no son así; se quieren, claro, pero sus relaciones son torpes, primerizas, demasiado jóvenes. Algunas serán breves y sus efectos se desvanecerán casi del todo. Otras pocas, aunque jóvenes, se desarrollarán de manera paulatina; se harán más y más estables a lo largo de los años, hasta fortalecerse, hacerse sólidas, como la nuestra. No digo que esta vida sea ya la última en la que nos corresponde estar juntos, pero es un hecho que tenemos almas viejas, que nuestra relación se ha forjado con el tiempo. No sé si en otras vidas habrá sido tan difícil encontrarnos: no es fácil dar el uno con el otro cuando no se nace en la misma ciudad, ya no se diga en el mismo país. Pero es mejor que no nos hayamos conocido antes en esta vida, porque yo tenía algunos asuntos por resolver con otras personas y no habría tenido espacio para ti. Tampoco tú estabas listo, probablemente. Según lo que me has contado acerca de tu familia, tenías que limar las asperezas con tu madre, o al menos intentarlo.

"No sé por qué no me acerqué siquiera a hablar contigo al instante de haberte visto. Por estúpido, supongo. Dejé que las convenciones sociales se interpusieran; la prisa por llegar al trabajo. Pero también, aunque no lo creas, por la convicción de que nos volveríamos a encontrar. No me cabía la menor duda. Así que te vi a los ojos, fui a comprar mi café y salí del Starbucks por la puerta de atrás, con la certidumbre de que me estabas observando, de que también tú te habías percatado de la gran relevancia de nuestro encuentro, de que también tú tenías claro que volveríamos a vernos. Y así sucedió, Gato, así de fácil. ¿O crees que es coincidencia que nos hayamos vuelto a topar en el antro? De hecho, fuiste tú quien me halló a mí, ¿recuerdas? Yo esa noche no tenía ganas de salir; estaba cansado y ya había decidido quedarme en casa. Cuando me llamaron mis amigos para invitarme al antro, les dije que fueran sin mí. Pero a los minutos de haber colgado el teléfono cambié de opinión, cosa que rara vez sucede. No es que supiera que te iba a encontrar; no lo tenía así de claro. Sin embargo, sentí de pronto un impulso por *no* quedarme en casa, a pesar de mi cansancio. Al final ni siquiera vi a mis amigos esa noche, porque casi acababa de llegar al antro cuando de pronto un tipo me sujetó del brazo y me dijo, casi con un grito, '¡Starbucks!', que es una de las cosas más extrañas que me han dicho en la vida.

"Me tomó unos segundos reconocerte, pero una vez que supe quién eras, me pareció todo de lo más natural: en la superficie, se trataba del tipo guapo que estaba sentado junto a la ventana aquel día, el que me vio entrar al Starbucks y no dejó de observarme hasta que me fui por la puerta de atrás; en lo más profundo —lo supe al instante— tenía frente a mí a un compañero de otras vidas; a mi compañero de esta vida."

En la primera foto de la serie, Santiago —el personaje supuestamente limeño— está en la ducha: se ducha (son esos los términos que se emplean en el libro de texto: *la ducha* y *ducharse*). Solo puede verse la cara sonriente bajo el chorro de agua; nada por abajo del cuello. En la siguiente foto, Santiago se seca. Otra vez, la toalla cubre la mayor parte del torso, de forma tal que el espectador se queda con ganas de verle cuando menos un pezón. En la tercera foto, Santiago se afeita; en la cuarta, se peina; en la quinta, se lava los dientes; en la última, se pone la ropa: se trata del capítulo sobre los verbos reflexivos.

Desde que volví de Chicago hace unos días, Ted, mi jefe, apenas ha salido de su oficina. A Ted le gusta presumir y recordarnos el estilo de su liderazgo, de puerta abierta y diálogo ídem. Cuando no sigue sus propias reglas, nos pone a todos muy nerviosos. No es que los editores lo echen de menos: nadie en la compañía lo quiere —ni sus jefes, ni sus subordinados— con excepción quizá de Nancy, la australiana, que a todos acepta y a todos les sonríe. Sin embargo, la última vez que Ted pasó varios días encerrado en su oficina fue porque la editorial estaba en proceso de hacer recortes de personal. Cuando Ted emergió en aquella ocasión, varios de mis colegas perdieron su empleo.

Al volver del almuerzo me encuentro con una nota adherida a la pantalla de mi computadora: "Ven por favor a mi oficina en cuanto tengas oportunidad". También en el buzón de mi correo electrónico hay un mensaje de él, que dice exactamente lo mismo. Salgo de mi oficina, camino los tres pasos de distancia y toco a su puerta.

—Adelante.

Ted tiene la cara adusta.

"Va a despedirme", pienso, "y voy a perder la visa de trabajo". Si bien la idea de verme obligado a dejar el país siempre me ha preocupado, la posibilidad me angustia ahora mucho más. ¿Qué sucedería con mi relación? No puedo llevarme a Nate conmigo.

Ted me indica que cierre la puerta y tome asiento frente a su escritorio.

—¿Cómo va el proyecto?

Le explico, con tono defensivo, que los autores no han sido puntuales con ciertas partes del manuscrito; que tuve que avisarle al gerente del programa que tendríamos que modificar las fechas de entrega.

—Quizá más adelante pueda recortar un poco el calendario, durante la revisión de galeras. Por lo pronto, ya tengo todas las fotografías y gran parte de las ilustraciones.

Mientras hablo, Ted asiente con la cabeza y hace ruidos nasales, como de animal de granja. En ningún momento hace gesto alguno de empatía. Cuando termino de hablar, dice, con tono llano:

—La gerencia superior ha decidido ascenderte un grado. Esto no cambia tus responsabilidades, pero implica un aumento de sueldo.

No sé qué decir. Aún no entiendo la huraña de Ted; la discrepancia entre las noticias tan buenas que acaba de darme y la cara de pocos amigos.

Abro la boca para agradecerle, pero justo entonces suena el teléfono. Ted mira en la pantalla el número o el nombre de la persona que llama; suspira, levanta el dedo índice para pedirme silencio y toma el auricular. Del otro lado de la llamada, una voz estridente de mujer lo amonesta o insulta. Ted escucha con el entrecejo fruncido, luego cuelga sin decir agua va, sin aguardar a que la mujer termine de reñirlo.

—Tú disculparás. Estoy en proceso de divorcio.

El año escolar llevaba ya dos meses de haber iniciado, cuando la maestra de español entró a la clase con una niña de la mano. Una niña negra.

—Esta es su nueva compañera. Se llama Zoe. Es de Estados Unidos.

La mayoría de los alumnos nunca había visto a una persona negra, como no fuera en el cine o la televisión. Gente morena, desde luego —la hay en todas partes, en todo el país; uno crece con eso—, pero entre tener la piel morena y tenerla de plano negra, lo que se dice negra, hay una gran diferencia.

Durante las primeras semanas, las maestras, en general, no tuvieron más remedio que ignorar a Zoe al impartir sus clases, porque la niña apenas hablaba español. Su pupitre asignado estaba cerca de la ventana, así que Zoe pasaba las clases en silencio, con la mente puesta quién sabe en dónde. Solo se animaba en las clases de inglés, al menos al principio. Miss Kendall hacía una pregunta y Zoe levantaba la mano inmediatamente y suplicaba:

—*Miss Kendall, I know the answer. Please!*

Miss Kendall les daba prioridad a los otros, los hispanohablantes, que también sabían la respuesta. Por lo demás, estaba claro que Zoe la ponía de un humor negro, por razones inescrutables: aunque sus respuestas siempre eran correctas, Miss Kendall las recibía con la cara de quien acaba de oler un pedo ajeno. En un par de ocasiones, Miss Kendall le recordó a Zoe que el único motivo por el que sabía las respuestas era por su nacionalidad, no por algún esfuerzo meritorio. Con el tiempo, Zoe alzó la mano en la clase de inglés cada vez menos, hasta que terminó por pasar la hora de la misma forma que en las otras clases, con la mente puesta quizá en el sitio de donde vino.

En el patio de la escuela, durante el recreo, tampoco supo hacer amigos. Jugaba nada más con un palito. Hacía dibujos con la varita en el piso de tierra y hablaba sola o con sus dibujos. A veces cantaba en voz baja.

Un grupo de pendencieros se le acercó un día con malas intenciones; los pérfidos iban a mofarse de ella, a golpearla tal vez; esta niña no es como nosotros. Por suerte, la maestra de español estaba pendiente, de guardia durante el recreo, y le puso freno inmediato a la situación.

—No le digan nada, ¿me oyen? Ni una palabra.

Así pasó el año escolar: Zoe con su palito, sus dibujos de tierra y sus canciones, y nadie nunca le dijo nada, ni una palabra.

Nate ha enviado currículos a varias oficinas de organización no gubernamental en San Francisco, pero no ha recibido respuesta. "No estoy preocupado", me aclara. Uno de los proyectos que ha coordinado en Chicago tiene un equivalente aquí; cuando se abra algún puesto, van a ofrecérselo. En un principio, le van a sentar bien unos días de vacaciones mientras se adapta a su nueva ciudad.

—Quizá pueda, mientras tanto, trabajar de acompañante. Tendría que invertir un poco; anunciarme en algunos sitios en línea y tal vez algunas publicaciones. Sería necesario también que contratara un buen fotógrafo y me tomara nuevas fotos. El trabajo sexual no es fácil en San Francisco: la competencia es mucho más grande que en Chicago; abundan los prostitutos y el sexo en general está mucho más disponible. No voy a poder cobrar la misma cantidad. Sin embargo, tengo a mi favor que soy un rubio de ojos azules del Medio Oeste, cosa que en San Francisco debe ser más codiciada que en Chicago.

En el tiempo que llevo de saber que Nate se prostituye he librado una batalla contra mis prejuicios morales. Es un trabajo —quiero pensar— como cualquier otro. "*I'm a healer*", me ha dicho Nate, "soy curador": así describe el carácter que comparten su profesión de sicoterapeuta y la de puto. "Son métodos distintos, pero ambos tienen el mismo objetivo." Es un punto de vista acerca del trabajo sexual que es válido y que yo no había considerado. *In petto,* sin embargo, la equivalencia me parece artificiosa, entre otras cosas porque una de las profesiones exige años de estudio —maestría, doctorado, tesis, prácticas supervisadas— y la otra no requiere más que uno esté dispuesto a darle las nalgas a cualquiera por doscientos dólares.

Hasta este momento, la resolución de la batalla contra mis prejuicios había sido innecesaria, porque en ningún momento me había pasado por la mente que Nate quisiera continuar la labor de prostituto una vez que viviéramos juntos. Ahora, confrontado de golpe con el dilema moral, no tardo en tomar una decisión:

—Nate, preferiría que ya no cogieras por dinero, al menos a partir de que te mudes aquí.

Nate guarda silencio unos segundos. Lo escucho suspirar, no sé si con enojo o decepción.

—¿Por qué?

En el pasado hemos discutido los límites de la moralidad de los heterosexuales, la tiranía de exigirle a alguien una promesa de monogamia perpetua como muestra definitiva de amor y respeto. Se trata, sencillamente, de un chantaje sicológico poco viable, casi siempre condenado al fracaso. No es eso lo que busco. Sin embargo, en este momento, la idea de compartir a Nate —la idea de imaginar su cara, verga y nalgas en venta— me provoca unos celos intransigentes.

—Por motivos de salud, Nate. No quiero estar continuamente preocupado de que vayas a contagiarte de algo y luego vengas a pegármelo.

Nate vuelve a guardar silencio, pero su respiración se hace más tenue. Después de unos segundos dice:

—Está bien, estoy de acuerdo. Además, es emocionalmente agotador. Creo que no sería bueno para la relación que yo estuviera siempre tan cansado. Quizá hasta convenga que seamos monógamos al principio, durante unos años. Tal vez sea una buena forma de establecer confianza mutua, ¿no crees?

Sus muebles están en camino a San Francisco en un camión de mudanzas. Son mucho más bonitos, más de adulto, que los míos. La decoración de mi estudio —si al conjunto de los objetos meramente funcionales que tengo en mi casa se les puede llamar de esa forma— es ecléctica: muebles semidesechables que compré por necesidad absoluta cuando me vine a estudiar a este país. En aquel entonces, mi plan era el de quedarme solo un par de años; regalar los muebles una vez que hubiera terminado la maestría.

Nate llega a vivir a San Francisco la primera semana de junio. El sábado contratamos los servicios de una agencia que proporciona listados de departamentos disponibles. Caminamos todo el día por los barrios en los que estaríamos dispuestos a vivir —Castro, la Misión, Noe Valley, Haight-Ashbury—; vamos de un departamento a otro, cada vez más desesperanzados: los alquileres son más caros de lo que podemos pagar, no todos los departamentos nos gustan, hay decenas de personas que llenan la solicitud para cada espacio disponible. La escasez de vivienda es un problema endémico en San Francisco.

El domingo, sin embargo, corremos con suerte: llegamos a un departamento anunciado en la calle Fillmore, a media cuadra de Haight, que tiene la puerta abierta. En la sala, el dueño del departamento escucha aburrido a varias personas que intentan persuadirlo de que serían los inquilinos idóneos. Está sentado sobre un sofá y tiene un perrito sobre el regazo, como villano de película de Hollywood. Al vernos entrar, al ver a Nate, los ojos se le ponen como girasoles. Nate se acerca y se presenta. Cuando extiende la mano, el perrito se pone a ladrar.

—¡Cállate, César! ¡Cállate! —grita el dueño y le tapa la boca con una mano.

El perrito deja de ladrar, pero no le quita la mirada furiosa a Nate.

—Disculpe a César: es un grosero —dice el dueño y se esconde al perrito bajo la axila. Luego, le ofrece a Nate una sonrisa amplia—. Yo soy Frank.

Al instante en que se dan la mano, quedo convencido de que el departamento —si nos gusta, si el precio del alquiler es asequible— será nuestro a partir del día primero del próximo mes.

El clima en San Francisco es impredecible, pero nunca más que en el verano. Hay veces en que el sol brilla durante un par de horas por la mañana, pero de pronto baja la niebla por la colina del monte Sutro —donde está la antena de diseño setentero que supervisa a los sanfranciscanos— y provoca un cambio de temperatura drástico que hiela los huesos. Más que bajar la niebla, parece desenrollarse como una toalla blanca desde la cima del monte hasta el Embarcadero. Es un espectáculo natural hermoso que suele tomar desprevenidos a los turistas, quienes ignoran la regla local de nunca salir a la calle sin abrigo previsor. "El invierno más frío de mi vida fue un verano en San Francisco", dicen que dijo Mark Twain.

Una mañana particularmente soleada caminamos a Dolores Park para ver la ciudad desde allá arriba. En la cima del parque, que está en la esquina de la calle veinte y la calle Church, se juntan los gays en días brillantes para asolearse sin camiseta, sin pantalones o sin ambas prendas, según su grado de pudor. Nate y yo nos sentamos en una banca y él me toma de la mano. Este gesto me despierta un placer nuevo u olvidado, no estoy seguro. Hace unos meses sentí lo mismo cuando caminamos de esta forma —tomados de la mano por primera vez— sobre la calle Market.

Se nos acercan dos hombres de barba y pechos hirsutos, pero disfrazados de hadas, con grandes alas de color de rosa y brillantina en todo el cuerpo, a vendernos pastelitos de chocolate y mariguana. Los llevan en una canasta, cubiertos con una manta de tartán. No me gusta la mota, pero Nate se entusiasma con la idea de ponerse pacheco, así que compramos dos. Media hora más tarde, o quizá sea una hora completa, o dos horas —la mota alarga el tiempo *ad infinitum*—, Nate me narra una anécdota sobre su infancia, algo sobre su hermano menor, que es su favorito, luego sobre el hermano mayor, ambos hermanos viven aún en el Medio Oeste del país, en el mismo pueblo de Ohio en el que nacieron, el menor es un simplón, pero buena persona, un alma joven, aún le falta mucho por crecer, trabaja de carpintero en el negocio del padre, la relación con el hermano mayor es mucho más compleja, es decir, mala, durante muchos años abusó sexualmente de Nate, al menos eso creo que acaba de decir, hago un intento por concentrarme, pero la mota de por sí me provoca ansiedad, más aún cuando me dicen algo así de repugnante, puedo escuchar los latidos de mi corazón, a ratos me siento al borde de un infarto, a Nate se le sale una lágrima y me dice que no quiere que piense mal de él o su familia, sobre todo de él, no estaba en una edad para defenderse de su hermano mayor, no entendía lo que estaban haciendo, el hermano se lo cogía en el establo casi a diario, sin decir palabra. Mientras habla, siento que la gente nos observa, que alguien nos va a decir algo, qué asco, pinches putos, largo de aquí, aunque en el fondo sé que esta sensación es también el efecto de la mota, por eso nunca la consumo. Algo más me dice Nate acerca de la violación, empezó cuando era apenas un niño, duró varios años, nunca se enteró nadie, por favor no me juzgues, jamás había hablado sobre esto, lo extraño de todo es que me gustaba o que yo creía que me gustaba, el sexo era muy doloroso, pero me hacía sentir bien que mi hermano me prestara atención, me hacía sentir especial, ahora me cuesta trabajo ver a mi hermano a los ojos, cuando estamos en el mismo espacio me siento inferior por algún motivo, frágil, no sé cómo explicarlo.

Nate y yo seguimos tomados de la mano. No puedo articular una oración coherente porque mis pensamientos están dispersos; mi corazón, a punto de salírseme por la boca. Lo único que hago es mover mi pulgar: borneo con mi dedo el dorso de su mano. Nate llora un poco más, en completo silencio.

Al rato decidimos volver al estudio a pedir pizza por teléfono y echar una siesta.

Me despierta la sensación de su lengua sobre mis testículos. Tengo la verga parada. No sé si es la causa o la consecuencia de esta mamada espontánea. Nate me lame un huevo con parsimonia, luego el otro. Separa un poco mis piernas, acerca la cara a la parte superior de mi ingle derecha. Inhala con fuerza y me besa el sitio en el que los huevos dejan de ser huevos para convertirse en pierna. Repite la operación del lado derecho. Con la yema de los dedos me toca debajo de los testículos, oprime ligeramente el perineo y continúa la trayectoria en dirección a mi culo, hasta alcanzar el hoyo. Su dedo se detiene en este punto y ejerce una presión ligera, intermitente, como para enviar un telegrama: insértote dedo stop, irrupción segura stop. A la vez, continúa con los besos en la ingle, ahora en dirección a mi abdomen. Cuando llega al hueso de mi cadera, se detiene. Saca la lengua y lo lame un poco, luego se lo pone en la boca y lo lame con más ahínco, lo cual me provoca placer, pero también la sensación de una descarga eléctrica que es difícil soportar más de un segundo o dos. La cara de Nate se acerca ahora a mis genitales; su nariz se hunde en los vellos púbicos e inhala de nuevo con fuerza. En todo este tiempo, no me ha tocado el pito, que exige atención a gritos silentes. Nate vuelve a su posición entre mis piernas, se acerca por fin a mi verga, saca la lengua y la lame con la punta desde abajo hasta arriba; la mirada puesta en mis ojos. Repite esta operación tres, cuatro veces; su delicadeza es cruel. Cada vez que su lengua toca la base de mi pito, mi abdomen se contrae involuntariamente. Nate abre la boca como para meterse mi verga entera y comenzar con la mamada real, legítima, pero es solo un engaño: sus labios se estrechan apenas debajo del glande. Lame la punta de mi verga, luego la cabeza completa. Se detiene en el frenillo y ahí me provoca punzadas tortuosas. Atormentado con tantas maniobras de postergación, tomo la cabeza de Nate con ambas manos y la empujo hacia abajo. Se resiste; forcejeamos. Su cabeza continúa casi inerte, suspendida sobre el tronco de mi verga, con la boca sobre el glande. Como no consigo obligarlo a que hunda la cabeza, la sostengo en su sitio y subo la cadera de golpe. Nate se atraganta con mi verga y hace ruidos guturales, pero no le suelto la cabeza hasta estar seguro de que va a mamarme la verga, toda la verga, no más chupaditas y besitos provocadores. Cuando Nate da la batalla por perdida —quizá por falta de oxígeno—, deja de poner resistencia y comienza la labor de la mamada. Se mete toda mi verga en la boca, hasta la garganta. Ahí la mantiene unos segundos. Nate contrae la laringe, lo cual ejerce una presión deliciosa sobre mi glande. Le acaricio el pelo rubio; le doy palmaditas en la nuca para alentarlo, tú sigue, no te detengas. Nate se saca la verga de la boca, la sujeta con una mano y la oprime un poco. Sin soltarla, vuelve a meterse la parte superior y así comienza a masturbarme y a mamarme la verga a la vez. Dejo que mi cuerpo se relaje del todo sobre la cama. Cierro los ojos y disfruto la sensación. Tras unos minutos, Nate, para cambiar el ángulo de la mamada, reclina su torso sobre mi abdomen. Esta nueva posición me da acceso a la parte de atrás de su cabeza, a sus hombros y espalda, y al área superior de sus nalgas grandes y musculosas, blancas como sábanas virginales. Extiendo el brazo lo más que puedo y alcanzo a tocar el nacimiento de sus glúteos. Quiero tomarlos por completo, jugar con ellos, lamerlos, lamerle el culo, meterle la verga hasta el fondo. Me yergo un poco para ganar terreno, pero el peso de su cuerpo sobre mi abdomen impide que me mueva lo suficiente. Lo intento de nuevo, pero Nate me sujeta con fuerza al tiempo que acelera el ritmo de la mamada. Está bien, hoy es otro el objetivo. Vuelvo a relajar el cuerpo sobre la cama y a concentrarme en el placer que Nate me proporciona, aunque no dejo de ver con apetito cómo se contraen los músculos de sus nalgas cada vez que ajusta su posición. Las nalgas de Nate me recuerdan a las del *David* de Miguel

Ángel, que tantas fantasías sexuales y orgasmos me provocaron durante la pubertad. Nate continúa con el sexo oral; ya no cambia la técnica; el efecto de la repetición acentúa el placer, lo exacerba cada vez más. "Me voy a venir", le digo. Nate acelera el ritmo de su lengua y boca. "Me voy a venir", repito más fuerte, esta vez no a manera de advertencia, sino de triunfo. Se mete un dedo en la boca y lo ensaliva; retoma el acto de la mamada y cuando vuelvo a decir que estoy por venirme, me mete el dedo en el culo. Al instante exploto; gimo, gruño, puta madre, qué delicia. Nate gime también; continúa el movimiento de arriba a abajo, ahora un poco más lento, en la medida en que mi orgasmo disminuye de intensidad. Cuando se saca mi verga de la boca, lo escucho tragarse mi semen.

En inglés no hay más que una traducción de los verbos *ser* y *estar*. El verbo *to be* requiere de explicaciones contextuales para distinguir, por ejemplo, entre la temporalidad de "estar feliz" y la inmutabilidad de "ser feliz". Por eso, los libros de texto asignan casi un capítulo completo a la enseñanza de ambos verbos. Aun así, los angloparlantes de nacimiento nunca alcanzan a comprender del todo la diferencia que hay entre ellos. También en la práctica, al menos en cuanto al ejemplo de la felicidad, la distinción es a veces volátil, difícil de aprehender.

Cierro los ojos. Nate reclina la cabeza sobre mi muslo. Así volvemos a quedarnos dormidos.

Hacia la mitad del libro de texto, se introduce el uso de los tiempos verbales del pasado. Además de la explicación de la gramática, se ofrecen conversaciones ejemplares entre los personajes, quienes narran anécdotas sobre su infancia, su educación preuniversitaria, lo que hicieron esta mañana. Dotados ahora del poder de la memoria, los personajes adquieren cierta redondez; su mundo, uno o dos milímetros de relieve.

Primero se enseña el pretérito indefinido (o simple), que por lo general se emplea para referirse a acciones que ocurrieron en una sola ocasión o en un momento muy preciso del pasado:

ESPERANZA: ¿Qué hiciste el fin de semana, Pablo?

PABLO: El sábado por la noche salí con mis amigos. Fuimos a cenar y luego vimos una película en el cine.

ESPERANZA: Y el domingo, ¿qué hiciste?

PABLO: El domingo me levanté tarde. Luego fui al parque a jugar futbol.

ESPERANZA: Entonces, ¿no estudiaste para el examen de hoy, Pablo?

PABLO: No pude estudiar, porque no tuve tiempo.

ESPERANZA: ¡Pablo, no puedo creerlo!

El tema de las acciones ya ocurridas se vuelve un poco más complejo con la introducción del pretérito imperfecto (o copretérito), que se emplea para hacer descripciones o para referirse a acciones habituales en el pasado: "¿Qué llevaba Lulú a la fiesta?", le pregunta el libro de texto al estudiante; o bien: "¿Qué le gustaba hacer a usted con sus amigos cuando estaba en la escuela primaria?"

Termino de editar el capítulo y hago tres juegos de fotocopias. Paso a la oficina de Ted a dejarle uno. "Tengo una política de puerta abierta", nos recuerda Ted con frecuencia. "Pueden entrar a mi oficina en cualquier momento."

—Ted, aquí tienes el nuevo capítulo —le digo al entrar.

—Excelente, muchacho, ¿qué tal van las cosas? —me pregunta en español. En general, el divorcio le ha mermado muy poco el entusiasmo fingido que seguramente aprendió en algún curso de liderazgo empresarial. Sin embargo, ha engordado sobremanera; tan rápido que no ha tenido oportunidad de comprarse ropa de un tamaño apropiado para su nueva figura: los botones de su camisa jalan para un lado; la tela, para el otro. La cara se le ve abotagada, sobre todo en la parte de arriba de los pómulos. Pareciera que sus ojos tienen papada.

Comienzo a detallarle los pormenores del proyecto. Ted simula interés, pero su atención está puesta en la pantalla de la computadora. Tras cada aspecto de mi informe, dice "ah, ¿sí?" o "estupendo", pero sus ojos apenas se despegan del monitor. Cuando termino de hablar, Ted se despide de mí con una frase traducida de algún manual para la gerencia edificante:

—Súper, muchacho. ¡Mantén el buen trabajo!

A continuación, paso a dejarle una copia del manuscrito a Cecilia, la lesbiana que me detesta y que trabaja en el departamento de producción. Por fortuna, Cecilia no está en su oficina, así que le dejo el juego de fotocopias sobre su silla.

Finalmente, le llevo la tercera copia a Sean, quien me recibe de buen humor.

—¿En qué puedo servirte, cariño?

Tras el susto de la gonorrea —dudo que haya sido más que eso, un susto, aunque dada la reacción inicial de Sean preferí no darle seguimiento al caso—, Sean dejó de hablarme durante varias semanas. Las veces en que nos topamos en un pasillo de la oficina o en el cuarto de recreaciones, Sean evitó el contacto visual e incluso se negó a responder a mi saludo. Sin embargo, un día, de la nada, pasó por la puerta de mi oficina y se detuvo para darme las buenas tardes con una sacudida de mano y gran júbilo, como florecita de caricatura. A los pocos días me contó que acababa de hacerse de un nuevo novio y que estaba "locamente enamorado".

Sobre el escritorio, Sean tiene un marco con el retrato de un hombre sustancialmente mayor que él. El hombre tiene arrugas en la frente y el pelo gris. Por su edad, podría ser el padre de Sean.

—¿Es tu novio? —le pregunto.

—Sí, ¿no es guapísimo?

Me narra la historia sobre cómo se conocieron, pero apenas escucho el relato: como me sucede con frecuencia cuando me entero de que dos personas tienen una relación de pareja, al instante me los imagino en una situación sexual. En este caso: Sean bocabajo sobre la cama, desnudo, haciendo ruiditos querendones; el señor de la foto a su lado, en proceso de desnudarse. Todavía tiene puestos los calzones y un par de calcetines negros. Su erección es inverosímil, inducida con una pastilla. La cara le suda.

—Por cierto —me dice Sean—, acabo de mudarme a vivir con él. Sí, ya sé, así de rápido: somos como lesbianas. Nada más nos faltan los gatos y la violencia doméstica. El asunto es que vamos a tener una fiesta el próximo viernes y me encantaría que vinieras. Tú también tienes novio, ¿no es cierto? Las noticias viajan deprisa en esta oficina, ya lo sabes. Bueno, pues tráelo a la fiesta; me encantaría conocerlo.

Acepto la invitación, en gran parte para poner término absoluto al agravio aquel de la gonorrea.

Para llegar al departamento de la calle Fillmore —nuestro nuevo departamento—, hay que bajarse del tranvía en la esquina de Church y Market, enfrente del supermercado, del lado norte. Luego, hay que subir una cuadra por Church hasta encontrarse en la esquina con Duboce, donde a veces se juntan los sintecho a vender sus manualidades. Ahí hay que doblar a la izquierda y poco después —a unos diez metros— a la derecha. Esa es la calle Fillmore. Dos cuadras y media más adelante, del lado oeste de la calle, antes de llegar a Haight, entre el restaurante de comida tailandesa y el de comida india, frente a la tienda de camisetas, está el número doscientos veintiuno. Ahí vivimos Nate y yo. Se trata de un edificio victoriano, un poco desmejorado, más bien con la pátina característica de los edificios de esta ciudad. El departamento es de una sola recámara, pero relativamente amplio: en la alcoba colocamos nuestros escritorios (mi escritorio es la única pieza que decidí conservar; los otros muebles los regalé), la cama matrimonial y dos mesitas de noche. La recámara está separada de la sala por una puerta corrediza que en otros tiempos podía cerrarse. En la sala caben casi todos los sillones, mesitas y lámparas que Nate tenía en su sala de Chicago, a pesar de la configuración irregular de las paredes de este espacio, que forman algo así como un medio pentágono: el edificio pertenece a una época en que la arquitectura respondía más a las demandas de la estética que al pragmatismo.

Para mi congoja, en una de las paredes de la sala, Nate cuelga su retrato al desnudo. No tengo el valor para quejarme.

En pocos días establecemos una rutina de pareja: por las mañanas me voy a la editorial y Nate se queda en casa, frente a su computadora, buscando oportunidades de trabajo. En cuanto llego por las tardes, vamos juntos al gimnasio. Luego, volvemos a casa y uno de los dos prepara la cena; Nate con más frecuencia que yo. Después de cenar, Nate pasa una hora entera al teléfono, a veces dos, casi siempre con su amiga Abigail, pero a veces también con Finn, su exnovio. Para hacer la llamada, Nate se instala en el comedor de la cocina con una taza de té, misma que rellena dos, tres, cuatro veces. En otras ocasiones, en vez de té, destapa una cerveza y luego otra y otra. El diálogo con Abigail —al menos la mitad que alcanzo a escuchar desde la sala, donde suelo esperar a Nate con una novela— se caracteriza por el empleo de un lenguaje de diván, de consultorio:

—Tuve una reacción negativa cuando me enteré; todavía no acabo de procesarla... Claro, sentimientos encontrados… No, no: esto es *exactamente* lo que necesito en este momento… Desde luego, lo primero que hice fue preguntarme: "A ver, ¿qué es lo que te hizo sentirte de esa forma?"

Reparo, sobre todo, en las particularidades de su comportamiento cotidiano, quizá para acelerar el proceso de aprendizaje que dicen que supone la cohabitación. Por ejemplo: Nate tiene una forma sistemática de doblar las toallas recién lavadas: dos veces a lo largo y una a lo ancho. Si abre el armario y encuentra toallas dobladas de otra forma, las desdobla y vuelve a doblarlas a su gusto. Otro ejemplo: como bebe tanto té o tanta cerveza durante sus llamadas, Nate se levanta al baño dos o tres veces cada noche. Para no tener que encender la luz del baño, orina sentado. Después, para evitar despertarme —aunque siempre me despierto, primero cuando se levanta de la cama y luego al minuto, cuando vuelve a acostarse— no jala la cadena del retrete. (Por las mañanas, el baño huele a encurtido.) Un ejemplo más: mientras se lava los dientes, en vez de quedarse de pie frente al lavabo, Nate camina de cuarto en cuarto por todo el departamento: del baño a la cocina, de la cocina a la sala, de la sala a la recámara. Cepillarse los dientes le toma unos diez minutos. Un último ejemplo: Nate les habla a las plantas. Mientras riega las que tenemos en la sala, las alienta a que crezcan sanas. Si vamos por la calle y encuentra en una jardinera una planta que le gusta, se acerca a ella, le soba una hoja o un pétalo, y le habla como una viuda a sus gatos:

—¡Mira qué bonita estás! Te gusta que te acaricien, ¿no es cierto? ¡Mira cómo te gusta! ¡Qué linda plantita, con tus hojitas!

En el gimnasio me encuentro con frecuencia a gente que identifico del barrio. "Te presento a Nate, mi novio", les digo, con orgullo disimulado. Para hacer ejercicio, Nate usa una camiseta sin mangas y *shorts* de nailon. Cuando suda, la tela de los *shorts* se oscurece y adhiere a su cuerpo; a sus nalgas y muslos prodigiosos. Me gusta que otros hombres lo observen; que tengan que resistir el impulso de hincarse frente a él o de montarse sobre su paquete. A veces, algún insolente cruza el gimnasio, sortea las máquinas para hacer pesas hasta llegar a donde estamos nosotros y darle a Nate un papelito con su número de teléfono. Cuando esto sucede, Nate toma amablemente al chuleta del brazo, en señal de humildad o gratitud, y le dice muchas gracias, no puedo aceptarlo, tengo novio. "A chingar a tu madre", pienso yo, menos ecuánime.

Al salir del gimnasio, quizá por causa del esfuerzo físico, las manchitas rosas que tiene en la nuca se le ven oscurecidas; contrastan más con su pelo perfectamente rubio.

La nueva casa de Sean está en Pacific Heights, el barrio más opulento de la ciudad. Es un edificio de arquitectura eduardiana, construido acaso pocos años después del terremoto de 1906.

Nos abre la puerta un señor que reconozco al instante: es la pareja de Sean, un hombre de unos sesenta años, otrora guapo, vestido con suéter, pantalones de algodón y zapatos náuticos.

—Buenas noches. Pasen, pasen. Soy Jerry.

Acabamos de entrar al vestíbulo cuando aparece Sean, quien va vestido casi idéntico a su nueva pareja. Esta mímesis contribuye a la apariencia de parentesco, de padre e hijo.

Sean me saluda de beso en la mejilla e inmediatamente hace lo mismo con Nate, al tiempo que se presenta. Nate y yo estrechamos la mano de Jerry.

—Pasen a la sala. En un momento les mando al mesero. Están en su casa.

La mayoría de los invitados es joven, muchachos casi adolescentes: amigos de Sean, supongo. Junto a una mesa de canapés están agrupadas varias personas de la oficina: Nancy, pecosa, quien me saluda como si fuéramos íntimos; James, el editor de fotografía; Cecilia, la lesbiana que me detesta; otros colegas cuyos nombres tendría que saberme y Ted, quien en este momento está de espaldas, ocupado con los canapés. Las nalgas de mujer se le han ampliado alarmantemente con el divorcio.

Les presento a Nate y todos, incluso Cecilia, lo saludan con entusiasmo.

El mesero se acerca. Nate pide un vodka tónic; yo, una cerveza. Conozco al mesero y puedo ver que él también me reconoce a mí, aunque los dos preferimos disimular. El mesero fue el recipiente inagotable de un trío en el que participé el año pasado; un trío fogoso que duró varias horas, avivado con la leña de unos cuantos estupefacientes.

—Aquí tiene su cerveza, señor.

Nate se mueve por la fiesta con un despejo admirable. Lo veo conversar con distintas personas, a quienes les ofrece su sonrisa de anfitrión de programa de concursos. A veces cambia el tono de su conversación; alguien quizá le hace una pregunta acerca de su trabajo como consejero sicológico y la cara de Nate adquiere un gesto de solemnidad; casi puedo adivinar los detalles de su monólogo, muchos gays crecen privados de derechos, prevalece la depresión en la comunidad, la metanfetamina cristalizada ha provocado una pandemia mucho más grave que el sida en los años ochenta. Mientras más bebe, más eleva la voz. Se está poniendo pedo.

Jerry, el novio de Sean, conversa conmigo acerca de sus travesías por países hispanohablantes. La estructura de todas sus historias es la misma: empieza con la reseña de un paisaje o evento extraordinario de un sitio turístico específico y culmina con el relato de alguna vejación por la que tuvo que pasar durante el viaje.

—En Playa del Carmen fuimos a bucear en los cenotes. ¿Así se llaman? ¿Cenotes? Son unas grutas subacuáticas increíbles, hermosísimas, no sé si las conozcas. Desafortunadamente, esa misma noche comí unos tacos que me causaron una intoxicación digestiva casi letal. Visitamos también las ruinas arqueológicas mayas; unos sitios estupendos. Lo malo es que volví al hotel con una insolación de primer grado.

Sean se acerca para unirse a nuestra conversación. Toma a Jerry del brazo y reclina la cabeza sobre su hombro. Jerry le pregunta si es buen momento para sacar los postres o si es preferible esperar otro rato y cuántas botellas de vino quedan en la cocina, hay otra caja en el sótano. Aprovecho la interrupción y me separo con el pretexto de ir al baño. Paso junto a la cocina, en donde el mesero coloca copas de champán sobre una bandeja. Nuestras miradas se cruzan. Intercambiamos sonrisas de reconocimiento. Con un ladeo de cabeza me indica que lo siga, que salga con él a donde quiera que lleva la puerta de atrás de la cocina. Mueve los labios, no sé qué quiere decirme, pero tampoco es difícil imaginarlo, algo relacionado con las drogas o con el sexo o ambas cosas: es lo único que tenemos en común. Doy unos pasos en su dirección; el mesero sonríe y vuelve a mover los labios, se muerde el de abajo. Cuando me tiene enfrente, me pone una mano en los genitales y dice "uf". Pienso en lo delicioso que sería salir al patio y recibir una mamada o incluso darle al mesero por la trastienda, pero en ese instante me viene Nate a la mente y le digo lo siento mucho, no puedo, y le quito la mano del bulto.

Vuelvo a la sala. Escucho las risotadas de Nate y me uno a su círculo.

—¡Gato! ¡Ahí estás! —exclama, para solaz de mis colegas, que no conocían mi apodo—. Justo les estaba contando sobre nuestro departamento. También nosotros tenemos que organizar una fiesta.

Nate está claramente borracho. Le digo que tenemos que irnos, pero me suplica que nos quedemos un rato más. Antes de que pueda insistirle, llama al mesero y le pide otro vodka y una cerveza para mí. El mesero le dice por supuesto y se vuelve hacia la izquierda para evitar mirarme a la cara.

Una hora más tarde, cuando ya se han ido casi todos los otros invitados, consigo al fin que Nate se despida de los anfitriones. En la calle nos subimos a un taxi. Nate intenta relatarme algo que sucedió en la fiesta y que yo me perdí, pero no entiendo nada porque las palabras le salen como bola de estambre enmarañado, así que decido ignorarlo. Guardamos silencio unos minutos. Luego, Nate me señala con un dedo.

—La camiseta —dice.

Traigo puesta la playera del arcoíris que me compré en Chicago.

—La llevabas puesta la noche en que nos conocimos —me explica, con una sonrisa afectuosa.

A la mañana siguiente, Nate me despierta con un beso en los labios. Ya tiene el café y el desayuno preparados.

Layla, la amiga de Fadi, me envía un mensaje electrónico para anunciarme que estará en San Francisco un par de noches. Va a presentar su nuevo espectáculo —el que me perdí hace unos meses cuando estuve en Chicago, supongo— en el foro de un centro cultural de la calle Valencia. "Me contó un pajarito", empieza el *e-mail,* aunque la expresión que utiliza es la equivalente en inglés; una expresión cuyo origen desconozco: "*I heard through the grapevine,* escuché a través de la vid —en voz de la misma persona que me dio tu dirección electrónica, por cierto—, que ahora tienes pareja. Me encantaría verte y me encantaría conocer al hombre que se apropió de tu corazón. Si ambos tienen la noche del viernes o el sábado libre y nada mejor que hacer, podrían venir a mi pequeño espectáculo. No esperen mucho: se trata, en breve, de una mujer cuarentona y sus desvaríos. Después de verlo quizá necesiten un par de copas para olvidarlo, en cuyo caso yo iría con ustedes al bar y me haría responsable de pagar la cuenta." Benévola, Layla no menciona el hecho de que dejé plantado a Fadi —y, en consecuencia, a ella— la noche en que se presentó en Chicago.

Tras una breve consulta con Nate, le respondo que ambos estaremos ahí, sin falta, la noche del sábado. Layla me indica que dejará dos boletos a mi nombre en la taquilla.

El foro es pequeño, con gradas en los cuatro lados para dar espacio a unos doscientos espectadores. Esta noche, están ocupadas casi por completo. Al centro del foro, rodeado por las gradas, está el escenario. En el medio del escenario hay un banco de madera. Layla, vestida de toga blanca, sale descalza por un pasillo que está entre las gradas, sube al escenario, se sienta en el banco, mira en todas las direcciones, gira las palmas de la mano hacia arriba y declama, con tono melancólico, una cita de Tom Stoppard que identifico al instante:

Cruzamos nuestros puentes cuando llegamos a ellos y los quemamos tras de nosotros, sin nada que demuestre nuestro progreso, más que el recuerdo

del olor a humo y la suposición de que alguna vez
nuestros ojos lloraron.

El espectáculo de Layla es, como la mayoría del
teatro *performance*, parcialmente ininteligible y, en
cierta medida, ridículo: combina citas de obras de
teatro, anécdotas personales, preguntas retóricas al
público —que a todos nos ponen nerviosos— y
exabruptos de danza y vocalizaciones. Sin embargo,
su presencia en el escenario es suntuosa, embelesa-
dora. En particular me seduce cuando a Layla se le
escapa un mechón de pelo negro de atrás de la oreja; su manera de mover el brazo con dramatismo,
como conductora de orquesta, para capturar el mechón y regresarlo a su sitio.
Cuando termina el espectáculo, el público se
pone de pie y le aplaude con fervor.
—¿Qué te pareció? —le pregunto a Nate. Me
sonríe penosamente, a manera de respuesta.
Llevamos a Layla a Martuni's, un bar de martinis
que está en la esquina de las calles Valencia y Market. Le digo que me gustó mucho el espectáculo;
Nate sonríe otra vez, pero no dice nada. Layla acepta el cumplido; cierra los ojos e inclina la cabeza en
señal de agradecimiento. Luego, cambia el tema:
—Nate, *n'est-ce pas*? Soy terrible con los nombres. Los muchachos de Chicago me hablaron un
poco sobre ti, pero suelo desconfiar de todo lo que
me dicen. Mejor cuéntamelo tú. ¿Qué te trajo a San
Francisco?
Nate le explica que siempre había querido vivir
en esta ciudad —detalle del que tampoco yo estaba

enterado—, pero que sus planes no se concretaron sino hasta haberme conocido. Le narra con detalle la anécdota de nuestros primeros encuentros: Starbucks, el antro. Le dice que la noche en que me encontró en el centro nocturno, cuando le revelé que vivía en San Francisco, muchos aspectos de su vida se alinearon de golpe.

—En ese momento entendí que mi vida en Chicago había llegado a su fin y que ahora me correspondía empezar una nueva etapa, mucho más definitiva, en San Francisco.

—Fascinante —dice Layla y bebe un trago ruidoso de martini. Tiene las cejas arqueadas con sorpresa fingida—. Debe ser estupendo tener una perspectiva tan clara del futuro… de la vida, de hecho.

Alzo la mano para llamar la atención del mesero y hago un gesto circular sobre las copas semivacías, para indicarle que nos sirva otra ronda.

Si Nate detectó sarcasmo o condescendencia en el comentario de Layla, no se dejó amilanar.

—Es una aptitud que tenemos todos —le explica—. El problema es que la gente desconfía de sus propias habilidades.

—En eso estamos de acuerdo, *dear* —dice Layla y se come la aceituna de su martini—. Aunque también hay quienes las sobreestiman.

—Nate es sicoterapeuta —los interrumpo. Ambos se vuelven a verme un segundo.

—Qué bien. ¿Tienes un consultorio particular o trabajas para un hospital?

Nate le explica que por ahora no tiene empleo, pero que en los últimos años trabajó como consejero sicológico para una organización sin fines de lucro que se dedica a la salud mental de la comunidad gay.

—Admirable —dice Layla, tal vez con franqueza.

El mesero sirve la nueva ronda de martinis. Nate se disculpa para ir al baño y Layla aprovecha su ausencia para preguntarme cuándo fue la última vez que hablé con Fadi, aunque sospecho que ya sabe la respuesta.

—No nos hemos comunicado desde marzo, cuando estuve en Chicago la última vez.

—Sé que tenía muchas ganas de mostrarte Beirut este verano —comenta Layla—. Es una pena que hayas tenido que cancelar los planes.

Abro la boca para responder, pero no digo nada. Le doy un trago a mi martini y siento cómo me abrasa el pecho y la garganta, aunque la quemazón es más bien consecuencia de una rabia súbita. Layla pone su mano sobre la mía y me pregunta:

—¿Todo bien?

Bebo otro trago. Pienso: "Vete a la chingada", pero en el fondo tengo claro que la diana de mi cólera es Fadi. También tengo claro que mi cólera es inefable. Al menos, no tengo ganas de explicármela.

—Sí, todo bien.

Nate vuelve del baño. Nos terminamos la segunda ronda y Nate pide una tercera. Aunque procuro fingir ecuanimidad, Nate sabe que algo me tiene de mal humor. Por debajo de la mesa, toma mi rodilla y la oprime un poco, mientras él y Layla conversan ahora sobre temas más inertes: los diferentes barrios de Chicago, los mejores restaurantes de su ciudad, las elecciones de noviembre.

Después de la cuarta ronda, pedimos la cuenta. Nate saca su fajo de billetes consabido y dice: "Yo invito".

—De ninguna manera —responde Layla—. Bastante han hecho con ver mi espectáculo y tolerar mi compañía.

Afuera del bar, al momento de despedirnos, Layla me dice al oído:

—Todos te queremos mucho. No lo olvides.

El maestro escribió en la pizarra dos números por multiplicar, uno de tres dígitos y el otro de dos; luego, miró a la clase, fila por fila, con ojos bravatos. Se detuvo finalmente en una cara, acaso la más vulnerable; extendió el brazo en dirección a la niña, le presentó el gis y le dijo con rudeza o decepción anticipada:

—Ana.

El resto de la clase —veintinueve alumnos— se volvieron a verla. Al instante le empezó el tic a la niña: un guiño veloz y repetitivo del ojo izquierdo. A los compañeros de Ana les gustaba el tic; los hacía reír indefectiblemente. Por eso gozaban cada vez que el maestro de matemáticas la elegía como víctima.

Había dos formas infalibles de inducir el parpadeo involuntario del ojo izquierdo: una, ya se dijo, cuando el maestro obligaba a la niña a ponerse de pie frente a todo el salón, con un gis en la mano, para poner en evidencia una vez más la inhabilidad de Ana para resolver problemas matemáticos. Pobre Ana: su guerra con esa materia era cruenta y los números siempre ganaban las batallas.

La otra forma de incitar al párpado era aún más sencilla: bastaba con recordárselo a Ana. "¿Qué tal la metralleta?", le preguntaban sus compañeros y, al instante, se activaba el tic y las risotadas de los niños.

Ana se reía con ellos; participaba del chiste. Si alguna vez el ojo espantajo le causó pesar alguno; si al llegar a casa lloraba y le pedía a su madre que no la hiciera volver a la escuela al día siguiente —"por favor, mamá, te lo suplico"— sus compañeros jamás se enteraron. Ana sabía reírse de sí misma, por eso la invitaban a todas las fiestas.

Con los años, sin embargo, el encanto del guiño tartamudo —su chispa— se desvaneció. Eso, o los compañeros de Ana perdieron el sentido del humor. También con los años se le hizo el tic más grande; de pronto incluía la nariz, que se arrugaba un poco; luego, la comisura de los labios; al final, la mitad de la cara se le retorcía cada vez que estaba ansiosa. En un par de ocasiones, frente a toda la clase, le salió sarpullido en el cuello. Nadie se rio ya de Ana: el chiste se había desgastado o sus compañeros habían crecido, o tal vez nada más habían descubierto otras fuentes de entretenimiento. Total que ahí persistió el tic, absurdo, sin objetivo ya, en la cara de Ana.

Nate no ha corrido con suerte en su búsqueda de trabajo. La organización local que está afiliada al estudio que Nate coordinaba en Chicago no ha encontrado la oportunidad o el dinero para emplearlo. "Vivimos condicionados a la voluntad pusilánime del gobierno federal", le explican a Nate en un mensaje electrónico. "Incluso los donadores particulares, nuestros benefactores más importantes, han suspendido cheques hasta después de las elecciones. Como bien sabes, el país se paraliza de esta forma cada cuatro años. Nadie quiere malquistarse ni con los republicanos, ni con los demócratas." Le insisten en que será el primero en recibir una oferta de trabajo en cuanto haya un puesto disponible, pero le aclaran que el proceso puede tomar varias semanas; un año entero quizá.

Durante los primeros meses en que vivimos juntos —junio, julio, agosto—, al volver del trabajo encuentro a Nate absorto en la computadora, en la búsqueda de empleo. "Mira", me dice, con un dedo en la pantalla, "este puesto en Oakland está prácticamente diseñado para mí. Es perfecto. Si me hacen una buena oferta de trabajo, te garantizo que tendré empleo en cuestión de una semana." Nate envía solicitudes casi cada noche. Luego, aguarda las respuestas —las ofertas entusiastas de trabajo— uno, dos, tres días. "No estoy preocupado: los trámites son lentos", me explica. "Primero tienen que revisar mi solicitud, verificar la información, pasarle los documentos a Recursos Humanos… en fin, esto toma tiempo." Con el transcurso de las semanas, ambos caemos en cuenta de que no va a llegar la respuesta de Oakland, ni la de Berkeley, ni la de Daly City, y Nate deja de discutir sus expectativas, como si nunca las hubiera tenido.

Como consecuencia de la incertidumbre, su optimismo se desinfla patentemente. Un día vuelvo a casa del trabajo y encuentro, sobre la mesa de la sala, la botella de lubricante de dos litros y una toalla con múltiples manchas de semen, violada. En la televisión, un musculoso negro y otro blanco, vestidos en parte con uniformes de mecánico, cogen sobre la parte trasera de una *pick-up;* creo que a esa superficie se le llama, apropiadamente, "la cama". Sobre la cama, encuentro a Nate dormido, cubierto hasta las orejas con las sábanas.

—Despiértate, huevón —le digo en español y le sacudo el hombro.

Nate abre un ojo, me ve un instante y vuelve a cerrarlo.

—¿Pasaste el día completo masturbándote? —le pregunto, ahora en inglés.

En vez de responder, se cubre la cabeza entera con la sábana. Gruñe.

—¿Estás enfermo?

—No, estoy cansado.

—¿Quieres venir al gimnasio?

—No, ve sin mí.

Me voy al gimnasio, preocupado. Mientras hago ejercicio pienso en formas de alentarlo para que se levante. Quizá sea una buena idea que llame a Abigail y le cuente acerca de las dificultades de Nate para encontrar trabajo. Nate y Abigail hablan por teléfono casi todas las noches, pero tengo la impresión de que Nate disimula con ella su verdadero estado emocional.

Al volver a casa encuentro todo limpio, la cama hecha, al novio bañado. Nate prepara la cena en la cocina, como cualquier otra noche. Quizá el desánimo de esta tarde no se haya tratado más que de un episodio aislado. No hablamos más del asunto.

Un sábado salimos a comprar galletas de chocolate en la tienda que está al lado del cine Castro. Ambos estamos de un humor excelente, en parte por las galletas y en parte porque hace un clima estupendo; clima de *shorts*. Bajamos por Castro hasta la calle dieciocho y doblamos a la izquierda. Nos topamos con el grupo de osos que suele reunirse afuera del Starbucks —*Bear*bucks, le dicen a este local— a todas horas del día, pero sobre todo los sábados soleados. Los osos son homosexuales cuyo gregarismo está basado en el orgullo, o al menos desvergüenza, que les causa su sobrepeso y la abundancia de vello en sus cuerpos: vello en la cara, en los hombros, en las barrigas cerveceras. Su aspecto es rudo, amenazador, pero al hablar se delatan como damas.

—¡Por Dios, Stephen, deja de masticar con la boca abierta!

Nate me señala la ironía de que, justo al lado del Bearbucks, hay un local que se especializa en la depilación láser.

Cuando el clima en San Francisco es tan benévolo, los habitantes de las casas victorianas se sientan en las escalinatas con un café para ver pasar a la gente.

—*Heeeyyy*, hooolaaa —nos dice un grupo de gays amanerados, una bandada de flamencos, desde los escalones superiores de una casa color verde lima.

La prolongación de las vocales es una forma de elogio. Nate les obsequia su sonrisa de anfitrión de programa de concursos y me toma de la mano, engreído. Los flamencos se alteran un poco más con este gesto y nos invitan a sentarnos con ellos.

—Otro día, muchachos, otro día —responde Nate y me oprime la mano.

Aunque la mano de Nate es del mismo tamaño que la mía, siento que mi mano es comparativamente pequeñita, de niño.

Desde algún lugar de la memoria me llega, de golpe, la imagen nítida de mi padre: sus proporciones extranjeras, monumentales; la blancura y fuerza latente de su mano noruega, que se extiende para tomar la mía, para protegerme de la muchedumbre y los coches al cruzar una avenida transitada. Esa tarde en particular, recuerdo, íbamos camino al cine, estábamos solos, mi madre y mi hermana no habían querido ver la película para niños, yo había insistido; también yo tengo muchas ganas de ver esa película, yo te llevo, dijo mi padre, y me guiñó un ojo con una complicidad recurrente entre nosotros que me hacía sentir muy importante. Dejó el coche en un estacionamiento, a una o dos cuadras del cine. Al salir a la calle, extendió el brazo y abrió la mano para sujetar la mía. La avenida de varios carriles estaba repleta de coches impacientes, de motores roncos a la espera de que el semáforo les diera la luz verde para pasar por encima de todo. La gente —las familias que habían salido a dar un paseo dominical— iba y venía por el paso de peatones, apresurada y bulliciosa. Un vendedor de globos hacía ruidos estridentes con un silbato. Nunca me han gustado las conglomeraciones; ya desde niño, me causaban la sensación de que algo terrible estaba por suceder. A esa edad, mi temor más grande era el de perderme para siempre. Mi padre debe de haber presentido mi incomodidad, porque me apretó la mano y me dirigió una mirada alentadora. Mi mano en la suya: una cosita de nada, frágil como polvorón; protegida, sin embargo, dentro de la caja fuerte que era la palma colosal de su mano.

La mano de papá todas las mañanas, camino a la escuela. La mano de papá en las noches en que la oscuridad del cuarto no me dejaba dormir. La mano de papá el día en que murió la abuela. La mano de papá en el hospital, después de mi operación del apéndice. La mano de papá, sin motivo alguno, sobre mi nuca.

—¿En qué piensas, Gato?

Eugene, un amigo de Nate de Chicago, nos invita a festejar su cumpleaños en Las Vegas.

—Todo pagado —explica Nate—. Vuelo, hotel, comidas: todo.

Me parece extraño que alguien a quien Nate nunca había mencionado tenga la generosidad de invitarnos un viaje.

—¿Sabe él de mí?

—Claro, cómo no iba saberlo. Tiene muchas ganas de conocerte.

—Pero yo no sé quién es él. Es la primera vez que escucho su nombre.

—Es un buen amigo… —responde Nate, con puntos suspensivos—, alguna vez fue mi cliente.

Nate me mira en espera de una respuesta. Decir que no me entusiasma el viaje es poco. Nunca he estado en Las Vegas y jamás me ha atraído la idea de viajar a ese lugar. Sobre todo, no tengo ganas de conocer a un excliente de Nate; cantarle *happy birthday* a sus años de ramero. Sin embargo, evitar de esta forma el pasado de mi novio —o, peor aún, exigirle a él que lo guarde en un baúl, que no deje que irrumpa en el presente— es una forma de juzgarlo moralmente por una vida que nada tiene que ver con nuestra relación.

Dos semanas más tarde, en el *lobby* del hotel Bellagio de Las Vegas, que es a la vez elegante, ostentoso y naco, Nate me presenta a Eugene.

—Mucho gusto —dice él, sin ganas, y me ofrece, para que la estreche, una mano fofa, como pito que la vejez ha dejado sin denuedo.

Estamos aquí para celebrar su quincuagésimo cumpleaños. Eugene es alto y calvo, y tiene el cuerpo de pera; cuerpo de alguien que ha subido y bajado de peso incesantemente durante toda su vida. Ahora se encuentra en una fase intermedia entre la gordura extrema y un ligero sobrepeso. Tiene chichis de grasa; chichis mustias.

—Eugene —le dice Nate con una mano sobre la boca—, ¡qué flaco estás! No lo puedo creer. Te ves maravilloso.

A pesar de mí, trato de concebir una suma de dinero que yo estaría dispuesto a aceptar para tener relaciones sexuales con Eugene. La suma corriente de doscientos dólares me parece injusta, casi cruel. Eugene tendría que ofrecerme al menos mil; yo los aceptaría bajo la condición de que mi boca no tuviera que participar en el encuentro. Mil dólares por sesenta minutos, reloj en mano, boca cerrada.

—Su habitación está reservada a tu nombre —le dice Eugene a Nate—. Espero que sea de su agrado.

—Muchas gracias, seguramente… —comienzo a decir, pero Eugene me interrumpe.

—Los espero en mi *suite* a las siete. Los muchachos quieren festejarme en el cuarto; no sé qué tendrán planeado.

Un par de horas más tarde, Eugene nos abre la puerta de su *suite*. Está vestido con una camisa de manga corta, *shorts* de golf y mocasines. Su atuendo de jubilado contrasta con la finura hortera de la *suite* de dos habitaciones: muebles de terciopelo dorado, tapices mullidos, pisos de mármol. La mesa ovalada de la sala está cubierta de bandejas con canapés; tras la mesa, un mesero aguarda la oportunidad de ofrecernos una copa.

—¿Champán? —nos pregunta.

En la sala hay otros tres invitados que son más o menos de nuestra edad. Nate los conoce a todos y los saluda con abrazos efusivos. Los tres tienen nombres monosilábicos: Nick, Rick y Tom. A Tom lo reconozco porque es actor de películas pornográficas. No es particularmente atractivo, pero tiene un pito ecuestre que en todas las escenas le roba el aliento hasta a los pasivos más versados.

De pronto entiendo que los concurrentes a la fiesta de Eugene, con excepción mía y del festejado, son todos prostitutos o lo fueron en algún momento: Nick, Rick, Tom y Nate.

Nick, Rick, Tom y Nate conversan sobre los viejos tiempos. Sus anécdotas son sosas; anécdotas inertes de no ser porque todas ocurrieron, probablemente, a raíz de un evento en el que Nick, Rick, Tom y Nate, en conjunto, participaron como putos a sueldo. Algunas historias hacen referencia a Chicago; otras a Nueva York, San Diego, Boston.

Aunque no entiendo las anécdotas del todo, me río, por cortesía, en los momentos oportunos. De vez en cuando me levanto a comer un canapé, hasta que me doy cuenta de que soy el único que está ingiriendo sólidos. Al rato entra otro empleado a la *suite* a dejar un carrito que lleva el pastel de cumpleaños. Le cantamos la cancioncita a Eugene, quien le sopla a las velas del pastel. El mesero lo corta en rebanadas, pero a nadie le interesa probarlo. El pastel se queda sobre su carrito al lado de la mesa de los canapés. Volvemos a la sala; a las anécdotas. Horas más tarde, desaparece el mesero con la comida casi intacta.

Eugene entra a su recámara y vuelve con una botella mediana de aspirinas. Pone un plato vacío sobre la mesa de la sala y vuelca sobre el plato el contenido de la botella: pastillas de diversos colores, tamaños y formas. Sin interrumpir las historias y las risotadas, cada quien escoge una pastilla y se la traga con champán.

No disfruto el efecto de mi pastilla; la agitación que me provoca o agudiza. Poco después de la media noche me despido de todos.

—¿Te importa si me quedo más tiempo? —me pregunta Nate.

—No, claro que no.

En cuanto llego a nuestra habitación me lavo los dientes, me desnudo y me meto a la cama, pero el efecto de la pastilla me impide dormir. Siento los ojos agigantados, como de manga japonesa. Observo la oscuridad durante horas.

Nate no vuelve al cuarto hasta poco antes del amanecer.

Con excepción de una caminata breve por la Franja de Las Vegas, Nate y yo pasamos poco tiempo solos durante el viaje. El domingo temprano le digo que estoy aburrido, que quiero volver a San Francisco en el primer vuelo disponible. Nate se disculpa; me pregunta qué puede hacer para que yo goce más el viaje.

—Perdón si te sientes excluido. Los muchachos y yo tenemos historia, *we go a long way back*.

En la *suite* de Eugene, Nate habla con nuestro anfitrión para decirle que vamos a volver a San Francisco unas horas antes. Cuchichean un rato; luego, Nate se acerca al ventanal donde lo espero.

—Eugene quiere… me preguntó, vaya… si a ti no te importa… ya que tú tienes que trabajar mañana, pero yo no tengo tanta prisa en volver…

Eugene quiere saber si te importa que me quede en Las Vegas un día más. Volvería a San Francisco mañana temprano. O en la tarde. Pero solo si no te importa.

—Claro, Nate. Está bien. Quédate.

Nate vuelve a donde está Eugene. Le da mi respuesta y, por primera vez en todo el fin de semana, Eugene me dirige la palabra. Se acerca a mí, me da un abrazo y dice:

—Muchas gracias por dejarlo que se quede. Nate tiene un novio maravilloso.

Tras el viaje de Las Vegas noto un cambio en Nate. Más que un cambio, es una progresión de la fragilidad emocional que empezó a hacerse patente hace unos meses. El desempleo lo tiene de mal humor. El esmero y la minuciosidad con que antes limpiaba el departamento han declinado: hay días en que vuelvo del trabajo y la tarja de la cocina está repleta de trastos sucios; ropa tirada en el piso de la recámara, la cama sin hacer. A veces encuentro a Nate dormido frente a la tele, sin haberse bañado, o no lo encuentro en casa: "Salí. Vuelvo al rato", dicen los recados que me deja en la cocina, sin mayor explicación. En esas ocasiones vuelve tarde, con aspecto ajado y aliento alcohólico.

El resultado de las elecciones de noviembre no fue propicio para las organizaciones de beneficencia con propensión liberal, incluso aquellas que no dependen del gobierno: es muy improbable que puedan ofrecerle a Nate el empleo que quería; el puesto gemelo de aquel que tenía en Chicago.

Nate deja de ofrecerse a pagar por todo. El fajo de billetes se ve cada vez más anémico.

Solemos guardar nuestro cambio en una canasta que está dentro del mueble de la tele, no con la intención de ahorrar dinero, sino para evitar la incomodidad de llevar monedas en el bolsillo del pantalón. En los meses que llevamos de vivir juntos llenamos la canasta casi al tope: treinta, cuarenta dólares, a lo mucho. Una tarde, sin embargo, abro el mueble para echar mi cambio y encuentro la canasta vacía.

Ahora soy yo quien paga casi en todo momento. Mi solvencia es relativa; insuficiente para dos. Uso la tarjeta de crédito más de lo que debería.

Una noche, durante su conversación cotidiana con Abigail, lo escucho llorar silentemente al teléfono. Considero entrar a la cocina a consolarlo, pero Nate nunca antes ha llorado en mi presencia —con excepción de una vez en Dolores Park, pero estábamos pachecos— y quizá no se sienta listo para mostrarse vulnerable conmigo. En efecto, cuando sale de la cocina media hora más tarde, no hay vestigios de llanto en su cara. Le sonrío un poco y le pregunto cómo está Abigail, qué novedades hay, y luego retomo la lectura de mi novela (sobre un padre, su hija y la dictadura dominicana). Supongo que Nate agradece mi despiste fingido.

Otra noche lo escucho conversar con Finn, su exnovio. La conversación empieza con las risas estrepitosas, un tanto exageradas, que caracterizan sus conversaciones con él. Sin embargo, en algún momento, Nate baja la voz al punto del susurro.

Desde el baño, sin moverme para no alertar a Nate de mi presencia, puedo escuchar que le pide dinero prestado a Finn. No alcanzo a oír una cifra específica, pero, tras una pausa corta, identifico un tono de alivio.

—En verdad te lo agradezco, Finn. En cuanto se resuelva esta situación te pago hasta el último centavo. Es cuestión de unas semanas.

Al rato, cuando Nate termina la llamada y sale de la cocina, lo mismo: qué cuenta Finn, qué novedades hay.

Días después, el fajo de billetes de Nate vuelve a verse tupido.

Abigail hace planes para visitarnos. La expectativa de la visita tiene a Nate contento desde varios días antes de la llegada de su mejor amiga, pero su buen humor es hermético; no lo comparte conmigo. Cuando hago alguna referencia a la visita, me responde con un mínimo de información, con palabras condensadas.

—¿Ya sabes a qué sitios de la ciudad la vas a llevar?

—No lo he pensado. Me imagino que a los lugares típicos.

El día en que llega Abigail, Nate va a recibirla al aeropuerto. Decido esperarlos en casa para darles la oportunidad de pasar un rato a solas. Cuando escucho sus voces en la calle, salgo a recibirlos.

—¿Quién es ese hombre tan guapo? —pregunta Abigail y me da un abrazo y un beso de piquito en los labios—. Mira qué bien te ves.

Nate le muestra el departamento; yo los sigo dos pasos atrás. El tour sintético duraría menos de un minuto, pero Nate le explica a Abigail los motivos de cada mueble —de su origen y posición— como si fueran piezas arqueológicas en un museo.

—Ahí pusimos la mesa que tenía en mi sala de Chicago, ¿te acuerdas? Las macetas aquellas las tenemos en el suelo porque les da el sol directo por la mañana. ¿Ya viste las violetas? ¿Y la orquídea? Este es el sillón que me acompañaste a comprar en esa tienda de muebles que está por Lincoln Park. ¡Ah!, y ahí está el cuadro —exclama Nate, y apunta con el dedo la *pièce de résistance*—. ¿A poco no quedó muy bien en ese muro?

Abigail mira el desnudo neoclásico de Nate y sonríe un poco.

—Sí —confirma con amabilidad—, quedó muy bien ahí.

En la noche vamos a Lexington, un bar de lesbianas que está en la calle diecinueve, en la Misión. La mayoría de las concurrentes son marimachas; réplicas de mi primo Gerardo. Nos miran con resentimiento por lo que —me imagino— consideran una invasión a su espacio sagrado. Abigail es *lipstick lesbian,* lesbiana de bilé: solo los iniciados sabemos que abraza a mujeres con las piernas. Las otras lesbianas del bar deben suponer que es hetero, en parte también porque no les presta atención.

Pedimos cervezas. Nate le hace preguntas a Abigail acerca de gente —amigos en común, colegas, personajes incidentales— que no conozco. Antes de responder, para incluirme en el diálogo, para al menos no excluirme del todo, Abigail me explica brevemente quién es la persona en cuestión: "Jenny es otra sicóloga que acaba de abrir su consultorio", "Christina es una novia con la que duré tres años", "Wilmer es un puertorriqueño que moría por Nate".

Nate se levanta para ir al baño y Abigail me pregunta si estoy bien. Primero pienso que se trata de una pregunta somera, para hacer charla, pero Abigail pone su mano sobre la mía, ladea la cabeza y me mira a los ojos con preocupación.

—Sí, estoy bien —le digo—. ¿Por qué preguntas?

Abigail no responde. Me soba el dorso de la mano y dice, en cambio:

—Son tiempos difíciles. Espero que sepas que Nate te ama con todo el corazón. Van a salir de esta, no te apures. Quiero que sepas, también, que puedes hablar conmigo, si así lo deseas. Yo lo que quiero es lo mejor para ambos.

Nate vuelve a la mesa. Abigail no retira su mano, ni endereza la cabeza, ni borra la preocupación de sus ojos. Así nos quedamos unos segundos. Nate me sonríe, un poco incómodo.

—¿Nos vamos a otra parte? —sugiere.

Compramos pastillas para el sábado por la noche. Son rojas y tienen coronas grabadas en la superficie. Consideramos salir a un antro, pero Abigail prefiere quedarse en el departamento.

Estamos en la sala cuando comenzamos a sentir el hormigueo de las pastillas. Como hace a veces, Abigail habla sin pausa acerca de temas nimios;

salta de un asunto a otro con habilidad de presti-digitadora, camina verbalmente en círculos, hace conexiones inverosímiles en la trama de su vida. Atarantados, Nate y yo intentamos seguir su monólogo; cuando nuestras miradas se cruzan, nos sonreímos incrédulos, con complicidad. Pienso: "Hace tiempo que no somos cómplices".

Cuando Abigail menciona que la semana pasada conoció a una latina hermosa, su narración, por fin, adquiere forma y consistencia. Fátima, la latina, es de la República Dominicana, pero vive en algún pueblo de Rhode Island, donde enseña español en una escuela secundaria. Es amiga del novio de no sé quién. Se conocieron en una fiesta en Chicago. Fátima estuvo casada con un hombre, pero se divorció recientemente. Abigail no sabe si Fátima es hetero-flexible, bisexual o de plano lesbiana. Quizá ni Fátima lo sepa. Pasaron una noche juntas; una noche de sexo mágico: la primera vez que Fátima había cogido con otra mujer. Por la mañana, todavía en la cama, durante una conversación aleatoria, Fátima le dijo a Abigail: "Cuando era niña, me gustaba fingir que el mar era mi mamá". Fue como una estocada al corazón: Abigail quedó profundamente enamorada.

—Me hizo pensar en ti —le dice Abigail a Nate—; en la mañana en que tocaste a mi puerta para narrarme que habías pasado la noche de tu vida con un latino de San Francisco, ¿te acuerdas? Lo habías visto primero en el Starbucks de Andersonville y, luego, pocas horas más tarde —o al día siguiente, ya no me acuerdo—, en Boystown. Estabas feliz, pero también al borde del llanto. "Es él", repetiste varias veces. Estabas abrumado, creo, porque ya intuías los cambios que se avecinaban en tu vida.

El efecto de las pastillas ha llegado a su cenit. En el reproductor de CD, Annie Lennox canta "Something So Right". Los ojos de Nate están más azules que nunca. Me sonríe con ternura. Se pone de pie, se acerca a mí, me pide que lo abrace. Apoya su cabeza en mi hombro; llora con leves sacudimientos del cuerpo. Puedo sentir su aliento en mi cuello; olerlo. Nate huele a tomillo, a tierra húmeda, como si alguien acabara de arrancarlo de raíz. Meto las manos bajo su camiseta para sentir su piel, que está ligeramente sudada por el efecto de la pastilla. Nate me besa el cuello, inhala fuerte, vuelve a besarme el cuello. Luego, nos besamos en la boca. Su saliva es casi empalagosa; la imagino elaborada con el trabajo exhaustivo de un montón de abejas; un enjambre dedicado a la producción de este néctar reservado para mí.

Nate es mío.

Levanto un poco su camiseta y luego la mía, para que mi abdomen toque el suyo, para sentir en mi piel los vellitos que trazan una línea recta y rubia, casi incolora, de su ombligo a su pene; para recordar —para recordarle, finalmente— que somos uno de esos seres de dos fisonomías descritos por Aristófanes en *El banquete* de Platón.

—*I'm so sorry* —me dice Nate y me abraza más fuerte—. Por todo, en verdad lo siento. Discúlpame.

Nos tendemos en la cama de costado, frente a frente. Nate me dice que tiene miedo, que pensó que el proceso de traslado a San Francisco sería más fácil; que a ratos se siente solo, porque no tiene amigos en esta ciudad, pero que yo no puedo, ni debo intentar, satisfacer todas sus necesidades. Me recuerda a cada rato que me ama y me aclara que sus conflictos internos nada tienen que ver conmigo. Va a intentar ser más comunicativo, poner más empeño en la búsqueda de trabajo. Hace unas semanas consideró buscar empleo como garrotero en un bar mientras surgía una oportunidad en el área de la sicología, pero desechó la idea por miedo a que yo lo juzgara; para ti es importante el trabajo intelectual, eres un poco elitista, tiendes a menospreciar a quienes trabajan con las manos. Otra cosa, debo admitirlo: no me gusta la monogamia, nunca me ha parecido sensata, dije quererla porque para ti es importante, aunque lo niegues; propuse ser monógamo porque me daba miedo que fuera una condición tuya para que estuviéramos juntos. No lo digo porque quiera echarme a todo San Francisco, pero es importante que lo sepas. Cuando me surgen oportunidades de coger, cosa que sucede con relativa frecuencia, hay veces en que siento resentimiento hacia ti por no poder hacerlo. Y no voy a serte infiel, no pongas esa cara, pero quiero que entiendas que no es fácil.

Guardamos silencio unos segundos. Nate me sujeta la cara con ambas manos y me pide que lo vea a los ojos. Intento besarlo, pero esquiva el beso.

—Veme —insiste—. Aquí estoy, no me voy a ir a ningún lado. Nos corresponde estar juntos en esta vida, Gato, te lo he dicho mil veces. Nada de eso ha cambiado. Estos tropiezos son parte del proceso, pero te juro que…

Nate guarda silencio de golpe. Luego pregunta:

—¿Dónde está Abigail?

La encontramos en el comedor de la cocina, sonriente, a la espera. Ambos la besamos por turnos.

Echo de menos a Fadi. Comienzo a escribirle un mensaje electrónico desde la oficina. Le comento someramente acerca de la visita de Layla, de su espectáculo, pero no le menciono que fue grosera con Nate; que yo creo que lo fue. Le cuento de nuestro nuevo departamento, pero no le describo mi vida cotidiana, mucho menos los meses de desempleo tan difíciles que ha pasado Nate; que hemos pasado juntos. Le pregunto acerca de su tesis y la clase que imparte en la universidad, pero no le pregunto sobre su vida amorosa, porque me parece terreno resbaladizo. No menciono el hecho de que lo dejé plantado en Chicago; de que han pasado tantos meses desde la última vez que lo vi y no le he escrito ni una vez: ese tipo de conflicto entre amigos se resuelve cara a cara, no con una cartita electrónica. Al final, el mensaje me parece tan vacuo que decido borrarlo y no enviarle nada.

A los pocos días de la visita de Abigail, Nate y yo salimos a tomarnos una copa a Esta Noche, un bar de salsa, cumbias y pop latino en la calle dieciséis. Al llegar al bar, nos percatamos de que, entre ambos, no tenemos más que catorce dólares, con monedas y todo. Al fondo del bar, junto al baño, hay un letrero neón que dice "ATM".

—No funciona— me dice, en español, un cubano negro que está de pie junto al cajero automático; un negro al que le he comprado cocaína en varias ocasiones: el espacio al lado del cajero es su lugar de trabajo—. Lleva años averiado.

Atrás de la barra, en un pizarrón, se anuncia que el especial de la noche se llama Diablo Azul: seis dólares por bebida. Perfecto: pedimos dos Diablos Azules y dejamos dos dólares de propina. Nos sirven los cocteles en copas de martini.

—Sabe a detergente —dice Nate, con una mueca de asco, pero no deja de beber.

El bar está lleno; a reventar, como siempre. La mitad de la concurrencia está constituida por cholos californianos; la otra mitad, por gringos amantes de la piel y la música morenas.

A mi derecha, en la barra, un tipo alto —en todo caso bastante más alto que yo— me sonríe. Lleva una camiseta sin mangas muy entallada que muestra sus pectorales y bíceps torneados, mayúsculos. Es de piel lampiña; pálida de origen, pero bronceada con maestría. Tiene el pelo rubio; los ojos azules. Lo imagino lanzando una jabalina en las Olimpiadas; anunciando en la tele un cereal para campeones. Es el Americano Perfecto.

—Hola —me saluda.

A mi izquierda, Nate responde por mí, no sé si con celos o con interés.

—*Hey* —dice y le estrecha la mano.

El Americano Perfecto se presenta; pregunta si venimos juntos, si somos de aquí, a qué nos dedicamos. Ahora se dirige nada más a Nate —como si Nate fuera mi proxeneta—, pero al final de cada pregunta me dedica una sonrisa, para aclarar quién de los dos es el que le interesa. Tiene los dientes muy blancos, de alguien que ha tenido éxito en la bolsa de valores. Sobre la barra, su brazo toca el mío; casi se apoya sobre él.

—Déjenme que les invite otra bebida —dice.

Levanta el brazo que tenía junto al mío para llamar la atención del barman. El pelo de su axila está meticulosamente podado, como jardín zen.

—Sírvame otro Cape Cod y, para ellos, otra bebida azul, de esas.

El barman nos trae las bebidas. El Americano Perfecto deja un par de billetes en la barra y se despide de nosotros.

—Espero verlos más tarde; voy a buscar a mis amigos —dice y se encamina al otro lado de la pista de baile.

Cuando el Americano Perfecto está a dos metros de distancia, Nate dice "*asshole*", culero, y le da un trago grande a su Diablo Azul.

Nos acabamos la segunda bebida. Nate me pregunta si quiero ir a buscar otro cajero automático que funcione, pero le digo que prefiero volver a casa. Antes de irnos, Nate va al baño.

Del otro lado de la pista de baile, el Americano Perfecto forma parte ahora de un grupo pequeño de otros americanos perfectos, *ma non troppo*: él es el más alto, el más guapo; el alfa del grupo. Sus amigos lo miran con atención subordinada.

"Ese beso de tu boca, que me sabe a fruta fresca", canta Carlos Vives a todo volumen.

El Americano Perfecto me observa desde allá con una mirada cachonda, mugrienta.

Nate vuelve del baño. Está agitado.

—Vámonos —me dice divertido y me muestra un cuadrito de papel verde que lleva en la palma de la mano: un billete doblado—. Lo encontré en el suelo.

Nate señala con la cabeza en dirección al baño, donde están el cajero automático y el cubano negro, quien busca, angustiado, su dinero en el piso.

Afuera del bar desdoblamos el billete. Es de cien dólares. Nate y yo nos abrazamos y damos brinquitos, como si el billete fuera la solución de un problema mucho más grave.

—Te propongo algo —dice Nate—: no podemos irnos a casa hasta habernos gastado todo el dinero.

Andamos unas cuadras hasta el Pilsner, que está sobre la calle Church. En el patio de atrás, nos tomamos dos o tres cervezas. Reconocemos a varios gays del barrio, del gimnasio; conversamos con algunos de ellos. Alguien pasa un churro de mota un par de veces y Nate y yo le damos sendas pitadas. Alguien pasa tragos de no sé qué y Nate y yo nos quedamos cada quien con uno. Alguien pasa y le da una nalgada a Nate. Alguien nos ofrece un cigarro y Nate toma uno de la cajetilla; lo enciende. Nunca antes lo había visto fumar tabaco. Lo hace con destreza, sin toser, como si fuera cosa de todos los días. Me pregunto si Nate también descubre, a cada rato, cosas nuevas sobre mí.

Nos despedimos de los amigos someros de esta noche y cruzamos a la contra esquina para ir al Lucky 13. Afuera del bar, la *Tamale Lady* y su humilde carrito —ambos legendarios en San Francisco— están rodeados, como suele suceder, de un pequeño séquito de borrachos hambrientos. *Tamale* —pronunciado "tamali" o "tomoli", dependiendo del grado de dificultad para pronunciar el español que tenga el angloparlante en cuestión— es la versión corrupta, taruga, del singular de *tamales*.

—Uno verde y uno rojo —le pido en español.

Pedos y pachecos, Nate y yo compartimos mitades de tamal y nos las devoramos en cuatro mordidas. Estamos por entrar al Lucky 13 a gastarnos el resto del dinero cuando a Nate se le ocurre otra idea.

—Acompáñame.

Caminamos media cuadra hacia la calle Castro. Cuando llegamos al hotel Beck's, Nate me toma de la mano y me dice que agache la cabeza, que no haga ruido. Pasamos, como orugas, por enfrente de la recepción, a escondidas del empleado de seguridad, que debe de estar en el baño. Nos colamos por las escaleras al segundo piso, con risitas de colegialas. Andamos de un extremo al otro del pasillo. En los cuartos, los huéspedes que buscan compañía sexual dejan las cortinas abiertas; se soban el pito por debajo de las sábanas, a manera de invitación. Me recuerdan a las putas de la Zona Roja de Ámsterdam, que se promueven, lúbricas, en escaparates comerciales.

—Disculpen, ¿son ustedes huéspedes del hotel? —nos sorprende el empleado de seguridad. Lo tenemos enfrente.

En vez de responder, Nate me jala de la mano. Corremos en dirección opuesta. Tras de nosotros, escucho el suspiro estoico del empleado.

Subimos al tercer piso y salimos al pasillo. No hay dónde escondernos, así que nos ponemos en cuclillas, como si de esta forma pudiéramos hacernos invisibles. Segundos más tarde, tenemos al empleado de seguridad junto a nosotros. Tratamos de encogernos un poco más.

—Vamos —nos dice, más aburrido que exaltado—. ¡Fuera!

Cuando toca a Nate en el hombro, soltamos una carcajada y nos echamos a correr otra vez en dirección opuesta. Bajamos los tres pisos por las escaleras del otro costado. Nate grita "¡Sálvate, Gato! *Save yourself!*" repetidas veces. Salimos a la calle. Respiramos a bocanadas por causa de la risa y el cansancio.

Nate vuelve a tomarme de la mano. Nos conduce hasta Castro, mi viejo barrio, lo echo de menos, donde cruzamos la calle para entrar al Glass Coffin, el Ataúd de Cristal. El verdadero nombre del bar es Twin Peaks Tavern, pero la gente lo identifica más fácilmente como el Ataúd de Cristal por dos motivos combinados: uno, porque el bar consiste en una serie de vitrinas que dan a la calle y exhiben la totalidad del establecimiento; dos, por causa de sus clientes, que superan todos los sesenta, setenta años.

—Bebidas gratis —me dice Nate al entrar.

En San Francisco, los gays son todos jóvenes o muy viejos; no los hay de mediana edad. Los viejos sobrevivieron los años del sida, tal vez porque a esa edad ya no tenían relaciones sexuales; ya no podían o no tenían con quién. Los jóvenes aprendimos a usar condón antes de coger por primera vez, amenazados por los horrores del "cáncer gay", como lo llamaron algún día. Los de en medio, los que ahora tendrían cuarenta o cincuenta años, los primeros que aprendieron acerca de la enfermedad, lo hicieron, trágicamente, sobre la marcha. Ahora están todos bajo tierra.

Nate le coquetea a un hombre canoso —podría ser su abuelo— que bebe una cerveza sentado a la barra.

—Este es mi novio. Estamos muertos de sed, pero nos robaron el dinero esta noche —le miente.

El hombre acepta comprarnos una cerveza. Nate le dice que somos de Boston, que estamos de visita, que nunca antes habíamos estado en California, que mañana vamos a visitar los viñedos de Sonoma. Nate se llama Johnny. Yo me llamo... Nacho (es el único nombre en español que se le ocurre a Nate). El canoso lo mira con escepticismo. Sabe que la historia de Nate es falsa, fabricada al vilo. Sin embargo, debe apreciar nuestra atención y compañía, porque acepta comprarnos una segunda cerveza. De vez en cuando, Nate le pone una mano en el muslo; en el hombro. Su voz tiene un dejo de lujuria teatral. Nunca lo había visto en su papel de puto.

Me disculpo para ir al baño. Siento un pródromo de algo; náuseas. Encerrado en el único cubículo, me meto un dedo a la garganta. En el instante en que me toco la úvula, comienzo a vomitar cerveza, pedazos de tamal indigestos, Diablos Azules. Las arcadas continúan un rato, hasta que mi estómago está completamente vacío. Jalo la cadena y me siento un rato en la tapa del retrete. Cuando recupero el equilibrio, me enjuago la boca en el lavabo, me refresco la cara, me arreglo el pelo con agua fría: verbos todos reflexivos.

Salgo del baño. A través de las vitrinas, veo que Nate ya está en la calle. Se despide del hombre canoso con un abrazo; le soba un poco el lomo.

—¿Todo bien? —me pregunta.

—Sí, todo bien.

Caminamos de regreso a casa. En la calle Noe doblamos a la izquierda, pero en vez de seguirnos de frente hasta el parque Duboce, que está detrás de nuestro departamento, Nate dice "ven" y me guía de la mano por la calle quince hacia la Casa de las Orgías.

La Casa de las Orgías es una propiedad privada en la que vive una familia tradicional; una propiedad que no fue construida para facilitarle el sexo a nadie (más que a los que viven dentro, supongo). Sin embargo, tiene un zaguán que está siempre abierto. Los arquitectos que diseñaron y construyeron esta casa hace más de un siglo no tenían forma de imaginarse que algún día ese zaguán sería famoso en ciertos círculos; que sería un espacio incesantemente profanado por grupos de homosexuales que, recién salidos de los bares, visitarían ese sitio en busca de sexo fácil e instantáneo. Cualquier noche de la semana se encuentra uno ahí con diez, veinte hombres apachurrados el uno contra el otro. (Imagino el patio por las mañanas, salpicado de semen y condones.)

Los dueños de la casa han hecho lo imposible por evitar que la gente se meta a su zaguán para coger. Un día, los gays llegaron por la noche a iniciar la parranda sexual y se encontraron con que los dueños habían instalado un foco con sensor de movimiento. Cuando se encendió la luz por vez primera, los gays corrieron a esconderse en las sombras, como cucarachas. Sin embargo, no faltó mucho para que a uno de ellos se le ocurriera subirse a los hombros de otro para destornillar el foco; para poder coger a oscuras, como debe hacer uno si va a coger en propiedad ajena. Esta escena se repitió todas las noches durante varios meses, hasta que los dueños decidieron instalar una jaula de metal en torno al foco, de manera tal que este no pudiera ser fácilmente destornillado. Los gays intentaron hacerlo de todas formas —con dos dedos, con unas pinzas de relojero—, pero los resultados fueron todos infructuosos. Un día, sin embargo, a algún gay desesperado se le ocurrió punzar el foco con algún objeto duro y largo —un alambre de gancho, quizá— hasta que pudo romperlo: problema resuelto. Con el tiempo, los dueños de la casa se dieron por vencidos.

En el zaguán, contra una de las paredes, Nate me besa con la boca muy abierta. Me abre el tiro del pantalón y palpa bruscamente mi pito, que tarda en responder. Un gay se acerca y nos observa. Su respiración es vulgar. Nate se pone de rodillas y lame un poco mi verga semidura, la estimula con la mano, la vuelve a lamer. Otro gay se acerca. Este me pone una mano tentativa sobre la nalga descubierta. Lo tomo de la muñeca y le retiro la mano.

El gay no se da por aludido y al rato vuelve a intentar. Otra vez le quito la mano. Se acercan dos, tres gays más. Nos rodean. No sé si mi verga esté ya dura; Nate la mama con un esmero ruidoso. Alguien le pone una mano a Nate en la cabeza para alentarlo; otro le acaricia la espalda. Nate no pierde el ritmo de la mamada. Siento unos dedos sobre mis testículos y tardo un rato en descubrir que no son los de Nate. Le pongo a Nate una mano en cada axila y le indico que se levante; no estoy cómodo, quiero irme. Nate se pone de pie, pero al punto se abre el pantalón y se baja la cintura del mismo —junto con los calzones— hasta las rodillas. Me da la espalda; restriega sus nalgas contra mi pito, que está de un humor renuente, pero al fin comienza a cooperar, forzado. Nate se inclina hacia delante para que se la meta. Creo que no hay gay en el zaguán que no esté ahora en torno nuestro. Estamos sitiados; soy un vaquero en territorio indio, pistola de balas remisas. De pronto, frente a nosotros, de entre todos los espectadores, un gay único se vuelve discernible. Es más alto que todos; más rubio. Tiene los ojos azules y me mira directo a la cara, sin delatar emoción alguna. Es el Americano Perfecto. Supongo que Nate lo reconoce también, porque extiende el brazo y lo toma de su camiseta sin mangas, su camiseta tan entallada. Lo acerca hacia nosotros.

En España, el uso del pretérito indefinido (o simple) es poco frecuente en el habla cotidiana. Por lo general, se usa el pretérito perfecto (o antepresente) para expresar acciones finalizadas. "He bebido

148

un café esta mañana", dicen los españoles. En los otros países hispanohablantes, hay una distinción clara entre ambos tiempos verbales. Mientras que el pretérito indefinido (o simple) se usa para referirse a acciones aisladas y concluidas ("Bebí un café esta mañana"), el empleo del pretérito perfecto (o antepresente) propone un acto que tal vez se repita; un *hasta ahora, hasta este momento.* "He bebido un café" connota, por ende, la posibilidad inmediata de otro café, o varios más.

El pretérito perfecto (o antepresente) se usa también para referirse a acciones extraordinarias en nuestro pasado. En este caso, el grado de posibilidad de que esta acción se repita es irrelevante. Decimos, por ejemplo: "He buceado con tiburones" o "He escalado la Peña de Bernal". Este empleo equivale a ponerle una marca de verificación —una palomita— a cada experiencia que uno desea (o no) tener antes de la muerte.

Nunca he tenido un trío con Nate. Más bien: nunca lo había tenido (pluscuamperfecto o antecopretérito). En esto pienso mientras me cojo a Nate por atrás, al tiempo que el Americano Perfecto le mete el pito a mi novio en la boca.

El manuscrito tendría que estar ya terminado, pero los autores se pelearon entre sí y una de las autoras —de ego frágil— se rehúsa a trabajar hasta que hayan cambiado ciertas circunstancias, mismas que se niega a detallar o que ella misma no tiene claras. Hace unas semanas hablamos por teléfono; en algún momento se puso a llorar y yo pensé de ninguna forma, no me pagan para esto, así que bajé la bocina, la puse sobre el escritorio y pasé a otras cosas. Media hora más tarde levanté otra vez la bocina y verifiqué que la llamada estuviera muerta antes de colgar el teléfono.

Nunca me ha quedado claro por qué se requiere de dos, tres, cuatro autores para escribir un libro de texto que, a pesar de las diferencias superficiales, se trata, en realidad, de una réplica de todos los otros libros de texto que se han escrito para la enseñanza del español. Año con año surgen nuevas teorías de la enseñanza de la lengua —el término *enseñanza*, de hecho, fue condenado a muerte con el nacimiento de una de esas teorías, para ser reemplazado por el término *adquisición*, que pone la responsabilidad en el estudiante—; se forman congresos, grupos focales, talleres de entrenamiento y capacitación, pero las variaciones en los libros de texto son, en el fondo, meramente cosméticas.

Discuto la situación del manuscrito y los autores con Ted.

—Es un incumplimiento de contrato —dice Ted, gordísimo, sin levantar la vista de la pantalla de su computadora—. Deja que el departamento legal se haga cargo.

En otras ocasiones en que ha sucedido lo mismo —los autores de libros de texto son todos académicos y, por ende, extremadamente inseguros, desmedrados; las envidias y rivalidades pueriles que surgen entre ellos al escribir un manuscrito colectivo son más una norma que una excepción—, Ted se ha mostrado furioso, implacable. Sin embargo, el

150

proceso de divorcio lo ha dejado cada vez más ina-
movible, tanto de cuerpo como de espíritu.

—¿Es todo? —pregunta, aún sin levantar la vista de la pantalla.

Ted me hace pensar en un flan de sémola que
nadie quiso comerse.

Nate recibe una llamada de una organización
no gubernamental que se llama New Horizons. Es
una de las múltiples organizaciones a las que Nate
envió una solicitud de empleo hace meses. En su
momento, la respuesta que recibió de esta y otras
organizaciones similares fue impersonal, de cajón:
"Le agradecemos su interés en formar parte del
equipo de New Horizons. Sentimos comunicarle
que, por ahora, ...". La llamada de hoy no es particularmente detallada. Le informan que acaba de
abrirse un puesto para el que quizá esté calificado;
quieren saber si tiene tiempo de entrevistarse esta
semana. De lo contrario, tendrían que esperar hasta
enero, por aquello de la navidad, las vacaciones,
algo relacionado con el presupuesto anual.

Nate va a la entrevista el miércoles y vuelve más
o menos satisfecho. Las personas que lo entrevista-
ron le hicieron preguntas pertinentes acerca de su
currículum y experiencia; se mostraron amables,
entusiastas. El empleo en cuestión es como consejero sicológico de personas indigentes, comúnmente
afectadas por trastornos emocionales y adicción a
las drogas callejeras y al alcohol. Nate está convencido de que van a ofrecerle el puesto.

—Pagan bastante menos que en mi empleo anterior —me dice Nate, un poco decepcionado—; no es tampoco el tipo de trabajo que quiero hacer a largo plazo. Habría preferido continuar mi labor con la comunidad gay, pero bueno, en un año o dos puedo buscar otra cosa. Por lo pronto, se sentirá bien tener una fuente de ingreso.

El viernes me llama Nate al trabajo para anunciarme que ya le ofrecieron el puesto; que el empleo es oficialmente suyo. Comienza a trabajar la segunda semana de enero. Se escucha contento, pero su entusiasmo es moderado, cauteloso. No sé si es por causa del puesto en sí mismo o si se trata de una inseguridad surgida como consecuencia de tantos meses de sentirse rechazado en el ámbito profesional.

—Es un verdadero milagro navideño, Nate —le digo, más o menos en broma, para ocultar mi alivio gigantesco—. Muchas felicidades. Estoy muy orgulloso de ti. Te quiero mucho.

Le digo que tenemos que salir a celebrar, que llame a Zuni a ver si tienen una mesa disponible; yo pago, por supuesto, *it's on me*.

Al terminar la llamada me dirijo a la sala de juntas. Sobre la mesa, ya están alineadas las copas de plástico con sidra desalcoholizada que alguien —probablemente Nancy, la asistente editorial pecosa— sirvió. Hoy es el día del intercambio anual de regalos. Desde que entré a trabajar a la editorial, he participado en cuatro intercambios.

El día veinticinco por la mañana, como es costumbre en este país, Nate y yo abrimos nuestros regalos. Nate desenvuelve el suyo primero. Al quitar el papel de dibujitos navideños y encontrarse con el estuche de plástico negro, entiende al instante cuál es el contenido de la caja; de qué se trata. Me mira con la boca abierta, incrédulo.

Sin decir palabra, abre el estuche de la trompeta. Al ver el instrumento, se le salen las lágrimas. Acaricia el latón pulido, brillante, con la yema de los dedos. Trata de decir algo, pero se le corta la voz.

Hace unos meses, bajo el efecto de algo —no recuerdo qué—, Nate me contó que, de adolescente, se había unido a la banda musical de su escuela secundaria y había aprendido, con resultados modestos, pero con mucha pasión, a tocar la trompeta.

—No había nada en el mundo que me gustara más —me narró ese día—. No tenía talento alguno, pero ensayaba en el salón de música de la escuela durante horas. En parte, creo que era un refugio para no tener que interactuar con otros chicos de mi edad, porque me intimidaban mucho, sobre todo a partir de que empezamos a desarrollarnos. Los años de pubertad son terribles para los gays; muy, muy crueles.

Su padre, sin embargo, era de la creencia, relativamente común en Estados Unidos, de que el futbol americano es parte fundamental del desarrollo de todo hijo varón que quiera jactarse de serlo. El hermano mayor de Nate había jugado en el equipo de la escuela unos años antes; su equipo había ganado algún tipo de campeonato estatal. El papá de Nate deseaba la misma gloria valerosa para todos sus hijos. Como el objetivo principal de la banda era el de tocar marchas vehementes, alentadoras, durante los partidos de futbol americano de la escuela, Nate se vio forzado a dejar la trompeta en favor del balón ovalado. Nunca tuvo éxito en ese deporte y nunca volvió a tocar la trompeta.

Nate acaricia el instrumento de nuevo, como si se tratara del lomo de una mascota, e intenta decirme algo. Comienza una serie de oraciones —gramaticales, no religiosas—, pero el llanto le impide terminarlas.

—Es lo más bonito que… Nunca antes, te lo juro… Te prometo que… No sé cómo expresarte…

Abrazo a Nate. Siento que sus lágrimas van a hacer que se desmorone, como terrón de azúcar mojado. Después de un rato se tranquiliza y sonríe.

—Qué cabrón eres —me dice—. Yo sólo te compré un suéter.

Llamo a Fadi. Su teléfono suena cuatro, cinco, seis veces y luego la llamada es transferida al correo de voz. Me imagino que vio mi nombre en la pantalla de su teléfono y no quiso hablar conmigo, por lo que no le dejo mensaje alguno. Al siguiente día, lo mismo. Y al siguiente, igual. Finalmente, al cuarto día, decido dejar un recado:

—Hola, Fadi. Soy yo. Intento llamarte más tarde.

Al minuto de haber colgado, suena el teléfono de mi oficina.

—Perdón —me dice—. Estaba en el baño y no alcancé a contestar.

Su voz suena tranquila, despreocupada, como si no hubiera transcurrido tanto tiempo desde la última vez que hablamos. No sé cómo empezar la conversación.

—Te llamo para desearte un buen año nuevo.

Fadi se ríe un poco, creo que sin sarcasmo.

—¿Nada más llamas para eso?

Me siento avergonzado. No sé qué decir. Fadi continúa:

—¿No llamas también para disculparte por haberme dejado plantado en Chicago y por no haberte comunicado conmigo desde entonces?

—Sí, Fadi. También llamo para eso. Perdón.

Su falta de enojo me desconcierta y, en cierta medida, hace que me sienta mucho peor; más avergonzado. Considero justificar mis acciones, pero yo mismo no las entiendo del todo. ¿Me separé de Fadi nada más porque expresó abiertamente sus sentimientos hacia mí? ¿O fue acaso porque sospeché —Fadi nunca me dijo nada al respecto— que Nate no le caía bien, que desaprobaba mi relación con él? De cualquier manera, sé que mis motivos fueron, cuando menos, mezquinos.

—Fadi, en verdad me siento muy mal. ¿Qué puedo hacer para disculparme?

—Ven a visitarme —dice, y agrega rápidamente—: tú solo.

Lo pienso un rato. Me parece una petición justa. Hace mucho que Fadi y yo no pasamos tiempo juntos y la presencia constante de Nate alteraría, sin duda, la dinámica de la convivencia, indistintamente del grado de antipatía que sienta Fadi hacia Nate.

Sin embargo, me preocupa cómo venderle mi viaje a Nate; cómo explicarle su exclusión deliberada. Se me ocurre presentarle la visita a Chicago como una oportunidad para él de pasar tiempo con Abigail y una oportunidad para mí de ver a mi amigo. Nate nunca ha expresado desagrado hacia Fadi, pero tampoco interés en conocerlo más a fondo. Creo que Fadi le es, en sí mismo, indiferente, pero la visita de Layla, la conversación espinosa que tuvimos aquella noche en el bar, lo dejó sin ganas de pasar más tiempo con ese círculo de amigos: Fadi, Layla, Arturo, Haas. Decido, entonces, aceptar la invitación de Fadi; la condición impuesta de excluir a Nate. Para que mi amistad con Fadi perdure, será necesario que, eventualmente, Fadi acepte mi relación; que tanto Fadi como Nate hagan un esfuerzo por ser cordiales el uno con el otro. Sin embargo, en este momento es más urgente sanar la amistad; tomar las cosas paso a paso. Más que nada, es importante que me reivindique por haber dejado plantado a Fadi en Chicago y por no haberlo buscado en tanto tiempo. Y todas estas deliberaciones son completamente inútiles porque al momento de presentarle a Nate la oportunidad de este viaje —anda, nos vamos a divertir, tú te quedas con Abigail y yo me quedo con Fadi, nos va a hacer bien salir un rato de San Francisco, ¿a poco no echas de menos el frío verdugo de Chicago?—, antes de poder exponerle todas las virtudes del viaje, Nate me recuerda que su empleo en la organización no gubernamental es casi nuevo, que no puede tomarse unas vacaciones al mes de haber empezado.

—Ve tú solo. Diviértete. Hace mucho que no pasas tiempo con Fadi.

La noche en que Fadi me confesó sus sentimientos, había pasado por mí al aeropuerto en su cochecito. Se trataba de mi primer viaje a Chicago. Fadi y yo nos habíamos visto no más de tres o cuatro veces en la vida, cada vez que había recibido una invitación por parte de la Universidad de Berkeley para dar una plática acerca del tema central de su tesis (*mutatis mutandis:* "Dolor contrapuesto: La poesía sobre los conflictos bélicos contemporáneos entre judíos y musulmanes en la Franja de Gaza") o para leer poemas árabes clásicos en su lengua original.

La primera vez que nos vimos fue a instancias de Marcela, una amiga de la universidad: "Va a pasar por San Francisco, camino a Berkeley, mi gran amigo Fadi. Tienen mucho en común. Trátalo bien, porque lo adoro". Marcela es una de esas personas que piensan, bienintencionadas, que todos los hombres homosexuales tienen mucho en común por el simple hecho de serlo, por lo que me daba pereza conocer a Fadi. Sin embargo, la tarde en que nos encontramos en Café Flore, en el barrio de Castro, me cayó bien al instante. Hablamos sobre literatura, política, la academia, el devenir de la vida y, tras unos tragos en Badlands, nuestra pasión por los hombres que tienen el culo tan prominente que la camiseta se les pliega por arriba de las nalgas.

—Marcela tenía razón —le dije—; es verdad que tenemos mucho en común.

Fadi me aclaró entonces que Marcela y él se habían conocido por casualidad en el aeropuerto de Dallas, entre vuelos, y que no habían conversado más de diez minutos. En algún momento, durante su conversación gentil de recién conocidos, Marcela notó que la maleta de Fadi llevaba adherida una estampa con la bandera del arcoíris. Fue así como Marcela tuvo la gran revelación:

—Te voy a presentar a alguien —le dijo a Fadi.

Por causa de la distancia, nuestra amistad —la de Fadi y mía— se forjó con base en llamadas telefónicas ocasionales y, sobre todo, mediante cartas largas, pulidas (anacrónicas si se les compara con la correspondencia breve y descuidada con que normalmente me comunico yo por *e-mail* con el resto de la gente). El estilo epistolar de Fadi me pareció de gran calidad literaria, incluso —o, sobre todo— en la ocasión en que me describió, con detalle sádico, el accidente digestivo, marrón, que había tenido la noche anterior mientras un negro de proporciones estereotípicas le daba por la zaga.

En sus próximas visitas a la bahía de San Francisco nos vimos también por periodos breves, de unas cuantas horas, generalmente el día anterior a sus ponencias, a veces también al día siguiente. El Departamento de Lenguas de la Universidad de Berkeley organizó todos sus viajes, de forma tal que Fadi se hospedó siempre en un hotel aledaño al campus. Dado que nunca se quedó conmigo, en mi estudio de la calle Castro, la posibilidad de un encuentro sexual jamás se hizo presente. Tampoco hubo entre nosotros, que yo recuerde, preludio erótico alguno coqueteo o guiño de ojo durante alguna farra que le abriera la ventana a un futuro romántico. Por eso, la noche en que Fadi pasó por mí al aeropuerto de Chicago, me llevó a cenar a un restaurante en Boystown y —tras unas cuantas cervezas— me confesó sus sentimientos, la revelación me tomó desprevenido.

—Fadi —lo interrumpí casi inmediatamente; luego incurrí en el peor de los lugares comunes—: te quiero mucho, pero solo como amigo.

Me miró con sorpresa, insultado.

—Déjame que te explique… —continuó.

Le pedí que no lo hiciera. Se trataba de una conversación muy incómoda para ambos, al menos para mí. Fadi intentó explayarse una vez más, tal vez para convencerme de que podríamos formar una gran pareja, pero se lo impedí con un movimiento ligero de mano. No, Fadi, te lo suplico: no te arranques el corazón aquí, en este restaurante, conmigo, por mí, porque si lo haces vas a terminar odiándome algún día.

El resto de la noche, Fadi lo pasó de un humor negro, casi sin hablar, y yo fingí no darme cuenta. "Ya se le pasará el berrinche", pensé. De acuerdo con el plan logístico del hospedaje —el departamento de Fadi es pequeño; no tiene siquiera un sofá grande—, al momento de irnos a dormir compartimos su cama matrimonial, pero impusimos un desierto entre nosotros.

A la mañana siguiente, Fadi se levantó temprano. Tenía que asistir a una clase en la universidad (o quizá iba a impartirla, ya no recuerdo). Sobre la mesa del comedor me dejó una copia de la llave de la casa y un recado: "Nos vemos al mediodía en el Starbucks de Andersonville que está en la calle Clark, esquina con Berwyn".

Gracias a la nueva indiferencia con que Ted, obeso, toma sus decisiones, me autoriza dos días de asueto para que me vaya a Chicago, a pesar de lo atrasado que está el proyecto. Compro el boleto para irme un jueves y volver a San Francisco el domingo de la misma semana.

Como la primera vez que vine a Chicago, Fadi va a recogerme al aeropuerto en su cochecito y me lleva a cenar a un restaurante en Boystown. Estoy contento de verlo. Conversamos sobre su tesis, la posibilidad de que lo contraten en una universidad de Nueva York, su próxima visita a la Universidad de Berkeley. Luego, me pregunta en qué etapa va el proceso legal para obtener mi residencia en este país. Sabe que, hasta no tener la tan elusiva "tarjeta verde", seré un esclavo de la editorial.

—Antes me daba más o menos lo mismo —le digo a Fadi—. Si hubiera tenido que salir del país, lo habría hecho con los hombros alzados, sin quejarme demasiado. Ahora que estoy con Nate, las cosas son distintas.

Cuando menciono a Nate, Fadi, creo, se crispa un poco, pero luego me pregunta:

—¿Cómo van las cosas con él? ¿Qué tal la vida en convivencia?

Le narro todo: las partes buenas, estupendas, pero también las vicisitudes de los meses en que Nate no conseguía empleo.

—Tuvo que adaptarse a varias cosas de súbito: una nueva ciudad, un nuevo departamento, la falta de ingresos… fue un periodo difícil. Afortunadamente, ya tiene un trabajo que más o menos le gusta.

Le doy un trago grande a mi vodka. Considero, por un instante, decirle a Fadi que Nate, además de haber trabajado como sicólogo en Chicago, fue también un prostituto exitoso durante años. No sería una traición a Nate, porque Nate no se avergüenza de haber sido "acompañante"; de hecho, le da orgullo hasta cierto punto, por aquello de que esa labor es, en su opinión —al igual que la de sicólogo—, de "curador de personas heridas". Sin embargo, temo que Fadi vaya a juzgar moralmente a Nate y, peor aún, que utilice ese dato ínfimo de la vida de Nate —a quién le importa, carajo; cada quien tiene el derecho de hacer de su vida lo que le dé la gana— para convencerse de que él y yo, de que Fadi y yo, seríamos mejor pareja. Decido, entonces, darle otro trago a mi vodka; tragarme el secreto, aunque no tenga el mérito de serlo.

Fadi me dice, con sinceridad, que le da gusto que las cosas con Nate vayan bien; mejor ahora que tiene trabajo.

—Es un buen tipo. Es obvio que te quiere mucho —dice con una sonrisa quizá nostálgica.

Fadi es notoriamente guapo: tiene los ojos grandes, redondos, de tonos melifluos. Su nariz es mayúscula, pero afilada; sus labios, carnosos. Las facciones de Fadi son refinadas y varoniles a la vez. Tiene la cara de alguien que bien podría detonar una bomba en tu avión o darte la mejor cogida de tu vida. Estoy un poco pedo, pero algo, de pronto, me queda clarísimo, aunque no tenga forma de explicarlo: pase lo que pase en un futuro, Fadi y yo no terminaremos juntos, como pareja.

El sábado en la noche salimos con sus amigos: Layla, Haas y Arturo. Tenemos boletos para un concierto de la Orquesta Sinfónica de Chicago, pero antes nos reunimos en casa de Layla. Cuando nos abre la puerta, una nube de humo se escapa hacia el pasillo. Huele a tabaco e incienso. Layla, envuelta en un vestido blanco, largo, helénico, no del todo distinto a la toga que llevaba en el escenario el día de su espectáculo, me abraza con fuerza, me da un beso en cada mejilla, me toma las mejillas con ambas manos y me mira unos segundos en silencio, con interés o curiosidad, como si estuviéramos en un monte de piedad y alguien le hubiera llevado mi cara para empeñarla; le doy cincuenta dólares por su joyita.

—Querido, cuánto te he echado de menos —me dice teatralmente, aunque solo nos hemos visto dos veces en la vida—. Eres más guapo de lo que recordaba.

Luego mira a Fadi y le dice, con respecto a mí:

—Este hombre carga con su propia fuente de luz.

Decido no guardarle rencor por haber sido grosera con Nate.

Arturo se pone de pie y me recibe con su entusiasmo desbordado. Haas, incluso, me saluda con un abrazo. Me hacen sentir parte del grupo.

Layla nos sirve vino tinto en unas copas de cristal cortado, de bisabuela, y nos aclara, con aire cosmopolita:

—Este vino lo traje de Santorini.

En la mesa de la sala hay higos secos, dátiles, galletas de romero, queso Roquefort, pastas de garbanzo y berenjena.

Haas saca una bolsa con mariguana de su abrigo y comienza a liar un cigarro. Lo enciende; lo circula.

—Nos vas a matar a todos —reprueba Layla cuando Haas le pasa el porro, pero lo inhala de todas formas: dos aspiraciones hondas, peritas, que provocan destellos en el extremo opuesto del cigarro.

Fumamos; conversamos acerca de la situación política del país, tan nefasta. Alguien comenta acerca del divorcio de una diseñadora de modas famosa: su quinto matrimonio fallido, aparentemente. Fadi discute, con tono apologético, los méritos de un bestseller sobre un niño británico con poderes mágicos. Nadie más ha leído la novela; nadie tiene interés en hacerlo.

Layla le pide a Haas que nos declame uno de los poemas de su próximo libro. Haas accede al instante, con una desinhibición inesperada.

—Este poema lo inspiraron mis padres —nos explica.

A continuación, lee un poema sobre la nieve, en la que la sangre y la tierra se combinan para emporcarla, para formar metáforas que yo, quizá por causa de la mariguana, no alcanzo a entender. Con todo, observo a Haas leer su poesía —los ojos

163

verdes, las pestañas largas, la cicatriz tan enérgica que intenta ocultar bajo su barba de cinco días— y me siento excitado. A través de la camisa puede verse su pecho fuerte; los vellos crespos se asoman por entre la tapeta y los botones.

Layla me sirve otra copa de vino tinto.

Durante la lectura de Haas, Arturo examina cuidadosamente la colección de discos de vinil de Layla. Cuando Haas ha acabado de leer, pone uno en el tocadiscos y, acompañado por la grabación, nos canta, con una voz poderosa que podría tallar cristales, un par de canciones sefardíes.

Para ir al Centro Sinfónico, como no cabemos todos en un mismo carro, Fadi y Arturo se van en el coche de Fadi. Layla, Haas y yo tomamos un taxi. Los tres nos sentamos atrás; yo en medio de ambos. Layla pone su mano derecha en mi muslo izquierdo. Haas, divertido, imita a Layla y pone su mano izquierda en mi otro muslo. Nadie dice nada unos minutos, hasta que Layla rompe el silencio.

—¿Cómo se llama usted? —le pregunta al chofer del taxi—. ¿De dónde es?

—Benson —responde el negro y nos mira por el espejo retrovisor—. Soy de Nairobi, Kenia.

—Gracias por ser parte de nuestra vida esta noche, Benson —le dice Layla.

—No pasa nada —responde Benson—. *No problem.*

Después del concierto nos sentimos hambrientos. La mariguana me dejó la boca seca, a pesar de la copa de champán que tomé durante el intermedio.

Arturo sugiere un restaurante mexicano que acaban de abrir y ha recibido reseñas estupendas. Cuando llegamos —dos en el coche de Fadi, tres en un taxi— nos encontramos con que hay una larga lista de espera, así que nos vamos en los mismos vehículos a Boystown, que es territorio familiar. En uno de los bares, pedimos hamburguesas: lo único que ofrece el menú.

El bar está repleto. Camino al baño, reconozco a un tipo que charla animadamente con su grupo de amigos. Lo tomo del brazo.

—Finn —lo saludo—, no lo puedo creer.

Me mira extrañado. Le toma unos segundos reconocerme.

—Ah, sí, claro —dice, sin mucho entusiasmo—. Qué sorpresa encontrarte por aquí. ¿Dónde está Nathaniel?

Le explico que vine solo a Chicago, que estoy con unos amigos, que Nate tuvo que quedarse en San Francisco porque...

—Qué bien, qué bien —interrumpe Finn, aburrido; luego se dirige a sus amigos—. Este es el *nuevo* novio de Nathaniel.

Cuando dice "nuevo", lo hace de esa forma: con cursivas. No sé si es una referencia al hecho de que Finn es el *viejo* novio de Nate —su novio anterior, con el que vivió algún tiempo— o si desea sugerir que Nate ha tenido una infinidad de novios y que yo soy solo el más reciente de la serie. En ambos casos, me queda claro que el empleo de las cursivas es deliberado; tiene intenciones filosas. Sus amigos dicen "ah" y asienten, dándose por entendidos.

Algún día, alguien va a desfigurarle a Finn la cara tan bonita que tiene, la perfecta ondulación de su cabello, pero no seré yo, y mucho menos esta noche tan espléndida.

Me despido cordialmente.

Cuando vuelvo a la mesa, las hamburguesas ya están servidas.

Fadi sugiere que vayamos al Clóset, un bar de lesbianas que está cerca, para continuar la juerga. Sin embargo, los demás nos sentimos exhaustos. Mañana temprano vuelo de regreso a San Francisco.

Me despido de Arturo, Haas y Layla: en ese orden. Al decirme adiós, Layla, creo que un poco borracha, me señala con un dedo y dice, en tono de axioma:

—Eres muy San Francisco.

Jamás había escuchado el empleo de un nombre propio de ciudad como adjetivo. No estoy seguro de qué características de San Francisco me atribuye Layla, pero imagino que son positivas, porque me besa una vez en cada mejilla y, con cada beso, dice la palabra *radiante*.

—Radiante. Radiante.

Me lavo los dientes y me meto en la cama en calzones. Estoy agotado, pero la noche me ha dejado una sensación de euforia que probablemente me complique el sueño. Pienso: "Tengo que visitar a Fadi más seguido".

Del otro lado de la cama, aún de pie, Fadi se quita las gafas y las pone sobre el buró, luego organiza otros objetos sobre la misma superficie: el reloj despertador, un par de libros, un vaso de agua. Tiene los ojos entrecerrados, en su esfuerzo por enfocar el mundo sin la ayuda de los lentes. Esto lo hace verse vulnerable, como pollo al que no le han salido las plumas.

Cuando se mete bajo las sábanas y apaga la luz, lo abrazo por detrás. Emite un gemidito, no sé si de sorpresa o satisfacción. Me toma de la mano. Dice mi nombre.

La nuca de Fadi huele a té de canela. Cierro los ojos para concentrarme en el olor y también en la sensación de mi piel contra la suya. Fadi respira a intervalos regulares, profundos. Cuando inhala, puedo sentir su espalda dilatarse contra mi pecho.

Mi erección se posa entre sus nalgas, separadas de mi pito por la tela delgada de sus calzones y los míos. Estoy seguro de que puede sentir mi verga henchida, a menos de que ya esté dormido. Los vellos de sus piernas rozan mis muslos y me producen comezón, pero no quiero rascarme; por ahora, no voy a arriesgar movimiento alguno que pueda romper este trance. Suspiro fuerte. Segundos después, Fadi me imita; luego bosteza. Murmura algo que no alcanzo a entender; quizá haya dicho mi nombre otra vez.

El cuarto entero huele ahora a canela. Tengo el olfato colmado; todos los sentidos. El corazón me late con inquietud; cómplice. Mi respiración se vuelve entrecortada; me cuesta trabajo inhalar por la nariz. Mi aliento choca contra la nuca de Fadi y se esparce por su piel. No puedo más. Hace mucho no me excitaba de esta forma.

Pongo la mano abierta sobre su muslo. Ahí, mi mano aguarda unos segundos, en espera de alguna reacción. No hay ninguna. Muevo los dedos de adelante hacia atrás, como quien pasa las hojas de un libro de papel quebradizo. Su cuerpo se contrae un poco, expectante. Envalentonados, mis dedos se acercan ahora a su ingle y se colocan justo debajo de donde empieza la tela de su calzón. En el microclima de su entrepierna, la temperatura es cálida, casi bochornosa. Con un movimiento intrépido, definitivo, le pongo la mano sobre el pito. Fadi reacciona al instante.

—¿Qué haces? —pregunta, sorprendido.

Me quedo helado. No sé qué responder.

—¿Qué haces? —vuelve a preguntar, un poco más enfático. Está ahora de costado, erguido en parte con la ayuda de su codo.

—Nada —respondo—. Pensé…

—¿Qué *carajos* haces? —me interrumpe—. *What the* fuck *are you doing?*

Sin responder esta vez, me paso hacia mi lado de la cama. Ahí me quedo sin moverme, con los ojos cerrados; perro callejero a la espera de otra patada.

Fadi guarda silencio unos segundos; un minuto. Presiento que me observa en la oscuridad. Luego suspira y dice, con voz aplacada, de tregua:

—Tienes novio, ¿te acuerdas?

Sin decir más, vuelve a acostarse en la posición de antes. No sé qué tan rápido vuelva a quedarse dormido.

De mi lado de la cama, las sábanas se sienten heladas. Me hago bolita como cochinilla.

No tenía claro por qué sus padres lo habían enviado al campamento de natación en Florida, sobre todo sin consultarlo. Cuatro semanas robadas a sus vacaciones de verano: era mucho tiempo; demasiado.

—¿Tengo que ir? —le preguntó a su madre, igual que había preguntado tres meses antes, dos meses antes, un mes antes.

—Sí.

David no era bueno para ningún deporte, pero con este llevaba desde la infancia; dos horas al día, cinco días a la semana. No empezó a practicarlo por voluntad propia: sus padres habían elegido este deporte para él a una edad a la que él simplemente obedecía.

En comparación con los otros niños de la escuela —los que no pasaban dos horas diarias en la alberca—, era un nadador más o menos destacado. En comparación con los otros nadadores del equipo, era poco más que un estorbo.

—Perdimos por tu culpa, maricón —le había dicho recientemente Gonzalo, el capitán del relevo de su categoría, tras un encuentro interestatal.

"Por mi culpa, no", pensó David. Después de todo, él no había pedido que lo incluyeran en el relevo, ni en el equipo, ni en el entrenamiento diario.

Seis nadadores —cuatro niños y dos niñas— llegaron juntos al campamento de Florida. "Es un privilegio", le habían dicho a David sus padres. "Ya quisieran muchos niños tener esta oportunidad."

Los asistentes del entrador —"mentores", se hacían llamar— condujeron a los niños del equipo extranjero por un pasillo en cuyo muro derecho había una fila de casilleros de metal.

—Escojan un casillero —les dijeron en inglés—. Pueden escoger el que quieran, pero recuerden el número, porque tendrán el mismo casillero durante toda su estancia.

Las habitaciones, sin embargo, ya estaban asignadas: habían puesto a David y Gonzalo en el mismo cuarto.

Cuando los mentores dejaron a los niños solos un rato para que descansaran del viaje, Gonzalo aprovechó la oportunidad. Había testigos: los otros cuatro miembros del equipo extranjero y un par de nadadores locales que pasaban por ahí, despistados. Ese era el plan de Gonzalo: que hubiera espectadores, que se supiera; que se corriese la voz desde el primer día entre todos los nadadores de todo el campamento: Gonzalo era el capitán.

Tomó a David de la camiseta y lo azotó con fuerza y estruendo metálico contra los casilleros. La cabeza de David dejó una manchita de sangre en una de las manijas.

—Mira, maricón —le advirtió Gonzalo—. Si te atreves siquiera a tocarme cuando estemos solos en el cuarto, te voy a pegar hasta que te mueras.

Así de lento pasaron las cuatro semanas.

La primavera en San Francisco no es particularmente cálida. De hecho, no hay temporada del año que lo sea. Los días de calor son escasos y se distribuyen a lo largo del año de manera más o menos aleatoria. En un buen día —en un día de aquellos que lo hacen sentirse a uno bienaventurado—, el sol brilla durante algunas horas, pero luego le gana la niebla, la neblina, alguna llovizna de carácter verdugo. Los sanfranciscanos nunca dan las horas de calor por sentado; como monjes budistas, están conscientes de la temporalidad del instante.

A pesar de las predicciones climatológicas prometedoras, Nate y yo salimos hoy a la calle preparados con sudadera. Tomamos el tranvía que recorre la calle Market y el Embarcadero. En Fisherman's Wharf, cerca del muelle treinta y nueve, alquilamos un par de bicicletas para ir a Sausalito. Durante el trayecto que recorre el área de la Marina y los jardines del Presidio, el sol nos calienta la piel. Vamos despacio, disfrutando la sensación, lado a lado por las sendas asfaltadas, más como paseantes dominicales que ciclistas asiduos. Como blanqueador para ropa, el invierno le quitó a Nate el color de la cara y los brazos. Las manchitas de la nuca son apenas distinguibles: solo alguien que las conozca de cerca, que haya memorizado su forma, que las haya tocado como quien soba los pies de un santo, podría dar con ellas ahora que su piel está tan pálida. Los rayos de sol provocan en su cabello una luminosidad diáfana.

—¿Quién te enseñó a andar en bici? —le pregunto.

Nate arruga la nariz; lo piensa un rato.

—No estoy seguro. Tal vez mi hermano mayor. Es probable también que haya aprendido yo solo. Mi papá nos hacía trabajar en su compañía constructora todos los veranos, así que no teníamos mucho tiempo libre para hacer cosas divertidas.

En los jardines de Crissy Field, las familias preparan su día de campo: mantas, canastas con comida, pelotas de varios tamaños y propósitos.

—Y a ti, ¿quién te enseñó a andar en bici?

—Mi mamá.

Considero narrarle a Nate la anécdota completa; la recuerdo en detalle porque me viene seguido a la memoria. Mamá me llevó al parque expresamente para enseñarme a andar en bici sin las rueditas laterales. La bicicleta tenía un arco de metal en el respaldo, que mamá sujetó para ayudarme con el equilibrio.

—¿Listo? ¡Dale! —me alentaba—. Sin miedo; te tengo detenido.

Yo pedaleaba dos, tres, cuatro veces; la bicicleta se zangoloteaba de lado a lado, como borracho de pueblo, pero mi madre la sostenía con vigor por el respaldo para que yo no fuera a dar contra el piso. Cuando me ganaba el miedo a caer, bajaba los pies de golpe.

—No importa, no importa —me decía mamá—. Vuelve a intentarlo. ¿Listo? ¡Dale!

Así estuvimos un buen rato, sin progresos sustanciales, hasta que, de pronto, de una pedaleada a la otra, como si hubiese nacido con la habilidad de hacerlo, empecé a moverme en línea recta, con perfecto equilibrio. Cinco, diez, quince, veinte metros sin dificultad alguna. Capté entonces que no había forma de que mi madre siguiera sujetando el respaldo: la bici iba demasiado rápido. Anduve unos metros más y luego frené con los pedales y los pies. Me volví para buscar a mamá. En efecto, allá atrás, a lo que me parecieron cien kilómetros de distancia, estaba ella con los puños cerrados, en alto, agitando los brazos.

—¡Éxito! ¡Victoria! ¡Lo lograste, hijo!

Ese gesto de mi madre —el orgullo que me produjo en ese instante su aprobación— grabó el evento en mi memoria para siempre.

Considero narrarle la anécdota a Nate, pero estamos ya cerca de la calle empinada que lleva al Golden Gate Bridge y Nate acelera el paso: hay que tomar vuelo para llegar de un solo jalón a la cima, sin bajarse de la bici.

Sobre el Golden Gate Bridge el clima es otro; hoy está el día despejado, pero el viento golpea con fuerza, al punto de que tenemos que bajarnos de las bicicletas para evitar caernos. Nos ponemos la sudadera y recorremos la distancia a pie —son menos de tres kilómetros, si mal no recuerdo—; sujetamos el manubrio para guiar las bicicletas. Hay turistas asiáticos a lo largo de todo el puente —alguien los envía a San Francisco por toneladas—; llevan paraguas para protegerse del sol, a pesar de que el viento se los arrebata y se los lleva a cada rato. Se toman, por turnos, fotos con la isla de Alcatraz, que apenas puede verse por el reflejo de los rayos solares.

Hacia el centro del puente hay también espectadores que tienen aire melancólico (o así me lo parece). Se apoyan sobre el parapeto; unos miran hacia el horizonte y otros hacia abajo, hacia la superficie picada del mar. Alguna vez leí que el Golden Gate Bridge es el sitio del mundo en el que más personas se suicidan. Para quien brinca desde esta altura de casi cien metros, el agua es como concreto: al momento del impacto, los huesos se hacen esquirlas y perforan los órganos internos.

Delante de mí, Nate vuelve la cabeza para decirme algo. Casi grita, pero, por causa del viento, no alcanzo a escuchar más que algunas vocales.

—¿Qué dijiste? —le pregunto a todo volumen, pero Nate tampoco puede escucharme.

Continuamos el último kilómetro en silencio.

Al final del puente, donde la corriente de aire es mucho más leve, nos paramos en el mirador para echarle un ojo a la bahía. Junto a nosotros, dos o tres familias de judíos jasídicos —vestidos con sus atuendos negros y descolocados— discuten el paisaje. En torno a los adultos, los niños con caireles gritan en yidis —lo que supongo que es yidis— y se corretean como cuervos zafios.

Nos quedamos apenas un minuto o dos. Orinamos en los baños, nos subimos a nuestras bicicletas y tomamos la carretera que baja hasta el litoral de Sausalito.

Sausalito es un pueblo lindo, pero irrelevante: algunas galerías, una veredita coqueta.

Nate y yo nos sentamos en un café a matar el tiempo. El siguiente trasbordador a San Francisco sale en media hora.

Tras una amenaza por parte de los abogados de la editorial, los autores, finalmente, me entregan los últimos capítulos del libro: el presente de subjuntivo, el condicional (o pospretérito) y el futuro.

De todo el manuscrito, el último capítulo es el único que me parece novedoso. En vez de presentar y discutir el vocabulario de los viajes a países de habla hispana, que es con el que suele impartírsele al estudiante la habilidad de hablar sobre asuntos no inmediatos en términos físicos y con estructuras gramaticales más complejas, el libro trata sobre temas que normalmente son purgados de estos libros de texto por ser considerados controvertidos (en sí mismo un adjetivo sucio en este país): formas de gobierno, emigraciones masivas, discriminación racial, religiones, guerra, terrorismo... Me pregunto si los autores especificaron estos temas en la propuesta de trabajo; si alguien los aprobó. Es dudoso.

Considero la posibilidad de fingir ignorancia; de editar el capítulo y pasárselo a Producción sin consultarlo antes con Ted, por miedo a que Ted lo censure. Sin embargo, en el caso de que el libro cree problemas al ser publicado, en el caso de que no se venda por causa del capítulo controvertido —la simple mención de la existencia de razas diversas podría causarles un síncope a los académicos de espíritu más delicado—, no habría a quien culpar más que a mí. Perdería el empleo, mi visa de trabajo y, por ende, mi residencia condicional en el país. No hay libro de texto en el mundo que me importe tanto.

Consulto la situación, entonces, con Ted. Me recibe en su oficina de mala gana. Tiene un aspecto terrible: se ve exhausto, desaliñado, sucio incluso. Le doy la buena noticia de que ya recibí los capítulos restantes del manuscrito, pero la expresión de pesadumbre no le cambia. A continuación, le explico el problema con el último capítulo:

—Los campos semánticos son interesantes, desde luego, pero no sé si la discusión sobre el terrorismo mundial…

Ted no me escucha y, a diferencia de los últimos meses, no finge siquiera hacerlo.

—¿Tú qué piensas acerca de todo esto? —me pregunta, y por un instante se me ocurre que quizá se refiera a él mismo, a su aspecto en declive, a su vida.

—Como te digo, creo que el capítulo es bastante original, pero…

—Adelante, entonces.

Al día siguiente, Ted no viene a la oficina. Luego falta otro día; luego, otro y otro. El lunes, los editores de lenguas recibimos un *e-mail* del editor en jefe, que nos anuncia que Ted tuvo la necesidad de ausentarse indefinidamente del trabajo por motivos personales. "Les pedimos que, mientras tanto y hasta nuevo aviso, no interrumpan el flujo editorial de sus proyectos."

La ausencia de Ted causa un cambio notorio en la dinámica cotidiana de la oficina. Nancy, pecosa, se siente desconcertada: me consulta con frecuencia excesiva acerca de trámites elementales y, al poco tiempo de haberle dado una respuesta, me anuncia —con sed de validación— que el trámite ya está dispensado. Los otros miembros del equipo editorial, por el contrario, aprovechamos la autonomía para trabajar lo mínimo indispensable.

Un viernes al mediodía decido fugarme de la oficina; empezar el fin de semana con unas horas de anticipo. Antes de salir, le envío un mensaje electrónico a Nate para pedirle que me encuentre en Café Flore después del trabajo: "Me largo de aquí".

Tendría que comprarme un teléfono celular: sería más fácil.

En el café, pido una rebanada de pastel de chocolate y me siento a comerlo en una de las mesas del patio.

De niño, cuando anhelaba más que nada la independencia con la que se desenvolvían las personas mayores, pensaba que ser adulto consistía precisamente en esto: primero, en pedir pastel de chocolate a cualquier hora del día, sin la necesidad de un evento que lo justificara; segundo, en recibirlo al instante, sin objeción alguna; tercero, en tener el dinero disponible para pagarlo. Ahora que soy adulto, pienso que no estaba del todo equivocado.

Leo mi novela sobre el dueño de una tienda de discos cuya novia lo abandona a la vez que su negocio se viene abajo. Tras un rato de lectura, veo pasar por el patio, hacia el mostrador y la caja, a Jason, un tipo con el que solía acostarme de vez en cuando hasta hace un par de años. Jason y yo habíamos llegado al acuerdo tácito de buscarnos en noches específicas; en los casos en que alguno de nosotros no hubiera encontrado un mejor candidato —o al menos un candidato nuevo— para coger. Una o dos veces al mes, después del antro, a las tres o cuatro de la mañana, Jason tocaba a la puerta de mi casa o yo tocaba a la suya. "¿Qué haces?", nos preguntábamos, como si nos hubiésemos topado por casualidad en el supermercado.

Jason se metía metanfetamina cristalizada: rara vez conseguía que se le endureciera el pito.

Lo veo conversar con la cajera. Le señala un postre en el mostrador, pero ella lo mira con escepticismo. Jason se toca los bolsillos del pantalón e intenta explicarle algo. La cajera se alza de hombros y le dice que no; lo siento mucho, pero no. Jason vuelve a pedirle algo. La cajera asiente esta vez, pero con modales que advierten que su paciencia es limitada: le sirve un vaso de agua del grifo; se lo entrega, mira a otro cliente que aguarda en la cola y dice, en voz alta, para dar por terminada la interacción con Jason:

—¿Quién sigue?

Jason sale al patio y busca una mesa vacía. Entonces me ve. Reconoce mi cara, pero creo que no me ubica en un espacio o momento específico de su memoria. Frunce el entrecejo y se acerca a mi mesa.

—Hola… —me saluda; tampoco recuerda mi nombre—. ¿Puedo sentarme?

Antes de que responda, Jason jala una silla de otra mesa —la silla de metal raspa el concreto del suelo— y se sienta frente a mí.

En la época en que Jason y yo nos veíamos para coger, me parecía muy guapo, sin serlo de una manera ostentosa. Usaba siempre camisetas sin mangas bajo una sudadera atlética. Me encantaban sus ojos azules porque nunca antes había visto iris que tuvieran pecas. Le daban un aspecto interesante —exótico, incluso, si acaso los ojos azules pueden serlo—, aunque Jason, al hablar, delataba una ignorancia sin fondo. Desde la noche en que nos conocimos descubrí que era brutísimo; de lo contrario, quizá lo habría buscado para más cosas que el sexo. Me encantaba tenerlo desnudo en mi cama: era flacucho, sin un ápice de grasa, pero tenía los músculos marcados —esculpidos con cincel— como bailarín de ballet. Ahora que lo pienso, su cuerpo era probablemente una consecuencia venturosa, un efecto secundario temporal, del uso de la metanfetamina cristalizada.

Desde la última vez que lo vi, Jason ha bajado unos diez kilos. Las pecas de sus ojos se han oscurecido, pero, más que interesantes o exóticas, lo hacen verse vacuo. Los ojos de Jason son ahora de molusco muerto; de pulpo de pescadería que te mira con resentimiento desde su sepulcro de hielo.

—¿Qué has hecho? —le pregunto, porque no se me ocurre qué otra cosa decir.

Jason y yo conversábamos bastante en aquellos días —al menos yo hablaba mucho—, pero solo porque a Jason le excitaba el diálogo puerco: "Quieres que te la meta hasta el fondo, ¿verdad?". Después del sexo, nos despedíamos sin gran protocolo. No sé nada sobre su vida personal.

—¿Por qué lo preguntas? —responde alarmado.

Mueve el cuerpo con rapidez, pero sin coordinación alguna, como si tuviera la espalda cubierta de piquetes de mosco que no alcanzara a rascarse con las manos. Tiene los labios más secos que he visto en mi vida: parecen corteza de cactus. Tengo la impresión de que, si lo besara en este momento

—cosa que no haría ni por cinco mil dólares—, me espinaría la lengua.

Su cara está salpicada de pequeñas heridas y pústulas.

—Por ningún motivo en particular —le explico—. Mira, de hecho, estaba por irme, así que…

—¿Llamaste a la policía? —me interrumpe—. ¿Es por eso que me estás haciendo preguntas?

—No, Jason, no llamé a la policía.

Me mira unos segundos consternado.

—Gracias por no llamarla —dice al fin—. No quiero meterme en problemas.

Su estado actual me da tristeza, pero no sé cómo ayudarlo. Me ofrezco a comprarle algo de comer, pero me dice que no tiene hambre, que prefiere el dinero en efectivo; su casero, me explica, está por echarlo a la calle, más bien lo echó hace tiempo: Jason se quejó de que había cucarachas; salían por todos lados, te lo juro: por el colchón de la cama, por las cortinas, por el tapiz de las paredes; se me metían por los oídos y la boca y los párpados mientras dormía; me quejé con el casero y me echó a la calle; llamó a la policía, dijo que lo había atacado; no tengo dónde vivir desde hace meses.

Guardo mi novela y me pongo de pie.

—Lo siento mucho, Jason, pero me tengo que ir. Ojalá que…

—Llamaste a la policía, ¿verdad? Da lo mismo, aquí la espero.

Nate entra al patio en ese momento y se acerca a la mesa. Prepara una sonrisa para saludar a quien seguramente supone que es un amigo mío. Al verle la cara a Jason, la piel tan macilenta y demacrada, la sonrisa se le vuelve de cartón piedra. Nate trabaja con adictos todo el día.

—Nate, te presento a Jason.

—Hola —dicen ambos al mismo tiempo; ambos con desconfianza. No se dan la mano.

Cuando estamos en la calle, me preparo para narrarle a Nate cómo es que conozco a Jason, pero la situación no le causa curiosidad. Me pregunta si me importaría que compráramos una pizza porque esta noche no tiene ganas de preparar nada.

—También hay que pasar por cervezas.

Una noche, en el antro, bajo el efecto de unas pastillas —color carmesí; corazón flechado en la superficie— a Nate se le ocurre un juego.

—Es el juego de los desconocidos. Yo voy a caminar por todos lados, a fingir que vengo solo al antro. Tú puedes seguirme y observar todo a distancia, pero no puedes acercarte o interrumpirme. No voy a volver la cabeza para ver si estás ahí, así que no sabré desde dónde me observas o si siquiera me estás observando. Esas son las reglas, ¿de acuerdo?

No respondo inmediatamente. No acabo de dilucidar el objetivo del juego. Las propuestas de Nate en estos casos suelen ser mucho más básicas: beber agua, bailar; darnos besos y arrumacos.

Nate percibe mi titubeo.

—Nada más por media hora. No es mucho —me alienta—. Después, intercambiamos roles y yo te sigo a ti.

Hay algo acerca del juego que me tiene preocupado.

—A veces, Nate, con la pastilla, si no te tengo junto a mí… no sé…

Pienso en los bebés que lloran en cuanto su mamá sale del cuarto porque no entienden que su mamá está del otro lado del muro, a escasos metros de distancia; porque no saben cuándo va a volver; si va a volver algún día o si los ha dejado para siempre. No entienden de muros, metros, promesas implícitas.

Nate me pone una mano en cada hombro.

—Lo estás pensando demasiado, Gato. Es solo un juego. Si te sientes ansioso, te acercas a mí, interrumpes todo y basta: hacemos otra cosa.

Acepto —no sin recelo— participar un rato.

Nate camina con lentitud entre la gente, en torno a la pista de baile; yo lo sigo a unos quince, veinte metros. Lleva el torso descubierto; la camiseta, en el bolsillo trasero de los *jeans*. Aunque sé que a esta distancia —y en la oscuridad del antro— es imposible discernir detalles, tengo la impresión de que puedo ver las pequeñas gotas de sudor que se le forman en la nuca; en el nacimiento del pelo. También, por virtud del efecto de la pastilla, me parece que, al abrirse paso entre la gente, me deja un rastro con olor a hierba recién cortada. Nate camina con un vigor controlado, con la espalda muy erguida y los omóplatos activos. Alguien que pasa en dirección contraria lo toca en el hombro y le dice algo breve al oído. Nate se vuelve lo suficiente para responder y sonreírle un poco, pero no tanto que pueda verme. Alguien más se detiene frente a él; le baila con los brazos en alto, para alentarlo a que se una a su coreografía. Nate lo acompaña unos segundos, por no dejar; luego, se despide con una caricia amable al cuello.

Miro a mi novio con orgullo posesivo, mismo que se ensancha cada vez que otro tipo busca su atención. "Ese hombre elige dormir en mi cama, junto a mí", pienso. A la vez, observo los detalles de su cuerpo y sus movimientos como si me fueran completamente nuevos, como si el portento que es Nate se me revelara en este antro, en este instante, por vez primera: boca, dedos, mandíbula, el eje de su espalda.

Nate habla con frecuencia acerca de la inevitabilidad de nuestro encuentro, de la certidumbre de que nos corresponde estar juntos en esta vida. Ojalá yo también pudiera creerlo; sin embargo, a pesar de la influencia de la droga —o precisamente por la nitidez de pensamiento que me otorga— entiendo que Nate es más como una escultura de museo que, por ahora, está bajo mi custodia. Entiendo la responsabilidad y el privilegio.

No sé cuánto tiempo llevamos con esto —en el juego— pero me parece más que suficiente. Miro a Nate y, convencido de mi habilidad telepática para comunicarme con él cuando estoy bajo el efecto de la pastilla, le digo con el pensamiento: "Ya basta, Nate. Ven aquí; conmigo. Aquí estoy." En ese instante, Nate se detiene. Mira despacio hacia la izquierda, luego hacia el otro lado. "Atrás, menso. ¡Aquí!", le digo con enfoque síquico absoluto. Nate se pone el dedo índice en los labios, en señal de deliberación. Eleva la cabeza para buscar algo por encima de las otras personas y, una vez que da con la barra del bar, se dirige para allá.

Decido acercarme. Cuando lo tengo frente a mí, lo abrazo por atrás sin decir palabra.

—Te tardaste mucho —dice él, todavía sin volverse—. Te estaba esperando.

El barman le entrega dos botellas de agua. Bebemos con sorbos chiquitos. Tomo a Nate de la mano.

Nate me describe su experiencia con el juego; está claro que lo disfrutó: es extraño al principio, porque estás solo, pero a la vez te sabes observado; a momentos me sentía sobre un escenario, como un actor, responsable de tu entretenimiento; sin embargo, a ratos olvidaba por completo que estabas ahí, que había alguien vigilándome, y entonces la sensación era distinta, como si yo hubiese sido el observador de todo, no el observado; una sensación de omnipotencia.

Me lleno la boca de agua y lo beso; paso el líquido de mi boca a la suya. Nate se traga el agua. Luego, él toma de su botella y me pasa el líquido a mí.

—Es tu turno —me dice—. ¿Quieres hacerlo? Lo vas a disfrutar.

No tengo ganas de separarme de él, pero digo:

—Bueno, está bien.

Camino unos cuantos pasos. Al instante, comienzo a sentir una soledad infinita. Me detengo para cobrar fuerza. "Un ratito, dos ratitos", cuento en mi cabeza. No la cobro. Lo único que siento es desamparo.

Doy la media vuelta y me regreso. Apoyado contra la barra del bar, Nate me mira con una sonrisa compasiva.

—Un minuto. Es todo lo que duraste.

Me alzo de hombros, avergonzado.

—Ven aquí —dice, con un brazo extendido, para hacerme espacio en la cobija de su cuerpo.

El empleo del subjuntivo es acaso el conflicto gramatical más complicado con el que se enfrentará todo angloparlante que desee aprender el español. En el inglés, las inflexiones morfológicas del subjuntivo han desaparecido casi del todo, de forma tal que los modos verbales indicativo y subjuntivo son, en muchos casos, indistinguibles entre sí; en nuestra lengua, sin embargo, los empleos del indicativo y el subjuntivo son abundantes y fácilmente discernibles, tanto en el lenguaje literario como en el habla cotidiana. Mientras que el indicativo se emplea para referirse a hechos de existencia objetiva, desapasionada, los usos del subjuntivo tienen que ver con los aspectos de la vida que nos hacen humanos dimensionales: deseos, dudas, opiniones, emociones, sentimientos.

SANTIAGO: Es necesario que compremos hielo para la fiesta.

SEBASTIÁN: Sí, ojalá que vengan muchos invitados.

SANTIAGO: Espero que Lulú llegue a tiempo. ¡Siempre se le hace tarde!

SEBASTIÁN: Santiago, no quiero que estés de mal humor el día de hoy.

El diálogo está acompañado de una foto en la que Santiago y Sebastián conversan ante una mesa con parafernalia de fiesta: serpentinas, vasos de plástico rojo, botellas de refresco. Observo la foto un rato y me imagino que, si los personajes fueran a coger, Santiago sería el pasivo. No hay nada específico en su aspecto que lo delate como tal —incluso, sé que el actor que representa el papel de Santiago es hetero—, pero la experiencia me dicta que el personaje disfrutaría que lo penetraran. Tal vez el diálogo que le atribuyeron tenga algo que ver. Otra posibilidad es que mis conclusiones se deriven de lo que en inglés llaman *wishful thinking*, pensamiento anhelante. Más de una vez me ha guiado este hábito por caminos errados.

En eso estoy un rato, a falta de otra cosa que hacer, ahora que técnicamente no tengo jefe. Nancy, pelirroja, contenta, pasa por mi oficina a recordarme que hoy es el cumpleaños de Sean y que todos saldremos después del trabajo a festejarlo.

—Sean quiere ir al mismo *pub* que la vez pasada.

Llamo a Nate para decirle que nos alcance en el bar cuando termine con su último paciente. La llamada se va directamente al correo de voz. No recuerdo el nombre del bar; de hecho, quizá no tenga nombre: se trata de un establecimiento en Tenderloin, cochambroso como el barrio mismo. Sin embargo, hace un año o dos comenzó a ser concurrido por gente joven, pionera de la moda y con espíritu de ironía. Como consecuencia, ahora es uno de los bares más populares de la ciudad.

186

Le explico a Nate cómo llegar y le digo que allá lo espero; que tengo pereza de salir con mis compañeros de trabajo, pero que me siento comprometido; una cerveza y nos vamos.

En el bar, Sean pide la misma bebida alemana para todos; el licor aquel que hizo que Nancy vomitara la última vez que salí con ellos. Creo que en esa ocasión era su cumpleaños. Todos bebemos el trago de golpe. Alguien pide una segunda ronda; luego una tercera.

Sean nos agradece de todo corazón el haber venido a celebrarlo; en verdad qué lindos son todos ustedes, me encanta verlos en la oficina a diario. Hace poco le quitaron los cuadritos de la ortodoncia y los dientes le quedaron muy bien, muy lisos, parejos. Me pregunto si, como la otra vez, tendrá un gramito de cocaína en los pantalones.

Nos sentamos en una mesa alargada y Sean termina sentado junto a mí.

—¿Dónde está tu novio tan guapo? —pregunta.

Comienzo a decirle que todavía está en el trabajo, pero que no tarda en llegar. Antes de que acabe de explicarle, Sean se vuelve y le comenta a una asistente editorial que es nueva y no conoce a Nate:

—Su marido es un pastelito. Vino a mi fiesta y todos queríamos con él; incluso Cecilia, que es traga-ostiones. Cuando lo vi por primera vez, entendí por qué este perverso —me señala con el pulgar— nunca me hizo caso. Fue por eso, por despecho, que terminé arrojándome a los brazos de Jerry: el peor error de mi vida.

Le pregunto por Jerry. Le digo que no sabía que hubiera terminado con él; tan contentos que se veían. Sean tuerce los ojos y saca la lengua, asqueado.

—Era un adicto al sexo —dice, por toda explicación.

Nancy y Cecilia sugieren un juego de billar. Sean me pide que sea su pareja. Predeciblemente, Cecilia es una fiera para el juego, como camionera que nunca ha hecho otra cosa en su tiempo libre. Yo, en cambio, soy pésimo. Perdemos por mi culpa en cuestión de minutos. Para redimirme, compro otras dos rondas de la bebida alemana infame que, por algún motivo, es favorita de mis colegas. Ahora que estoy medio pedo, considero preguntarle a Sean si trae coca, pero luego pienso que sería de mal gusto que llegara Nate mientras yo me estoy metiendo rayas con Sean en el baño.

Nate ya tendría que haber llegado. Quizá no escuchó mi mensaje y se fue directo a casa. Le pido a Sean su teléfono celular para marcarle a Nate. Llamo primero al departamento y dejo sonar el teléfono un rato, pero contesta la grabadora. Luego, marco a su celular y la llamada se va directamente al correo de voz, lo cual significa que su teléfono está apagado.

—Nate, no sé si revisaste tus mensajes antes de salir de la oficina. En caso de que vengas camino al bar, aquí te espero otra media hora. De lo contrario, nos vemos en casa.

—¿Todo bien? —me pregunta Sean.

—Sí, todo bien —le sonrío.

Tendría que comprarme mi propio teléfono celular.

Miro el reloj. Considero otra vez preguntarle a Sean si tiene cocaína: hacer rayas e inhalarlas sería una buena forma de matar el tiempo mientras llega o no llega Nate. Sin embargo, si me metiera coca con Sean —la coca *de* Sean, suponiendo que tenga—, me sentiría obligado a quedarme en el bar más de la media hora acordada con el correo de voz de Nate. Propongo, en cambio, otra partida de billar. Sean va a responderme, pero justo entonces nuestros colegas —todos bastante tomados— comienzan a decir adiós; ojalá fuera viernes, pero mañana hay que levantarse temprano.

—Yo también me voy, encanto —dice Sean—. Te debo la partida de billar.

Me da un beso en cada mejilla y, antes de irse, saca el teléfono celular de su bolsillo.

—¿Quieres llamar a tu novio otra vez?

—No, no es necesario. Lo más probable es que ya esté en casa.

A la media hora de espera, salgo del bar. Ya es de noche. Bajo por la avenida hasta Market y doblo a la derecha. En vez de subir por Haight, me sigo hasta Church, para hacer un poco más de tiempo. Voy lento: me toma cuarenta minutos llegar a casa.

Las luces están apagadas. Nate no está. En la cocina, no encuentro recado alguno para mí. Reviso los mensajes en la grabadora del teléfono fijo, pero no hay ninguno; solo el *bip* de una llamada perdida: la mía.

Es posible, supongo, que Nate haya llegado al bar al minuto de mi partida. En ese caso, sin embargo, habría vuelto a casa antes que yo: cuando no está conmigo, Nate suele viajar en taxi. Además, yo me vine por el camino largo. Lo más probable es que, tras escuchar mi mensaje en el correo de voz de su oficina, haya decidido salir con sus propios colegas. Si hubiera venido al departamento antes de salir con ellos, me habría dejado un recado escrito en alguna parte de la casa. A menos que se le haya olvidado. Independientemente de que haya venido o no, podría haberme dejado un mensaje grabado en el teléfono fijo.

Tengo que comprarme un teléfono celular.

Me siento en la sala a leer mi novela sobre un país en el que todos sus habitantes se quedan ciegos. Sin embargo, me cuesta trabajo concentrarme.

Espero una hora antes de llamarlo de nuevo. Otra vez, la llamada se va al correo de voz. Cuelgo el teléfono sin dejar un mensaje.

Mañana es día de trabajo: me lavo los dientes, me desnudo y me meto a la cama, pero el sueño tarda mucho en llegar. No sé qué prefiero: que Nate esté desaparecido por causa de un accidente, o que esté a salvo y no quiera comunicarse conmigo.

"¿Dónde está la urraca?", pienso al despertarme.

De niño, pasé unos años obsesionado con *La gazza ladra,* la ópera de Rossini. A petición mía, mi madre ponía el disco a cada rato. Ni ella ni yo comprendíamos la letra de las arias italianas, pero en el disco estaba incluida una sinopsis de la historia: una

190

joven es culpada injustamente del robo de una cuchara de plata y, tras un juicio, condenada a muerte. Algunos de los personajes creen en su inocencia; otros la detestan. El alcalde del pueblo intenta seducirla. Algo más sucede con el padre de la joven, que también está condenado a muerte, por motivos que nada tienen que ver con el argumento central. Hacia el final de la historia, en el instante en que están por ahorcar a la joven, alguien descubre la cuchara preciosa en el nido de una urraca: la verdadera ladrona. La joven se salva de la horca y se casa con un héroe recién llegado de la guerra.

Escuchaba la ópera, una y otra vez, acostado de bruces sobre el piso de la sala, con las piernas flexionadas, mientras mi madre me leía la sinopsis por enésima vez. A veces, también dibujaba variantes de la escena de la gran revelación; mi escena favorita. Mi madre conserva uno de los dibujos que hice al respecto: la urraca (en el dibujo parece más un cuervo) sentada sobre un nido repleto de objetos resplandecientes —pulseras, collares, cubiertos de plata, la mentada cuchara— cada uno de valor superior a la vida de una joven italiana.

En general, la música me encantaba, particularmente la obertura y una de las arias de la protagonista. En relación con la historia, los equívocos del argumento y la abundancia de personajes me parecían, a esa edad, confusos y de escaso interés. Lo que me fascinaba de la trama era la facilidad con la que esta se resolvía; la solución improvista e instantánea de todos los problemas, de todos los personajes: el hallazgo del pájaro cizañero. "*Ecco*

191

la vera ladra!", decía tal vez alguien en la obra —no conozco el libreto—, "¡He aquí la verdadera ladrona!" y, con este descubrimiento, tornaban al mundo, de golpe, la justicia, la paz y otras cosas estupendas, como el matrimonio con militares apuestos.

Desde entonces, he vivido mi vida con el deseo y la expectativa constante de resoluciones así de veloces, así de sencillas.

"¿Dónde está la urraca?", pienso cuando me despierto y descubro que la cama, del otro lado, sigue vacía.

Considero no ir a la oficina; decirles que estoy enfermo. Sin embargo, la idea de quedarme en casa a esperar no sé cuánto tiempo hasta que llegue Nate o hasta recibir noticias suyas, me parece una alternativa terrible. En la oficina, al menos, tengo cosas que hacer; puedo mantenerme ocupado. Me pasa por la mente la posibilidad de que Nate —o un policía, o el médico de guardia de alguna sala de urgencias— intente llamar a casa en algún momento después de que yo haya salido para el trabajo y que luego intente llamar a la oficina antes de mi llegada, en cuyo caso no habrá quien conteste el teléfono aquí, ni el teléfono allá. Pienso en lo conveniente que sería tener, para estos casos, un celular. Luego recapacito: Nate sabe a qué hora salgo de casa por las mañanas y a qué hora llego a la oficina: si quiere encontrarme, no va a llamar justo durante los veinte minutos que me toma el trayecto. De igual forma, si intentan buscarme de un hospital o del departamento de policía, no les será tan complicado dar conmigo.

"No fue un accidente", pienso, camino al trabajo. En el fondo, estoy convencido de esto. Ya habría recibido noticias al respecto. En cambio, un roce con la ley, un lío con la policía, me parece, por algún motivo, casi tan factible como el hecho de que Nate no haya llegado a dormir por voluntad propia.

Finalmente, a eso de las diez, suena el teléfono en mi oficina.

—Hola —dice Nate, con tono circunspecto.

La voz de Nate me entra al cuerpo como analgésico.

—¿Estás bien? —le pregunto.

—Sí, estoy bien.

Guardamos silencio unos segundos; casi un minuto entero. La siguiente pregunta es obvia, por lo que decido no hacerla. Que Nate tenga que darme explicaciones sin que yo se las pida es la única forma de represalia que me viene a la mente. Nate, sin embargo, no se deja intimidar. Cuando está claro que no voy a preguntarle nada, dice:

—Estoy agotado; no voy a ir al trabajo. Voy a dormirme un rato, pero luego, si quieres…

—¿Dónde pasaste la noche? —lo interrumpo.

Nate suspira, como si mi pregunta le causara un tedio letal.

—¿Te importa si hablamos más tarde, cuando llegues a casa? —suspira otra vez—. No creo que sea una buena idea que tengamos esta conversación por teléfono.

—Solo dime dónde…

—*I'm really high* —me interrumpe, impaciente—. Estoy muy pasado.

La revelación de Nate cumple con su objetivo. De acuerdo: quizá no sea una buena idea que me narre los detalles de su trasnochada en este momento, mientras está drogado y a tantas horas de que yo pueda irme del trabajo. El año pasado, la editora de alemán tuvo un colapso nervioso durante una junta editorial por causa de sus problemas maritales. De la nada, durante una presentación de diseños de portadas, empezó a llorar ruidosamente. Alguien le sirvió un vaso de agua y alguien más le dio palmaditas en el hombro; ya, ya, tú tranquila; no pasa nada, todo va a estar bien. Sin embargo, los gestos de amabilidad, en vez de apaciguarla, exacerbaron su llanto. La editora de alemán intentó entonces decir algo, darnos a todos una explicación, disculparse por el numerito tal vez, pero de su boca salió solo una serie de hiatos y diptongos plañideros. Tenía la cara cubierta de mocos. Alguien tuvo que llevársela a otra parte.

—Está bien, Nate. Vete a dormir. Nos vemos en la tarde.

Cuando vuelvo al departamento, encuentro a Nate sentado en el comedor de la cocina. Tiene los codos apoyados sobre el cristal de la mesa y la barbilla sobre el dorso de las manos. Acaba de bañarse: huele a jabón de verbena y el pelo se le ve húmedo, oscurecido. Todavía tiene las pupilas un poco dilatadas.

—Hola —nos decimos con tibieza.

Atrás de Nate está la estufa. Le prendo fuego a la tetera. Mientras el agua llega al punto de hervor, observo la espalda atlética de Nate, las manchitas rosadas de su nuca, los vellos rubios en sus antebrazos. La camiseta le queda un poco corta y el nacimiento de las nalgas se le asoma por el pantalón. A esa parte del cuerpo se le llama —apropiadamente— *canal sacro*, aunque creo que el nombre se refiere al hueso y no a la raya del culo.

Cuando hierve el agua, le pregunto a Nate si quiere un té. Responde que no, gracias. Pongo el saquito en mi taza y vierto el agua caldeada. Me siento frente a él. En todo este tiempo, Nate no se ha movido. Nos miramos unos segundos en completo silencio.

—¿En dónde pasaste la noche?

Nate se mueve al fin: pone sus brazos bajo la mesa y se inclina un poco hacia delante.

—En casa de un tipo. Tuvimos sexo. Habíamos fumado mota y la mariguana estaba cortada con otra cosa: algo muy fuerte, pero no sé qué. Después de coger, me quedé dormido en su cama.

Nate narra los eventos con lentitud y cierto desapego, como si él no hubiera participado en ellos. Hace una pausa, no sé si a la espera de que le haga más preguntas o para darle oportunidad a mi cerebro de procesar la información. Luego, continúa:

—Me desperté a las tres o cuatro de la mañana y consideré volver a casa, pero, a decir verdad, estaba demasiado pasado como para salir a la calle y desplazarme hasta acá de madrugada. Me quedé dormido otra vez. Desperté una o dos horas más tarde, todavía temprano. Quiero decir que aún no salía el sol.

Hace otra pausa. Se muerde el labio inferior. A pesar de las circunstancias, quisiera ser yo quien estuviera mordiendo su labio. Fuerte, quizá. Muy fuerte. Sacarle sangre.

—Habría podido volver antes de que te fueras al trabajo, pero no quería que me vieras en ese estado. Fui a Buenavista Park a caminar un rato; a ver el amanecer. Cuando calculé que ya te habrías ido a la oficina, volví al departamento y te llamé desde aquí.

El té me sabe amargo, pero lo bebo de todas formas, porque no sé qué otra cosa hacer. Sobre la mesa del comedor, al lado nuestro, hay una revista para mujeres: la inquilina anterior olvidó cancelar su suscripción y ahora la recibimos gratis. El mes pasado, Nate y yo completamos, durante la cena, un test intitulado: "¿Eres demasiado sensible?"

Nate resultó serlo.

La portada de este mes lleva un titular profético: "¡Los hombres confiesan!". Me río un poco. Le señalo el titular a Nate, pero no sonríe siquiera.

—Dime por favor lo que estás pensando; lo que estás sintiendo —me pide, con la cabeza ligeramente inclinada.

Me pregunto si así ve a sus pacientes: con ternura y curiosidad científica simultáneas.

—No sé, Nate. Tengo preguntas, pero… no sé.

—Pregúntame entonces lo que quieras —insiste—. Tenemos que procesar esto. Si no lo procesamos juntos, va a ser imposible que lo superemos. Debes empezar por examinar tus emociones.

Me aturde cuando utiliza jerga de diván. Me suena a revista para mujeres.

Pregunto, entonces: ¿Lo conocías desde antes? No. ¿Dónde lo conociste? En un bar. ¿Cómo se llama? No recuerdo. ¿Le dijiste que tenías novio? Sí. ¿Lo vas a volver a ver? No. ¿Le diste tu número de teléfono? No. ¿Usaste condón? Sí. Pienso un rato, pero no se me ocurre qué más preguntar. Nate me mira expectante, como si estuviéramos jugando *frío-tibio-caliente* y yo me encontrara estancando en tibio.

Me pongo un poco nervioso por mi falta de ingenio para interrogar a mi novio; siento que voy a decepcionarlo. Luego, me doy cuenta de lo absurdo de la situación.

—Estoy encabronado —le digo.

Nate me mira y exhala satisfecho, como si juntos, tras años de terapia, de caminar en círculos, hubiésemos llegado por fin al meollo de todos los problemas en mi vida; en nuestra relación: ¡eureka!

Esto me enfurece.

—Pasé la noche preocupado, Nate. Pensé que te habrían encerrado en la cárcel o que te estarían sacando los órganos en una sala de urgencias —el tono de mi voz es cada vez más elevado; de intenciones más punzantes—. Mientras tanto, te estabas cogiendo a no sé quién, a un cualquiera, como el vil puto que eres, a sabiendas de que estaba yo aquí, esperando al menos una pinche llamada. No puedo creer tu falta de consideración. Eres un cabrón, un hijo de puta.

El semblante de Nate es ahora otro: el de un niño con polio en medio de una autopista.

—Y no me mires así, pinche Nate, que no fui yo el que nos puso en esta situación.

Se le salen las lágrimas.

—Discúlpame. *You're completely right* —me dice—. Tienes toda la razón. Perdóname.

Toma mi mano derecha entre las suyas y la acerca hacia su cara por encima de la mesa, hasta tocarla con sus labios, como si yo llevara el anillo del arzobispo. Ahí sujeta mi mano un rato. No es una posición cómoda. Cuando creo que ha pasado tiempo suficiente, flexiono mi brazo despacio para liberarme. Nate suelta mi mano.

—No sé qué estoy haciendo, Gato —dice, lacrimoso—. Siento que voy a arruinar todo. Me da miedo perderte; que te canses de mí un día de estos y me dejes para siempre. Eres todo lo que tengo.

Por una parte, su reacción tan emotiva me provoca un poco de remordimiento. Quiero consolarlo, disculparme por los insultos; decirle que lo suyo no fue más que un error aislado, que todo va a estar bien, que también yo tengo la culpa, aunque no sé de qué; que tenemos que aprender a comunicarnos mejor, para evitar que sucedan cosas como esta. Por otra parte —una parte mucho más carnosa, más sustantiva—, me doy cuenta de que, en este instante, tal y como están las cosas, con Nate hecho una piltrafa emocional, me siento mejor de lo que me he sentido en mucho tiempo.

En la escuela, Alfredo es un niño popular. Quizá "popular" no sea el adjetivo correcto. Es el líder del grupo. Los otros niños lo obedecen. Él decide quién entra y quién sale; a quién hay que tratar bien y con quién hay que enemistarse. Alfredo no explica sus motivos, porque rara vez los tiene. La veleidad es su único motivo y nadie la pone en duda.

Es pendenciero, pero no con sus propios puños. Los más cercanos a Alfredo son sus orgullosos tenientes. Siguen órdenes; no hacen preguntas. "Fulano," dice Alfredo, y se le van a Fulano a los golpes.

A los tenientes les ha tocado también. No sucede con frecuencia, pero a veces, cuando Alfredo está aburrido o cuando cree que algún teniente está demasiado cómodo con su posición en la jerarquía militar, que se siente demasiado ufano por su papel de mano derecha, Alfredo lo exilia del grupo durante una o dos semanas. En un caso severo, uno de sus tenientes fue también víctima de madrazos. Es un ejercicio de humildad.

Las niñas de la escuela no lo quieren mucho —Alfredo es feo y sospechosamente moreno; demasiado moreno para una escuela particular—, pero lo respetan. A veces, si están interesadas en alguno de sus tenientes, se dirigen a Alfredo para discutir al susodicho, como si hubiera que pedirle permiso al mero mero. Hablan de su interés romántico como si el interés romántico no estuviera presente.

Las cosas no fueron siempre prósperas para Alfredo. El año pasado, pertenecía a la generación anterior: tuvo que repetir el año escolar por causa de su rendimiento tan insatisfactorio. Entre los niños de su edad, Alfredo no tenía prestigio alguno. Por el contrario: los niños lo evitaban; no querían ser amigos de alguien tan bruto para las ciencias, el inglés;

alguien con un tono de piel de tan mal gusto. Los maestros tampoco lo querían, probablemente por los mismos motivos.

Un día, Alfredo organizó una fiesta de cumpleaños. Distribuyó invitaciones dos semanas antes e hizo promesas de juegos mecánicos; un pastel de chocolate de tres pisos. Sin embargo, por esas fechas, al final de una jornada, alguien pasó a la escuela a recoger a Alfredo en un Volkswagen decrépito. El coche tenía abolladuras resanadas con una pasta color óxido. Una de las ventanillas estaba rajada. El motor del coche sonaba a cafetera.

La anécdota se expandió por la escuela como incendio forestal. Tal vez por eso, nadie llegó a su fiesta de cumpleaños.

Lo de los juegos mecánicos había sido una mentira desde el principio. Sin embargo, sobre una mesa con mantel blanco, lucía, en efecto, un pastel de chocolate: enorme, humillante.

—Y ahora, ¿qué hacemos con esto? —preguntó su mamá.

Sentado en una sillita de alquiler, con la vista puesta en sus rodillas, Alfredo no respondió.

—Habrá que partirlo y regalarlo —concluyó ella—; darle la mitad a los González.

Fue un año escolar terrible; el peor de su vida. Alfredo quisiera olvidarlo, ahora que es el jefe.

Ahora que es el jefe, le pregunta a su mamá si puede organizar una fiesta: cumple años en poco más de un mes. La mamá lo mira como si estuviera loco. Luego, sin decir palabra, regresa su atención a la telenovela de las siete.

Más vale así. Este año tampoco habría llegado nadie a su fiesta de cumpleaños.

El sábado, Nate, como parte del proceso de redención, se convierte en la versión más optimista de sí mismo: saca todo lo que tenemos debajo de la cama y le sacude el polvo; aspira la alfombra y vuelve a guardar las cosas, con cautelosa simetría; pasa un trapo enjabonado detrás de las puertas; se sube a una silla y destornilla el vidrio de la lámpara de la sala para exhumar los cadáveres de dos insectos que llevan ahí unas semanas; limpia la bañera con un cepillo de dientes; lava las ventanas por dentro y por fuera; dobla las toallas dos veces a lo largo y una a lo ancho. Cuando riega las plantas, les obsequia alabanzas con voz de nodriza:

—Qué bonita te has puesto. Mira nada más qué flores. Tu pistilo tan precioso, tan amarillo.

Su actitud hacia mí es casi servil: está de acuerdo con todo lo que digo, acepta cualquier propuesta que hago, se ríe de todos mis chistes. Cada vez que pasa junto al sillón donde leo mi libro —una novela autobiográfica de un escritor que, a pesar de ser seropositivo, sobrevivió los años del sida a la vez que fue testigo de la muerte paulatina de todos sus amigos—, Nate me da una palmadita en la cabeza o un beso en el cuello.

De comer, prepara una ensalada *niçoise*.

En la tarde, me pide que lo acompañe a un vivero en Nob Hill.

—Este tipo de plantas se llama *suculenta* —me explica, mientras acaricia sus hojas con las yemas de los dedos; de maceta en maceta—. ¿Cuál es la que más te gusta?

Le digo que todas están lindas. Nate insiste en que escoja una, mi favorita. Hay, cuando menos, treinta variedades. Señalo una maceta de barro que tiene cinco o seis pencas de platanitos verdes.

—Es justo la que yo habría escogido —me dice Nate, con los ojos muy abiertos.

—Se llama *cola de burro* —nos dice un empleado del vivero—. *Burro's tail*.

Nate la compra y me la entrega.

—Ten, es tuya.

Su cara está resplandeciente de orgullo.

—Gracias, Nate.

Camino a la salida, en uno de los pasillos del vivero, cubierto en parte por la frondosidad de las plantas que lo flanquean, meto el pie en un espiral titánico de mierda que tiene la consistencia de *semifreddo*.

Plop.

El empleado del vivero corre hacia mí, horrorizado.

—Perdón —me dice y señala a un bulldog que nos mira, indiferente, desde una cama mullida—. Es de Winston Churchill. Es que está enfermo del estómago.

La mierda es tanta que se embarra hasta el empeine del tenis. El empleado trae una manguera y le inserta una boquilla de presión. Nate da varios pasos atrás. El empleado riega mi tenis con un chorro forzudo que hace que la mierda salpique por todos lados. Le grito que pare. Antes de que intente otra vez, con menos presión, Nate se repliega otros dos pasos. El segundo chorro de agua causa resultados similares. Vuelvo a gritar que pare. Al final, me quito los tenis y calcetines con mucho cuidado y los abandono ahí, en medio de la tienda.

Nate y yo caminamos dos cuadras hasta Van Ness. Yo voy descalzo; Nate evita mis ojos para no soltar la carcajada que me obligaría a matarlo a patadas. En Van Ness, paramos un taxi. Durante el trayecto a casa, Nate conversa con el chofer acerca de la situación política nacional; la memez infinita del nuevo presidente.

—Es increíble que hayan elegido a semejante imbécil.

Cuando el taxi nos deja en el departamento, olvido mi planta en el coche.

Entro al cuarto de recreaciones y al instante identifico las nalgas pulposas; las nalgas de mujer. Ted sujeta una taza de café entre sus manos al tiempo que mira en la tele el resumen de los eventos deportivos del fin de semana.

—¡Ted! —lo saludo—. ¡Volviste!

Mi tono es más hospitalario de lo que yo mismo habría adivinado. Ted se vuelve complacido. Da un paso hacia mí y hace un movimiento con los hombros; un amago de abrazo. Afortunadamente, cambia de parecer a último momento. Solo dice, en español:

—Hola, muchacho.

Durante las semanas en que estuvo ausente, Ted bajó un poco de peso. También tiene la piel bronceada y un nuevo corte de pelo: pelo pincho, como de adolescencia restituida.

—Te ves bien —le digo.

—Gracias, gracias. Aquí estoy, ya de vuelta —sonríe.

Hay un silencio incómodo. Ninguno de los dos sabe qué más decir. Agradezco que Ted no me explique dónde estuvo ni haga mención de su divorcio.

—¿Todo bien con el proyecto? —pregunta finalmente.

—Sí, ya estoy en proceso de revisar las galeras. En cuanto termine con la primera tanda, te la paso. Quedó muy bien.

—Excelente, excelente.

Otro silencio incómodo.

—Bueno…

—Bueno…

En mi oficina, me encuentro con un mensaje electrónico de Nate. Quiere que lo llame por teléfono lo más pronto posible.

—Mis padres vienen a San Francisco —dice, con un dejo de pánico.

Sus padres le escribieron para decirle que van a visitar a la tía de Nate en San Diego, que les gustaría aprovechar la oportunidad para pasar uno o dos días aquí.

La relación de Nate con sus padres no ha sido muy cercana en los últimos años. Cuando Nate y Finn eran pareja, Nate decidió un día llevarlo a su pueblo en Ohio para presentarlo con su familia. Al principio, los padres recibieron a Finn con la cortesía que es característica del Medio Oeste. La mamá tenía listo un *pie* de manzana.

Sentados a la mesa de la cocina, conversaron un par de horas sobre todo y nada. La madre estaba fascinada con Finn, con su ropa tan urbana y sus modales tan delicados. En cambio, el padre, quien se dedica a construir casas y siempre va vestido como si estuviera en proceso de serruchar una tabla, miraba las manos manicuradas de Finn con una ligera desconfianza.

En algún momento, Finn hizo un comentario acerca de la manía de Nate —de *Nathaniel*— de poner los platos recién lavados debajo de la pila, para evitar que siempre se usen los de arriba en detrimento de los de abajo.

—Ah —preguntó la madre—. ¿Son compañeros de casa?

Finn se quedó con la boca abierta, como vaso sin agua. Miró a Nate en busca de ayuda. Nate se puso nervioso, pero respondió, con naturalidad forzada:

—Claro que vivimos juntos. Finn es mi pareja.

Hubo un silencio sepulcral. Nate miró a sus padres con desafío para ocultar un franco terror. Finn se encorvó un poco, para hacerse chiquito. Las orejas del padre adquirieron tonalidades ígneas. La madre se sirvió otra rebanada de *pie*.

Como nadie dijo nada, Nate quiso asegurarse de que la índole de su relación quedara del todo esclarecida:

—Es mi novio, vaya. Finn y yo somos novios.

Menos de media hora más tarde, Nate y Finn regresaron las maletas al coche y volvieron a Chicago.

Desde entonces, mediante largas llamadas telefónicas y el acuerdo tácito de Nate de no divulgar demasiado acerca de su vida personal, las tensiones entre Nate y sus padres se han comenzado a distender. La relación, sin embargo, está lejos de ser cálida.

—Tus papás saben que vives conmigo, ¿no?

—Sí, claro.

—¿Y qué somos pareja?

—Por supuesto.

—¿Y saben que soy extranjero, que hablo inglés con acento?

—Sí, también saben eso.

Mientras hablo con Nate, relleno con lápiz las *os* de un memorando que distribuyeron en el edificio de la editorial con instrucciones sobre lo que debe hacerse en caso de que haya un terremoto en San Francisco. La ciudad está construida sobre la falla de San Andrés: cualquier día de estos nos derrumbamos.

—Si no quieres conocerlos, no tienes que venir conmigo —me dice Nate—. Podemos poner algún pretexto.

La palabra *terremoto*, en inglés, no tiene ninguna *o*.

—¿No vas a invitarlos a que conozcan el departamento?

Me imagino a los padres de Nate: la cara de horror al contemplar el desnudo al óleo de su hijo.

—No, ni de broma. Quedaré de verlos en su hotel o en algún restaurante.

Termino de rellenar las *oes* y comienzo con las *as* minúsculas.

—Como tú prefieras, Nate. Son tus padres. Si crees que es una buena idea, me dará mucho gusto conocerlos.

A lo lejos, la primera figura que se distingue es casi esférica: su madre. Trae un vestido estival con margaritas blancas. Parece un día de campo encarnado. El padre, alto y flacucho, camina dos pasos atrás. Lo primero que pienso es cuán parecida es su ropa a la de Nate: *jeans*, camisa de franela a cuadros, gorra de beisbol. Sin embargo, nadie pensaría, en el caso del padre, que el atuendo es atractivo. La ropa le cuelga como en perchero.

Nate los saluda con un abrazo y luego me señala y dice mi nombre. La madre y yo nos presentamos con un *nice to meet you* simultáneo y un apretón de manos; el padre no me sonríe, ni me responde, pero asiente con la cabeza. Tiene la cara surcada por el sol del verano, el frío del invierno o una vida entera de crueles vicisitudes.

—Me da mucho gusto conocerlos. Nate me ha hablado mucho sobre ustedes.

Entramos al restaurante. Nate escogió Puerto Alegre, un establecimiento de comida mexicana en la Misión. Las paredes de Puerto Alegre están decoradas con pinturas que representan escenas diversas —escenas grandilocuentes, de colores chillantes— del mito prehispánico sobre el guerrero, la princesa y los volcanes.

—¡Qué festivo! —exclama la madre.

El padre de Nate lee el menú con cara de pocos amigos.

—*What the hell is* pico de gallo? —pregunta, como si alguien quisiera forzarlo a tragar cicuta—. *And* mole *sauce?*

Nate me mira mortificado.

Al final, su padre pide un bistec y la madre dice: "Lo mismo, por favor".

A dos mesas de la nuestra, una banda de mariachis comienza a tocar "Cucurrucucú, Paloma".

—Nate me contó que usted es enfermera, ¿no es cierto? ¿Trabaja en alguna unidad específica del hospital?

La madre me responde que sí, pero apenas alcanzo a escuchar los detalles por causa de los mariachis: algo acerca de un problema con sus rodillas que le impide trabajar más de cierto número de horas; baja por enfermedad, jubilación inminente.

—*¡Ay, ay, ay, ay, ay, gemía!*

Nate observa los cuadros en las paredes con esmero analítico, como si se tratara de una exhibición en el Museo de Arte Moderno. De vez en cuando, se pone la punta de un dedo en la boca y se muerde la uña.

—Y usted tiene una compañía constructora, ¿correcto?

—*¡De pasión mortal, moría!*

El padre responde sin verme. Masculla cinco o seis palabras, de las cuales no entiendo ninguna.

—¿Tú a qué te dedicas? —me pregunta la madre.

Le hablo un poco acerca de la editorial y los libros de texto. Casi grito, para que pueda escucharme.

—*¡Las piedras jamás, Paloma!*

Ella me mira con la cara en blanco. Es una cara que alguna vez fue hermosa; que aún lo sería si su vida fuera otra. Sus manitas bofas están sobre la mesa; masa inflada con levadura. Mueve los dedos como si el mantel tuviera comezón.

—Habla varios idiomas, mamá —dice Nate y me señala con el dedo.

La madre arquea las cejas y sonríe, pero no me pregunta nada más.

—*¡Cucurrucucú, Paloma, no llores!*

—Con permiso —digo y me levanto de la mesa.

El baño es diminuto; aun así, siento un grado considerable de alivio al pasar el cerrojo. Me lavo las manos con meticulosidad —entre los dedos, bajo las uñas—, como si estuviera por ejecutar una cirugía en vez de comerme unas enchiladas. Mientras seco mis manos con toallas de papel marrón, me observo en el espejo. Hay días en que me es difícil entender mi cara; aprehenderla en su conjunto: no le encuentro edad, ni temperamento, ni lugar de origen. De niño, me decían que tenía la boca y la frente de mi padre, y los ojos y los pómulos de mi madre. La nariz, a veces, de la abuela. Me pregunto si las personas que hacían estas observaciones veían también —como yo hoy, en días como este— solo fragmentos.

Vuelvo a la mesa cuando están en proceso de servir la comida. Todos comemos en silencio, sin comentar la calidad de nuestros respectivos platos, como suele hacerse. El padre corta el bistec en pedazos idénticos; se come dos pedazos y empuja el plato para indicar que ya acabó.

—¿Todo bien con tu carne? —le pregunta su esposa.

—Sí, pero tengo dolor de cabeza. Será mejor que volvamos pronto al hotel.

Los mariachis se arrancan con "La Malagueña".

Afuera del restaurante, nos despedimos de sus padres. Van a pasar otro día en San Francisco, pero nadie menciona la posibilidad de un nuevo encuentro. Les digo que me dio mucho gusto conocerlos. La madre le pregunta a Nate si va a ir a Ohio este año para pasar la Navidad. Nate responde que él y yo no hemos discutido qué vamos a hacer; a dónde vamos a ir *juntos*. Ahí se acaba la conversación. Los padres toman un taxi y Nate me pide que entremos a Blondie's, que está justo al lado de Puerto Alegre.

Nate pide dos vodka tónics. El barman pregunta si vamos a pagar en efectivo o si preferimos abrir una cuenta con una tarjeta de crédito. Sin responder, Nate pone dos billetes sobre la barra.

Nate se toma su vodka como si fuera leche tibia; saca otro billete del bolsillo del pantalón y pide un segundo vodka. Yo apenas le he dado unos tragos al mío.

—Muy amables, tus padres.

Los ojos de Nate se ponen como rendija de alcancía.

—No estuvo tan mal, Nate.

Su pecho se infla con un suspiro profundo. Antes de exhalar, imagino que cuenta hasta diez.

—¿Qué tal si hablamos de otra cosa? —pregunta.

—Está bien.

Afuera, dos señoras conversan en español. No alcanzo a escuchar su diálogo, pero a ratos me llegan palabras aisladas por la terraza abierta del bar. Una le enseña a la otra, orgullosa, un póster pequeño, enmarcado, que representa el momento en que el indio Juan Diego desplegó su tilma con la intención de mostrarle unas rosas invernales al obispo Zumárraga y —para pasmo de ambos— tras las flores apareció una imagen de la Virgen misma. Es probable que la señora acabe de comprar su póster en este barrio: en la Misión abundan las tiendas de trebejos católicos, casi todos *made in China*.

—No entiendo para qué vinieron —dice Nate, refiriéndose a sus padres—. ¿Para hacerme sentir mal?

La otra señora, que es más joven —de unos veintiocho, veintinueve años—, tiene dos niños pequeños al lado. El mayor de los niños hace berrinche por algún motivo. Levanta y baja los pies con movimientos marcados, como soldado. Quiere irse a casa o quiere que le compren algo. La señora lo ignora lo más que puede, mientras conversa con su amiga. Cuando el niño comienza a tirar de la falda de su mamá, ella le pone una mano cariñosa sobre la cabeza. El niño se tranquiliza al instante.

—Mi papá es un hijo de perra: no me queda la menor duda. Pero creo que mi mamá es quien más me encabrona, porque vive supeditada a él; a todo lo que él dice y hace. No tiene opiniones propias. Siempre le ha tenido miedo.

El menor de los niños alza las manos para pedir que lo carguen y la señora, sin perder el hilo de la conversación con su amiga, se inclina un poco, levanta al niño de las axilas y lo sujeta contra su pecho con el brazo izquierdo. El otro vuelve a tirar de su falda y a exigirle que le preste atención.

—Me siento pésimo, Gato. Se portaron terriblemente, en especial contigo. Siento mucho tener unos padres tan groseros; estoy en verdad avergonzado.

Le digo que por mí no tiene que preocuparse, que estoy bien; ya se acostumbrarán a la idea de tener un hijo gay, de vernos juntos; seguramente vinieron con buenas intenciones; es cuestión de tiempo.

Las señoras de la calle se dan un beso de despedida en la mejilla. La más joven se va cuesta arriba con sus dos hijos; la otra cruza la calle con su póster de Juan Diego y se mete a una taquería.

—¿Qué tal si nos vamos a casa, Nate?

Nate considera mi sugerencia unos segundos, luego dice:

—Quiero quedarme otro rato aquí, en el bar. ¿Te importaría volver solo?

En la televisión, un programa sobre ciencias forenses narra la historia de una mujer que, presuntamente, asesinó a su esposo a balazos y encubrió el crimen con suficiente pericia para que la policía no pudiera inculparla hasta dieciocho años más tarde. Existía, desde el principio, evidencia sobre su culpabilidad, pero era toda circunstancial: un seguro de vida comprado y emitido tan solo un mes antes del asesinato, un testamento de origen dudoso, un primer marido que había muerto por causas indeterminadas. Sin embargo, gracias a la evolución de la criminalística y los exámenes de ácido desoxirribonucleico, los detectives pudieron probar, más de tres lustros después, que la mujer había oprimido el gatillo del revólver y que la sangre hallada en el establo a los pocos días de la desaparición del esposo había sido, en efecto, de este. Armado ahora con pruebas irrefutables de la crueldad y avaricia de la mujer, el fiscal consiguió que el jurado y la jueza la condenaran a cadena perpetua.

Son las tres de la mañana y Nate no ha vuelto a casa. Sentado en la cama, reclinado contra la cabecera y con las piernas bajo las sábanas, llamo a su teléfono celular otra vez, a sabiendas de que lo voy a encontrar apagado. Luego, tomo un somnífero del cajón de mi buró y me lo trago con saliva, con dificultad. La pastilla se me atora en la garganta, pero no me levanto por un vaso de agua porque no quiero moverme más de lo indispensable. Ya se disolverá el somnífero por sí solo.

Oprimo el botón del control remoto para enmudecer la tele, me acuesto bocarriba y observo la luz azul de la pantalla en el cielorraso de la recámara. Procuro no pensar en nada.

La ventana de la sala está parcialmente abierta. Escucho cuando el autobús veintidós, que recorre toda la calle Fillmore hasta llegar a la Marina, se detiene en la acera opuesta a bajar un pasajero. Cuando el autobús vuelve a ponerse en movimiento, el pasajero, con voz de borracho, grita *"Fuck you!"* tres veces, *in crescendo*: al autobús, al conductor, a la ciudad de San Francisco; a quien lo escuche, despierto, esta madrugada.

El sueño tarda media hora, una hora en llegar.

—Más guapo que nunca —me dijo la señora Ortiz de Zevallos.

Iba vestida de negro: abrigo, suéter, mascada y pantalones. Llevaba cuatro hilos de perlas que hacían juego cromático con su pelo, recortado a la altura del cuello. Las canas de la señora Ortiz de Zevallos eran para ella motivo de orgullo.

Me tomó de ambas manos y me observó casi con anhelo.

—Dime por favor que sigues soltero. Adriana, mi nieta, tiene novio en este momento, pero es un imbécil, un chiquilicuatre. Ya le dije que tiene que botarlo.

Le sonreí nervioso; muchas gracias, pero qué ocurrencias, a lo mejor así le gustan a Adriana. La señora Ortiz de Zevallos me sonrió también.

—Yo sé lo que vales, hermoso.

Del otro lado del atrio, papá, que le tenía mucho cariño, la descubrió, se disculpó al instante con un grupo pequeño de invitados y cruzó el patio para saludarla.

—Aquí llega mi galán —comentó ella, cuando lo vio venir—. No sé por qué me sorprende que tus hijos sean tan bellos.

—Leonor, qué gusto. Te agradezco mucho que hayas venido.

La señora Ortiz de Zevallos se había hecho pequeñita con la edad. Para besarla, papá tuvo que inclinarse hasta casi formar un ángulo recto. Mientras se abrazaban, a la señora Ortiz de Zevallos se le cayó el bastón de madera. Papá lo recogió del suelo.

—Déjame que te lleve adentro, Leonor. Te tenemos un asiento reservado cerca del altar.

Antes de dejarse guiar por papá hasta su banca, la señora Ortiz de Zevallos me volvió a tomar de las manos.

—Prométeme que te vas a beber una copa conmigo durante la recepción. Voy a necesitar tu compañía: siempre me endilgan la mesa de las viejas necias.

—Lo prometo.

De acuerdo con cierto protocolo, los tres hermanos menores de mi cuñado fueron asignados a la banca derecha de la primera fila. A mí me mandaron al lado izquierdo.

Alguien me tocó el hombro con un dedo. Era una amiga de mamá, cuyo nombre exacto nunca recuerdo; un nombre de diccionario santurrón: Socorro, Remedios o Milagros.

A manera de saludo, Socorro, Remedios o Milagros movió sus manos frente a mi cara, como para espantar una mosca. Le di un beso en la mejilla y le dije, con volumen de iglesia:

—Qué gusto verte, muchas gracias por venir.

Acompañados por *Pompa y circunstancia*, mi cuñado entró a la iglesia del brazo de su madre, seguidos por mamá y el padre de mi cuñado. Luego, varias parejas de madrinas y padrinos —amigos de la infancia de los novios— con funciones nupciales diversas. Al final, tras unos segundos de silencio dramático, anunciada por los primeros acordes del *Ave María*, entró, del brazo de papá, Adela. Se veía feliz, muy guapa. Para contrarrestar la cursilería que es inherente a todos los vestidos de boda, la cara de mi hermana llevaba un mínimo de adornos: escaso maquillaje y el pelo trenzado parcialmente con una técnica que —según aprendí esa mañana— se llama media corona.

Al verla, Socorro, Remedios o Milagros dijo "¡Qué divina! ¡Qué preciosura!" y se puso a revolver cosas en su bolso hasta dar con un pañuelo. Se lo llevó a los ojos para secarse unas lágrimas invisibles y le anunció a la persona que tenía al lado:

—Las bodas siempre me hacen llorar.

Durante la recepción, de acuerdo con las instrucciones de Adela, me senté en la misma mesa que sus tres cuñados y sus novias. Meses antes, mi hermana me había llamado a Estados Unidos para preguntarme si iría a la boda con alguien más. Antes de que pudiera responderle, Adela me aclaró:

—Podrías invitar a alguna *amiga*.

Un año antes de su boda, a escasos meses de que me viniera a estudiar el posgrado a Estados Unidos, alguien le había contado a no sé quién, no sé quién le había contado a su prima y la prima le había ido a decir a Adela que me habían visto en la Planta Baja, un antro gay.

Adela se lo dijo a mamá:

—Estaba de mano y beso con otro hombre.

Mamá lloró mucho; lloró en todas partes: en la sala, en el coche, en el banco, en el supermercado. Propuso un sicólogo, pero a papá no le pareció necesario: "Es nuestro hijo; qué más da". Fue a la iglesia en busca de respuestas, pero ahí no las halló tampoco. Quiso hacerme entrar en razón, pero no pudo. El pragmatismo tenaz que toda la vida la había sacado de problemas no encontró arreglo para la homosexualidad de su hijo. Derrotada, con el corazón abatido, mamá no tuvo mucho más que decirme en los meses que precedieron a mi partida a Estados Unidos. Nada más me habló lo indispensable: "¿Le pusiste gasolina al coche?" "¿Me llamó alguien?" "¿Le diste de comer al perro?"

Una mañana entró a la cocina y me descubrió mientras tomaba leche directamente del cartón.

—Así no te eduqué —me dijo.

—Perdón, mamá —respondí—. Estaba casi vacío; le quedaban dos tragos.

Invertí el envase sobre la tarja para mostrarle que no quedaba leche; que no pensaba regresar el cartón al refrigerador. Mamá repitió, más despacio:

—Así no te eduqué.

Tardé un rato en entender que no se refería al envase de la leche.

Cuando Adela me sugirió que llevara a una amiga a su boda, lo consideré unos días, pero al final preferí ir solo. Durante la recepción, asignados a la misma mesa para ocho, estábamos: los cuñados de mi hermana, sus novias, un primo de ellos de unos doce o trece años —imberbe, en todo caso— y yo.

Nadie me preguntó por qué había ido a la boda sin pareja. Sin embargo, en algún momento de la noche, la novia del tercer hermano dijo, a propósito de nada:

—Yo creo que cada quien debe hacer de su vida lo que mejor le parezca. Nadie tiene por qué opinar acerca de las preferencias de otra persona.

Había bebido varias copas. Tenía una botella de vino blanco en la mano y estaba concentrada en arrancarle la etiqueta con la uña. No se percató —o no quiso percatarse— de las miradas reprobatorias de su novio.

—Hay hombres que son hombres y mujeres que son mujeres —reflexionó—, pero también hay algo así como un tercer sexo.

Uno de los hermanos se puso de pie rápido y propuso:

—¿Por qué no vamos todos a bailar?

Justo entonces, el grupo musical empezó a tocar "La Macarena". A la novia del tercer hermano se le iluminaron los ojos. Al instante olvidó la tarea de arrancarle la etiqueta a la botella de vino blanco y dejó que su novio la guiara de la mano a la pista de baile.

En la mesa nos quedamos solos el imberbe y yo. Él empezó a doblar y desdoblar su servilleta, sin levantar la vista para nada. Estaba evidentemente incómodo, quizá por aquello del tercer sexo. Como fuera, me levanté de la mesa, le dije "nos vemos al rato" y me fui a buscar a la señora Ortiz de Zevallos.

La habían sentado, de acuerdo con sus predicciones, en la mesa de las otras personas que en su juventud habían sido amigas de la abuela —un grupo cada vez más reducido—, pero ahora la mesa estaba desierta, con excepción de ella. Me vio venir y, a manera de bienvenida, alzó la mano con la que sujetaba su bastón. Hasta en gestos pequeños como este resplandecía su calidad de *grande dame*.

—Toma esa silla, hermoso. Por fortuna, las viejas ceporras se fueron a casa temprano. Yo también voy a despedirme pronto, pero no quería irme sin platicar contigo. Cuéntame cómo te va en Estados Unidos.

Le dije que estaba bien, que la maestría me tenía muy ocupado, con tres clases este semestre; eso, además de las dos clases de lengua que imparto; no tengo mucho tiempo libre, a decir verdad; apenas pude tomarme un fin de semana para venir a la boda de Adela; estoy, sin embargo, muy contento; vivo en una casa compartida con dos españolas de Alicante que están en el mismo programa que yo; son muy simpáticas.

Mientras yo hablaba, la señora Ortiz de Zevallos asentía con una sonrisa hermética en la cara. Me dio la impresión de que no había escuchado mi perorata.

—Estuve conversando con tu mamá un buen rato —dijo—. Quiero que sepas que está muy orgullosa de ti. También tu papá y tu hermana, claro. Todos lo estamos.

—Muchas gracias.

—Lo digo con plena honestidad, sin la intención de halagarte. Estás destinado a hacer cosas muy grandes; siempre lo he sabido, desde que eras de este tamañito y ya escribías unos poemas bellísimos, ¿te acuerdas? Tengo guardada una copia de un poema que le diste a tu abuela: el de la lámpara. ¿Sabes a qué poema me refiero? Una lámpara que solo podía echar luz durante el día: imagínate.

Había olvidado ese poema. En realidad, la memoria de los años de mi infancia en que escribía poesía y se la mostraba a la gente siempre me ha causado una vergüenza casi dolorosa. Todos mis recuerdos terminan invariablemente por avergonzarme.

—Por eso, porque sé lo que vales —continuó la señora Ortiz de Zevallos—, te voy a dar un consejo: no dejes que te endosen a nadie. Ni siquiera dejes que yo te enjarete a mi nieta Adriana, que va a terminar casada con el botarate aquel, la muy burra. Olvídate del matrimonio. Yo quise mucho a mi Juan, pero el pobre era más tedioso que un sermón de domingo; en verdad soporífero. Lo quise hasta el día de su muerte, pero a veces pienso en todas las cosas que habría hecho si no me hubiera casado… en fin, eran otros tiempos. Tú tienes más oportunidades; tienes que ser honesto, muy honesto, y no desaprovecharlas. No dejes nunca, por nada, que te venza la conformidad.

Hizo una pausa para beber un trago de agua. La banda de música empezó a tocar una calmadita de Juan Luis Guerra. La señora Ortiz de Zevallos continuó:

—Quizá no seas la persona que tu mamá esperaba…

Se le cortó la voz. Los ojos le brillaron con lágrimas incipientes. Nunca antes la había visto llorar; ni siquiera en el velorio de su esposo.

Abrí la boca para decir algo, pero ella me indicó con la cabeza que no, que no hablara. Puso una mano sobre mi rodilla y la oprimió un poco.

—Quizá no seas la persona que tu mamá esperaba, pero sus expectativas son, al fin de cuentas, irrelevantes. Ya se adaptará, hermoso. Esa es labor de ella, no tuya. Mientras tanto, ten por cierto que te quiere mucho, que todos te queremos. ¿Lo sabes?

—Sí, creo que sí.

Guardamos silencio unos segundos. En la pista de baile, Adela y su esposo estaban bailando "cara a cara, beso a beso, y vivir siempre mojado en ti". Desde su mesa, papá y mamá los observaban orgullosos.

El mesero pasó a ofrecernos café.

—Si bebo café a esta hora no vuelvo a dormir en semanas —dijo la señora Ortiz de Zevallos. Había recuperado el control de su voz—. De hecho, ya debería irme a la casa. Tengo al pobre chofer esperando afuera. Antes de que me vaya, hermoso, dime qué vas a hacer cuando acabes la maestría; qué planes tienes. Me dice tu mamá que te quieres quedar a vivir en Estados Unidos, que estás muy bien allá; muy feliz. ¿Es cierto?

La pregunta —la información— me desconcertó. Nunca había discutido el tema con mamá porque nunca, siquiera, había considerado la posibilidad de quedarme en Estados Unidos; de no volver.

Sentí un dolor en la boca del estómago: el mismo que había sentido el día en que un grandulón de la escuela me dio un codazo deliberado, categórico, que me sacó todo el aire: "Quítate de aquí, estorbo: esta es mi banca". Nunca más volví a sentarme ahí, ni en ningún otro sitio en el que el grandulón pudiera detectarme.

—Quizá —le respondí a la señora Ortiz de Zevallos—. Tengo otro año para decidirlo.

Me despierto con una sed terrible. No sé qué hora es, pero aún no ha salido el sol. El otro lado de la cama está vacío.

Voy a la cocina con las luces apagadas; bebo agua a oscuras; paso al baño a orinar sentado, para no tener que encender la luz; atravieso la sala y me asomo por la ventana. No tarda en amanecer. La calle está desierta. Quienes se fueron de parranda ya están bajo techo; en cama propia o ajena. Me siento un rato en el sillón, sin saber en qué ocuparme. Observo, en la oscuridad menguante, el contorno de las plantas de Nate, que ocupan un espacio considerable de la sala: hay plantas en las mesitas, a lo largo de la pared, sobre la consola; colgadas de la cornisa de la ventana, por dentro y por fuera. En los anaqueles, hay plantas que hacen las veces de sujetalibros. Cada planta requiere condiciones de luz específicas, un nivel de humedad determinado, diversos nutrientes en la tierra. Algunas plantas retienen un mínimo de agua y dejan que el resto se escurra por debajo de la maceta, por lo que Nate las deja a veces en la tarja de la cocina durante todo el día, inhabilitando así su uso.

Otras plantas, cansadas a veces del sol, comienzan a perder las hojas, en cuyo caso Nate las pone en la bañera, como bebés de incubadora. Un par de ellas se infesta a ratos de bichitos. Cuando esto sucede, Nate las lleva a la recámara —las pone en cuarentena— y ahí las rocía con una mezcla casera de agua, jabón, aceite y pimienta molida.

—¿Para qué tantas plantas, Nate? —le pregunté, exasperado, hace unos meses.

Nate, que acababa de abrir la puerta del departamento y traía, feliz, una planta nueva entre las manos, me miró ofendido, pero no dijo nada. Puso la planta en el piso de la sala y se fue a meter a la cocina. El resto de la tarde hizo pucheros. No insistí en que respondiera mi pregunta, ni le pedí que me aclarara en qué consistía mi agravio.

El sol comienza a aparecer por atrás de la tienda de camisetas e ilumina una franja de la sala de un color cítrico. Desde el ángulo en el que estoy sentado, pareciera que el piso de madera está embarrado de sangre. Me levanto para investigar el efecto óptico y descubro, primero perplejo y después con alarma, que se trata, en efecto, de una mancha alargada de sangre.

Enciendo la luz de la sala. Hay lamparones de sangre por todo el piso. Sigo las huellas hasta la cocina, en donde el linóleo está también manchado. Continúo por el pasillo hasta el baño: más derrapones de sangre. Empiezo a sudar frío. ¿A qué hora llegó Nate, que no lo escuché? ¿Qué clase de accidente tuvo, que volvió desangrándose? Más importante aún: ¿dónde está ahora?

Me parece, de pronto, que la cortina de la regadera, cerrada, oculta algo macabro tras de sí. La abro de un jalón, con miedo a encontrar a Nate tirado en la bañera: un puñal hendido en el estómago; los ojos muy abiertos, ya sin vida; la lengua de fuera. La bañera, sin embargo, está vacía; el esmalte, inmaculado.

Entonces entiendo: la sangre viene de mí, de alguna parte de mi cuerpo. Me siento sobre la tapa del retrete para investigar y descubro el origen del derrame: una cortada pequeña —mínima, escandalosa— en la planta del pie derecho. La toco con un dedo y siento, por primera vez, un poco de dolor. Pongo el pie bajo el grifo de la bañera y lo abro para limpiar la herida. El chorro sale pujante; limpia la cortada en segundos. El piso de la bañera se inunda de agua rosada. Con el pie limpio, vuelvo a inspeccionar la hendidura. Encuentro una astilla de vidrio ínfima: seguramente un residuo del vaso que rompí en la cocina hace unos días. La saco con unas pinzas de tocador y me cubro la cortadita sensacionalista con una gasa de algodón.

Sentado en la tapa del retrete, miro las manchas de sangre en el suelo; pienso en las manchas tintas que dejé en la cocina, en la sala, en el pasillo. Es increíble que uno pueda ir por el mundo con una herida abierta sin siquiera percatarse.

Me toma más de una hora limpiar el piso del departamento.

Nate vuelve a casa a las diez veintiocho. Me encuentra en el sillón de la sala —donde procuro, en

224

vano, leer una novela sobre un profesor de inglés quien, deshonrado, pierde su empleo, sus amistades; a su propia hija— y se sobresalta un poco. No sé dónde esperaba encontrarme. Se alza de hombros, sin decir palabra, como si la noche entera no hubiese sido más que un contratiempo inesperado; qué le vamos a hacer, fue inevitable; *the night got out of hand.*

—Perdón —dice, finalmente, timorato.

Tiene ojeras, el pelo despeinado, los labios resecos.

Nos miramos un rato en silencio. Ninguno sabe qué hacer, cómo salir de este embrollo. Durante las últimas horas oscilé entre la furia y la tristeza. Si Nate hubiera vuelto antes, quizá le habría gritado o me habría puesto a llorar, pero en este momento ninguna de esas emociones viene a socorrerme. Estoy exhausto.

—Tengo que hacer pipí —me dice.

Lo sigo al baño; me apoyo contra el marco de la puerta. Ofuscado, Nate orina sin perderme de vista, como si en cualquier momento fuera yo a sacar un revólver para pegarle un tiro. Está paranoide; pasado de drogas.

Sus olores no son los de él, los de siempre. El baño se satura rápido de un hedor químico. Así huelen los baños en la estación de metro Civic Center. Nada más nos faltan las jeringas contaminadas en el suelo.

Cuando Nate acaba de orinar, le ordeno que se quite la ropa.

La voz me sale siniestra. Nate me mira desconcertado, con miedo, como roedor de laboratorio en la esquina de una jaula. Procuro suavizar el tono:

—Hueles mal, Nate. Hay que poner tu ropa en la lavadora —le explico.

Empieza a decir algo, pero cambia de parecer. Titubeante, se quita la chamarra, la camiseta, los zapatos, los calcetines, los *jeans*, los calzones. Forma una pila de ropa en el suelo.

Observo su cuerpo desnudo en busca de algún indicio de sexo. En las películas, los adúlteros vuelven a casa con la espalda arañada, moretones de succión en el cuello y lápiz labial en donde no debe haberlo. El cuerpo de Nate no lo delata.

—¿Dónde pasaste la noche?

Al instante de hacer la pregunta me doy cuenta de que no me interesa la respuesta. En sí mismo, el sexo —con quién cogió, por dónde le dieron— me resulta casi trivial en comparación con las horas de espera, de incertidumbre. Más me preocupa ahora verlo en este estado.

En vez de responder, Nate mira hacia abajo y se cubre el pito con ambas manos, como si fuera a parar un tiro de penalti. Nunca antes —al menos en mi presencia— lo había avergonzado su desnudez.

Sin levantar la vista, pero con firmeza, dice:

—Quiero bañarme. Salte, por favor.

El libro de texto sale publicado, justo a tiempo para su oferta antes del semestre del otoño. Durante la primavera y en los últimos meses, los representantes de ventas lo han promovido en todo el país.

Tiene un nombre terrible: *Travesías del español*. "Es un sinsentido", les expliqué a los autores hace dos años, cuando nos presentaron la propuesta de trabajo. "No es la lengua la que viaja, sino los personajes del libro y, tal vez, en sentido figurativo, los estudiantes que toman el curso." Sugerí que el título fuera *Travesías* a secas, pero los del departamento de mercadotecnia dijeron que la palabra *español* era fundamental para la promoción del texto. Les hice ver que la palabra *travesías*, por estar en español, era, en sí misma, aclaratoria, *self-evident*, pero los del departamento de mercadotecnia se mostraron inflexibles. A manera de conciliación, uno de los autores propuso el nombre de *Travesías por el español*. Aunque el cambio de la proposición aclaraba el significado pretendido, todos estuvimos de acuerdo en que ese título era el peor de todos los que se habían propuesto hasta entonces. Una mañana, Ted, que estaba de un humor afable, contribuyó, por *e-mail*, con su juicio: "Me gusta *Travesías del español:* es un título fuerte". Como consecuencia, los autores se sintieron empoderados y no volvieron a dar su brazo a torcer.

En la portada del libro, los personajes se pasean alineados por la vereda de un campus de arquitectura clásica; de cantera cubierta con hiedra. Sebastián, el defeño, y Esperanza, la chicana, llevan libros de varias disciplinas en las manos. Lulú, la madrileña, está tomada del brazo de Santiago, el limeño, quien fue retratado a media carcajada. Al centro del grupo, Pablo, el santiaguino, apunta con el dedo y el brazo hacia algo que está fuera del marco de la foto; algo por arriba del espectador: una nube, el sol, las posibilidades futuras.

Durante la junta editorial, sentado a la cabecera, Ted me señala y dice:

—Le tocó un equipo de autores conflictivo, pero los dirigió magistralmente.

Como consecuencia de su divorcio —o su reconciliación, no estoy seguro— Ted ha recuperado el optimismo empresarial.

Los editores de las otras lenguas pasan las hojas de libro y, como no hablan español, me hacen preguntas acerca del diseño, los productos electrónicos que están vinculados con el programa, las expectativas de venta, el presupuesto.

Hasta ahora, nadie ha mencionado el último capítulo, en el que se introduce el campo semántico de la discriminación racial, las guerras, el terrorismo; pero es cuestión de tiempo: puedo ver, en mi mente, en un futuro no lejano, el momento en que algún académico de sensibilidad quebradiza ponga el dedo en el índice del libro y le diga al representante de ventas: "Imposible". Aunque me respalda la autorización de Ted de incluir el capítulo —autorización que probablemente él no recuerde—, tengo un temor vago de que la catástrofe económica sea tal, que la editorial se deshaga de ambos. Si llegara a perder el empleo y, como consecuencia, la visa de trabajo, tendría que dejar el país en cuestión de semanas.

Hay días en que pienso que irme de aquí sería, más que un problema, una solución.

Fátima es la antítesis de Abigail: piel morena, curvas generosas, acabados voluptuosos, ojos de intenciones impúdicas. Parece una de esas mujeres que salen en fotos de calendario de taller mecánico: semidesnuda, enjabonada y tendida sobre un coche como para hacerle el amor al chasis. Cuando los hombres de este país dicen "mujer latina", tienen una Fátima en mente. Junto a ella, la belleza de Abigail es de un carácter mucho más andrógino.

Las imagino en el acto: Abigail con la lengua en Fátima; en los flecos enmarañados de su tapete caribeño.

—¿Desde hace cuánto tiempo vives en Rhode Island? —le pregunto en español.

Estamos solos en la mesa: Nate y Abigail fueron a la barra a comprar las bebidas.

—Llegué hace seis años, con mi esposo —me responde en inglés.

Fátima, a pesar de ser maestra de español en una escuela secundaria y de tener un acento más marcado que el mío al hablar el inglés, prefiere comunicarse en la lengua de Estados Unidos. Tal vez piense, como lo hicieron muchos inmigrantes que llegaron de Europa por causa de la Segunda Guerra Mundial, que la forma más efectiva de integrarse al nuevo país es mediante el rechazo de la cultura natal.

Abigail y Nate vuelven con las bebidas.

—Mañana quiero llevar a Fátima a Yerba Buena Gardens —dice Abigail y le toma la mano a Fátima por encima de la mesa.

El Elbo Room no es un bar gay, pero tampoco es del todo hetero: pocos bares de San Francisco lo son. Fátima, sin embargo, está visiblemente incómoda con las demostraciones de afecto de Abigail. Tras un minuto de cortesía mínima, Fátima libera su mano y la pone debajo de la mesa.

—Abigail nos dice que acabas de mudarte a Providence —le dice Nate.

—Sí, me divorcié de mi esposo —de mi *exesposo*— hace un año. Providence me queda más cerca del trabajo que Kingston, donde vivía.

—Dicen que Providence es muy bonito —comenta Abigail—. Tendríamos que ir los tres a visitarla pronto.

Fátima sonríe, pero no nos hace una invitación formal.

Cuando Abigail nos avisó que había organizado un *rendez-vous* con Fátima en San Francisco, Nate programó una noche de pastillas en algún antro de SoMa. Abigail, sin embargo, le advirtió que Fátima nunca había probado las drogas, ni siquiera la mariguana; no vayan a mencionarlas, porque le parecen el diablo.

Nate propone caminar hacia Castro para mostrarle, de noche, el barrio a Fátima.

—Podemos tomarnos otra copa en Moby Dick, bailar un rato en Badlands, cenar una hamburguesa en Orphan Andy's.

Abigail y Fátima pasan al baño y Nate y yo las esperamos en la calle. Cuando salen, Abigail nos anuncia que Fátima está muy cansada y que prefiere volver al hotel; pero mañana, si ustedes quieren, vengan a Yerba Buena Gardens con nosotras; a Chinatown y Lombard Street.

Antes de que Abigail viniera a San Francisco, le envié un mensaje electrónico para decirle que me gustaría hablar discretamente con ella en algún momento de su visita. "A solas", enfaticé.

—No se me ha olvidado —me dice, al oído, al despedirse.

Nate y yo decidimos cumplir, de todas formas, con su plan sugerido. Caminamos, sin hablar mucho, hasta Moby Dick, pero Moby Dick está vacío; qué hueva. Nos lo saltamos y vamos a Badlands, donde bailamos un rato sin ganas: estamos demasiado sobrios. Nate sugiere que vayamos a Orphan Andy's, pero una vez que pongo mi nombre en la lista de espera, la idea de comernos una hamburguesa grasosa nos da un asco terrible.

—Vámonos mejor a casa —decimos casi al unísono.

Bajamos por Market hasta Noe y doblamos a la izquierda. Cuando cruzamos la calle quince, Nate no me propone, por fortuna, que vayamos a la Casa de las Orgías, quizá porque es temprano y a esta hora es dudoso que haya concurrentes.

Lo tomo de la mano, más que nada para apoderarme de él; por miedo a que me pregunte con inocencia fingida: "¿Te importa volver a casa solo, que me tome una cerveza más en el bar?". Sé que no puedo tener la mirada puesta en Nate las veinticuatro horas; dirigir sus decisiones; estar presente en el instante en que resuelva no venir a casa a dormir y meterse no sé qué droga perniciosa, para luego devolverme por la mañana una versión cada vez más estropeada de sí mismo. No puedo vigilarlo las

231

veinticuatro horas, pero en este instante lo tengo conmigo, de la mano, y no voy a dejar que se me vaya.

Al día siguiente quedamos de ver a Abigail y Fátima en Yerba Buena Gardens. Al instante se nota que las cosas entre ellas no van bien. Abigail tiene los ojos hinchados por haber llorado o no haber dormido; Fátima, cara de vinagre.

Abigail y Nate se abrazan. Él le dice *"Aw, sweetie"* y le acaricia la espalda. Abigail reclina su cabeza contra el pecho de Nate, como para esconder su desconsuelo. Ahí se quedan un buen rato. Mientras tanto, Fátima simula un interés mudo en el paisaje del parque.

Nate susurra algo al oído de su amiga. Abigail asiente.

—Vamos a comprar un té, ¿nos esperan aquí?

Me quedo con Fátima bajo un árbol grande, como en versión corrupta del Edén. No sabemos qué decirnos.

—Los jardines se llaman Yerba Buena porque ese era el nombre original de San Francisco, hasta hace menos de dos siglos —le explico, en español.

—Yo le advertí que no era lesbiana —me responde ella, furiosa, también en nuestra lengua.

El resto del tiempo lo pasamos sin hablar, hasta que Nate y Abigail vuelven con el té consolador.

Una hora más tarde, durante un paseo turístico por Chinatown que nadie tiene ganas de dar, Fátima toma a Abigail del brazo y la lleva aparte.

Conversan un buen rato. Mientras tanto, Nate y yo observamos, disgustados, el escaparate de una tienda en el que se muestran figuritas de guerreros y campesinos chinos talladas en marfil, supuestamente importadas antes de la interdicción de los años setenta. Cuando acaban de conversar, Abigail y Fátima se acercan a nosotros.

—Vamos a volver al hotel. Fátima va a quedarse sola en el cuarto; tiene ganas de dormir un poco. Si no les importa, yo quisiera pasar la noche con ustedes.

Nate le dice "por supuesto, es una buena idea" y se ofrece a acompañarla al hotel por sus cosas, pero Abigail prefiere alcanzarnos luego en el departamento.

Me despido de Fátima:

—Me dio gusto conocerte —le miento.

—Que tengas un vuelo seguro —le dice Nate, gélido.

Aunque el paseo turístico —ahora sin turistas— deja de serlo, Nate y yo decidimos continuar la caminata hasta Telegraph Hill, para ver los loros salvajes. Durante el trayecto, Nate y yo conversamos acerca de la situación tan incómoda de Abigail. Considero aprovechar la oportunidad para hablar sobre la nuestra; sobre cómo resolverla. Hace un par de semanas, Nate sugirió terapia de pareja. Lo hizo durante la primera conversación que tuvimos tras su última noche de desmanes. La propuesta de Nate, de entrada, me pareció absurda, casi insultante. ¿Por qué tenía yo que ir a dar al consultorio de un sicólogo, si no era yo quien se había metido todo tipo de drogas? Dada su profesión, Nate les atribuye motivaciones añejas a sus impulsos presentes (y, supongo, a los míos): si no llegó a dormir es porque sus padres no le demostraron afecto cuando era niño y por aquello del abuso sexual de su hermano; si consumió un exceso de drogas, es porque a veces tiene una necesidad súbita, incontrolable, de paliar el dolor emocional consecuente. Para mí, no es más que una forma enrevesada de lavarse las manos.

—Tengo una sugerencia más efectiva, Nate: deja de meterte drogas y de coger con medio San Francisco.

Después de que dije esto, la conversación no dio más de sí. Nate asintió con la cabeza, con lágrimas de derrota. En los días subsiguientes no volvimos a hablar sobre el tema.

Llegamos a Coit Tower. La torre lleva el nombre desafortunado de la señora que donó el dinero para construirla. En un día despejado, la vista de la ciudad es, desde aquí, pasmosa. Hoy, sin embargo, San Francisco está cubierta de niebla y apenas puede verse la parte superior de la Torre Transamérica.

Sobre nosotros vuela un halcón en círculos, también en busca de los loros salvajes.

—Si quieres, Nate, podemos ir a terapia de pareja.

En la noche nos tomamos unas pastillas verdes. Tienen grabada una calavera injerida por dos huesos. Abigail nos narra con detalle doloroso la historia entera de su amor por Fátima; su desventura con las mujeres en general. De alguna forma, vincula sus relaciones fallidas con la muerte prematura de sus padres. Está acostada sobre el sofá de la sala; Nate y yo, echados en el piso, rodeados por la maleza creciente de sus plantas. Nate me acaricia el abdomen.

Abigail se levanta para ir al baño.

Nate me dice:

—Vamos a estar bien, Gato, te lo prometo. Ya sé que tienes miedo. Yo también lo tengo. Pero acuérdate de que nos corresponde estar juntos. Nuestros conflictos tienen solución. No hago estupideces con la intención de lastimarte, espero que lo sepas. Te amo más que a nadie; más que a mí mismo. Y yo sé cuánto me amas tú también. Siempre nos hemos amado, desde mucho tiempo antes de que nos encontráramos en Starbucks. Eso es lo que debemos recordar; eso es lo único que importa.

Cuando despunta el día, nos acostamos los tres en la cama. Nate y Abigail se quedan dormidos al instante. Nate ronca.

En unas horas, Abigail tendrá que irse al aeropuerto. Es improbable que encuentre el momento para hablar con ella a solas.

Nate propone alquilar un coche e irnos a pasar el día y la noche del sábado a Santa Cruz. Me parece una idea excelente. Santa Cruz está a menos de dos horas por la panorámica autopista uno, que bordea la costa californiana desde el norte de San Francisco hasta San Diego. Vamos en *shorts*, chanclas, gafas oscuras y camisetas sin mangas de esas que en este país se llaman, escandalosamente, golpea-esposas: *wife-beaters*. Llevamos las ventanas abiertas, los asientos reclinados y un humor estupendo. La vida entera me huele a mar. Al poco tiempo de haber salido de San Francisco, encontré una estación de radio que se especializa en música pop de los años ochenta: baladas de amor exorbitado, con estribillos que se cantan a gritos: "*So take a look at me now, there's just an empty space…*". Nate conduce bajo el límite de velocidad, ya de por sí sosegado, para prolongar nuestro paseo por la carretera; la sensación de bienestar. Yo llevo el brazo fuera del coche y juego con el impacto del viento; formo, con la mano, olas que suben y bajan; que emulan las cabrillas del Pacífico.

En la guantera del coche encuentro un mapa de California. Le leo a Nate los nombres de algunos sitios que me hacen reír; se los traduzco: Palo Alto, Dos Palos, Pescadero, Milpitas, El Cerrito, Los Gatos, Casa Conejo, Chula Vista, Los Baños, Los Nietos, Los Osos, Pinole, Merced, El Nido, Calabasas [sic], Calaveras, Agua Dulce, El Cajón, Paso Robles, Carpintería, El Sobrante, Manteca, Modesto, Borrego Springs.

Cuando llegamos a nuestro destino, dejamos las cosas en el hotel y nos vamos a caminar por el centro de la ciudad. Nate ha estado antes en Santa Cruz, pero no sé cuándo ni por qué. Tampoco se lo pregunto.

La calle principal se llama Pacific Avenue. Se trata de una hilera comercial de restaurantes, cafés y tiendas de triques, pero tiene cierto encanto. Caminamos a lo largo de la avenida, de principio a fin, por uno de sus lados, luego volvemos por el lado contrario. Vamos de la mano. Los brazos de Nate están pálidos por causa del estío sanfranciscano. Los vellitos rubios de sus tríceps reflejan la luz del sol.

En una de las tiendas, Nate compra dos llaveros de metal que hacen juego. Uno de los llaveros dice "*King*" y tiene grabada una corona; el otro dice "*Queen*" y tiene grabada una tiara. Discutimos un rato para determinar quién en la relación es el rey y quién la reina. Ambos queremos el segundo llavero. Al final, accedo a cederle el título bajo la condición de que intercambiemos llaveros cada seis meses.

Después de visitar el centro, caminamos al parque de diversiones que da a la playa. Lo primero que hacemos es comprar boletos para la montaña rusa, que es la única atracción que nos interesa. Mientras hacemos cola, Nate me pregunta cómo se dice *roller coaster* en español. La respuesta —*Russian mountain*— lo hace reír. Le explico que, en efecto, las montañas rusas tienen su origen en ese país, en la ciudad de San Petersburgo, pero que allá las llaman, paradójicamente, montañas americanas. Nate se ríe más fuerte: cree que me saqué la historia de la manga.

Llegamos al frente de la cola y una empleada nos indica en qué vagón sentarnos. El carrito sale del túnel de la estación y empieza su ascenso con quejidos de madera y percusiones metálicas. Me viene a la mente un examen que tomé en la preparatoria acerca de las leyes de Newton: la energía potencial máxima sucede cuando el mecanismo de la montaña rusa suelta tu carrito al llegar a la primera cumbre; la energía cinética máxima, justo al pasar el primer valle e iniciar el ascenso de la segunda cúspide. Por causa de la fricción y resistencia, que provocan que la energía disminuya a lo largo del trayecto, las cimas deben ser, por fuerza, cada vez más pequeñas. Cuando el mecanismo de la montaña rusa suelta el carrito y empezamos el descenso de la primera cima, los huevos se me suben a la garganta y pego un grito largo, ininterrumpido, hasta el momento en que el vagón llega al trayecto final: plano, recto, sin sobresaltos. Nate y yo nos subimos a la montaña rusa tres veces consecutivas.

La feria huele a palomitas, caramelo y algas marinas. El aire está saturado de carcajadas, gritos de emoción o expectativa, sonidos de juegos electrónicos que anuncian, con gran aspaviento, cuando la bola da en la diana de los cinco mil puntos, de los diez mil; cuando se pierde la tercera bola y hay que meterle otra moneda a la máquina.

Compramos algodones de azúcar y damos un paseo por los puestos de juegos. En las películas comerciales de mi infancia, cuando una pareja de jóvenes —varón y hembra, siempre— iba a la feria en su primera cita, el muchacho demostraba su virilidad mediante un juego certero de tiro al blanco o, mejor aún, con un golpe recio de martillo que hacía ascender un disco y golpear la campana de alcance reservado a los más fuertes. Al final de la noche, la muchacha volvía a casa con el premio mayor: un oso de felpa gigante entre los brazos y la convicción de que así de mágico, así de maravilloso, sería el resto de su vida.

En la noche salimos a un bar y conocemos a otra pareja gay, más o menos de nuestra edad, que está hospedada en el mismo hotel que nosotros. Viven en Los Ángeles. Se llaman José y Kevin. A Kevin le parece una coincidencia casi inverosímil que ambas parejas —la de ellos y la nuestra— estén constituidas por un caucásico y un latino.

—Siempre he tenido debilidad por la tez oliva y los ojos cafés —nos explica.

De los cuatro, soy el único que habla español: José dice entenderlo, pero su familia, en su mayoría, renegó de la lengua hace dos o tres generaciones.

—Podrías decirle a la gente que eres español —me comenta José, en inglés, a manera de elogio.

Jugamos billar con ellos y Nate y yo perdemos por mi culpa: nos toca comprar las cervezas. Nate insiste en que nos concedan la revancha. Volvemos a perder por culpa mía y nuevamente tenemos que pagar los tragos. José sugiere una tercera partida, pero con una nueva distribución: como Kevin es el mejor jugador, me pone a mí con él. Apenas participo en el juego. Kevin gana la partida con su primer turno en la mesa, me da un abrazo más fuerte y más largo de lo necesario, y manda a José y a Nate a comprar la tercera ronda.

Cuando ya estamos medio ebrios, Kevin nos pregunta qué otros planes tenemos para esta noche. Nate responde que no tenemos nada en mente.

—¿Qué tal si pasamos a la tienda a comprar más cervezas y nos las tomamos en el jacuzzi del hotel? —sugiere Kevin.

Kevin y José se ven muy bien en traje de baño, especialmente Kevin. Tiene un tatuaje en el costado derecho que dice, en inglés: "Me ilumina por dentro una luz moribunda". Le pregunto cuál fue la inspiración.

—Algo que leí por ahí; ya no recuerdo dónde. Me gustó y decidí tatuármelo.

José enciende un churro de mota y lo pasa. Le doy una pitada.

Nate y José conversan acerca de las diferencias entre vivir en el norte y el sur de California, entre los barrios de Castro y West Hollywood.

—WeHo es divertido, pero muy superficial; Castro es más auténtico —opina José, con nostalgia fabricada.

Mientras ellos conversan, Kevin, de pronto, estira una pierna y me toca el pie derecho por debajo del agua, como por accidente. Muevo el pie —el mío— hacía mí. Kevin me pregunta acerca de mi trabajo. Le digo que soy editor de libros de texto y él dice "ah, ¿sí?" y vuelve a tocarme el pie con el suyo. Otra vez, me retraigo un poco. Las burbujas del hidromasaje impiden que pueda verse el fondo de la bañera. Me pregunto dónde tienen Nate y José los pies.

José vuelve a pasar el porro y nuevamente le doy un toque. Detesto la mota; para qué la fumo: me causa siempre ansiedad. Cuando Kevin me toca el pie por tercera vez, siento un impulso de dar un brinco, de salirme del jacuzzi y correr al cuarto a esconderme, pero no lo hago porque, a pesar de mí, tengo la verga como piedra. Cierro los ojos, reclino la cabeza contra el borde de la bañera y procuro respirar como imagino que hacen los que practican la meditación o el parto. Kevin interpreta mi inmovilidad como una invitación a tocarme por otras partes, con más empeño. Apoya la planta de su pie contra mi muslo y lo acaricia un rato. Luego, contrae la pierna, se acerca hasta quedar sentado junto a mí y pone su mano en mi ingle, cerca de mi erección. En ese instante me doy cuenta de que Nate y José dejaron de conversar hace un rato. Abro los ojos, me incorporo rápido y digo:

—Bueno, vámonos a dormir.

Kevin da un respingo. Nate se separa un poco de José. Kevin y José intercambian miradas de desconcierto.

Después de unos segundos de silencio, Nate dice, sin convicción:

—Sí, es mejor. Mañana queremos levantarnos temprano para volver a San Francisco antes de que empiecen los embotellamientos.

Nos despedimos de Kevin y José, quienes se quedan en el jacuzzi. Kevin nos dice su dirección electrónica para que podamos mantenernos en contacto.

En el cuarto, Nate y yo hablamos muy poco. Él se ducha primero, luego yo. Cuando salgo del baño, ya está metido en la cama, con las luces apagadas.

—Buenas noches —le digo.

Nate no responde. Quizá ya esté dormido.

En la mañana, cuando despierto, Nate, como el dinosaurio de Augusto Monterroso, todavía está allí.

Volvemos a San Francisco por las autopistas diecisiete, ochenta y cinco y doscientos ochenta, que no son interesantes, pero que nos llevan a casa más rápido que la panorámica.

Me compro, finalmente, un teléfono celular. Es de una marca finlandesa. Cuando está encendido, se ve en la pantalla el dibujo de dos manos que están por hacer contacto.

Es difícil describir, en los libros de texto, el significado exacto del pronombre *se* para referirse a eventos inesperados; es decir, en combinación con un pronombre de objeto indirecto y un verbo que connota un acto accidental. "Se me olvidó" no es lo mismo que "lo olvidé". Mientras que la segunda frase admite culpa, la primera atribuye el percance a causas tácitas, pero ajenas al sujeto. No tiré los platos: se me cayeron. No rompí el vaso: se me rompió. No perdí las llaves: se me perdieron. No dejé suelto al perro: el perro se me escapó; se me fue de las manos.

En el manual de gramática, se traduce "Se me olvidó" como "*It got forgotten on me*", lo cual no tiene sentido en inglés.

De acuerdo con la página legal del manual de gramática, la cuarta edición estuvo a cargo de Eduardo Reyes, mi predecesor. Según he escuchado, Eduardo Reyes era un puertorriqueño muy afable que trabajó para la editorial más de una década, hasta el día en que se suicidó. No sé los detalles; nunca he querido averiguarlos, por miedo tal vez a que su suicidio, de alguna forma, sea una especie de legado. El caso es que yo vine a remplazarlo. La quinta edición del manual de gramática está a mi cargo; es mi nuevo proyecto.

Cecilia, la lesbiana que me detesta, entra a mi oficina para discutir las fechas de entrega de los capítulos y algo acerca del presupuesto (tenemos dinero vasto, porque la quinta edición irá acompañada de actividades de práctica en la nueva plataforma electrónica de la editorial). Va a hacerme una pregunta, pero se detiene de golpe, inclina la cabeza hacia un lado y levanta un dedo para indicarme que no hable. Después de unos segundos, dice:

—*The Thieving Magpie.*

En efecto, tengo puesto en mi computadora el CD de *La urraca ladrona.*

—Es un mito, ¿sabes? —me pregunta.

—¿Quieres decir que la historia no es verdadera?

—No —me explica—. Es un mito que las urracas sientan atracción por los objetos resplandecientes. Se hizo una vez un estudio y resulta que, por el contrario, los evitan por completo; se sienten amenazadas por ellos. Si tú pones un objeto resplandeciente en la comida de una urraca, la urraca prefiere no comer que acercarse a la comida.

—Qué interesante —le digo, con la esperanza de que la información sea falsa, porque me pone tristísimo.

Pinche Cecilia.

La ansiedad es casi constante, pero aumenta en la medida en que se acerca la noche. A veces se traduce en un malestar ligero, como de indigestión. En ocasiones más efectistas, siento que mis pulmones están atrofiados, que han olvidado qué hacer con el aire. Si estoy en público, comienzo entonces a sudar frío: el mundo entero me observa; me juzga. Si estoy solo, me ayuda sentarme en una esquina y sentir la protección concreta de los muros; ocultar la cara un rato en mis piernas flexionadas. De vez en cuando, durante el sueño, vomito un poco, pero no tanto que el reflujo me despierte: en la mañana, tengo un sabor acre en la boca y pedacitos de comida indigesta bajo la lengua; entre los dientes.

Lo peor de todo es la incertidumbre: los minutos o las horas que paso a la espera de Nate. Cuando llega a casa directamente del trabajo, la inquietud se desvanece casi por completo al momento en que escucho sus llaves en el cerrojo, aunque siempre exista la posibilidad de que Nate vuelva a salir. Si se le hace un poco tarde, el ansia aumenta con rapidez exponencial.

Me preocupa la hora de su llegada, la condición en la que va a volver y la posibilidad de que una noche, en plena calentura, pasado de drogas, decida ofrecer las nalgas sin preservativo; que empiece a echar volados con el virus —águila o sol, cara o cruz, cabezas o colas; sobre todo colas—; que me haga partícipe involuntario del juego.

No me reconozco. No sé cómo debe reaccionar uno en estas circunstancias; cuál es el protocolo. No sé si romper platos y espejos, llamar a sus padres, llevarlo a rastras a un médico, encabronarme, alzarme de hombros, obsequiarle un madrazo en el hocico; darle oportunidad, de vez en cuando, a un llanto fortuito.

Nate llora. Me dice: "Tengo miedo de que me dejes. Eres lo único bueno que me ha pasado en la vida". Me dice: "No sé por qué insisto en sabotear mi propia felicidad. No hago estas cosas para lastimarte a ti: las hago para hacerme daño a mí mismo". Me dice: "Sé cuánto me amas, pero me siento indigno". Me dice: "Las relaciones son difíciles; estas cosas toman tiempo". Me dice: "Te prometo que vamos a estar bien; que vamos a salir de esta".

Nate llora y me promete que hará una cita con un sicólogo, para ir a terapia de pareja, en cuanto su seguro médico lo apruebe.

El rumor de que Eva era una puta nació con el incidente de la regla: una mañana, a media clase de Ciencias Naturales, Eva comenzó a llorar, primero con sonidos quedos y luego con franca angustia, como si la explicación sobre los movimientos planetarios le hubiese parecido aterradora. Los compañeros de Eva y la maestra interrumpieron la faena y miraron a Eva con desconcierto. Eva se puso de pie y caminó como patito por uno de los pasillos hasta el frente de la clase, donde le dijo a la maestra algo que se perdió entre sus berridos de sirena de ambulancia. De no haber llevado la niña —la *mujer*— una mano sobre las nalguitas, sus compañeros tal vez no se habrían percatado de que Eva tenía una mancha de sangre en la falda. La maestra, sin ver la mancha, entendió todo segundos después; le pasó un brazo a Eva por la espalda y se la llevó a otro lado: al baño o la enfermería, probablemente.

Nunca se supo —y nunca importó— si Eva fue la primera de la clase en tener su menstruación: el suyo fue el único caso que se volvió asunto público y, por ende, fuente de acusaciones y especulaciones. Los varoncitos especularon que el desarrollo prematuro de Eva —el sangrado, claro, pero también el redondeo de las caderas, la anchura de los muslos, el ligero abultamiento del vientre, el despunte de unos senos que prometían un volumen considerable— tenía su origen en la actividad sexual. No había, para ellos, otra explicación admisible. Las niñas, por su parte, no los desmentían, ya sea por ignorancia o por humor malicioso.

En cuanto a las acusaciones, estas se desprendían, por un lado, de la evidencia tangible (el cuerpo de Eva, tan lleno de curvas, tan delatador) y, por el otro, del testimonio de dos o tres coetáneos, que juraban ya habérsela cogido.

La verdad es muy loable, pero al momento de los madrazos, se la pela al ridículo y la ignominia. No hay realidad más fehaciente que aquella que se repite de boca en boca, día con día. Por eso, con el paso de los años y a fuerza de tanto escucharlo, Eva acabó por convencerse, como los otros de su edad y algunas de sus madres, de que era, en efecto, una puta. Por qué —si no por puta— las tetas tan grandes. Por qué las caderas. Por qué los chiflidos de los hombres en la calle. Por qué la mano del desconocido que, una tarde de tráfico peatonal, le sobó la vagina a través del vestido con cuatro dedos húmedos y engarrotados, como penes justicieros; más que una sobada fue un manotazo, un asalto punitivo: por puta, por qué iba ser, se lo tenía ganado a pulso.

A nadie le sorprendió que Eva se embarazara a los catorce. Hay cosas que, francamente, no tienen remedio.

Una tarde vuelvo del trabajo y escucho gimoteos en la cocina, como de viuda siciliana. Abro la puerta de vaivén y me encuentro con periódicos extendidos en el piso, una caja de cartón abierta, olor a establo y, a mis pies, un perrito atarantado que intenta escaparse por entre mis piernas. Lo levanto con ambas manos y al instante deja de llorar. Es un cachorro blondo; un labrador amarillo. Lo identifico porque de niño tuve uno: Tobías. Este tendrá, a lo mucho, siete u ocho semanas de nacido.

Lo sujeto contra mi pecho mientras intento dilucidar qué diablos hace un perro en la cocina. Algunos de los periódicos están oscurecidos, orinados. En el piso, entre la mesa y la encimera, hay un plato con comida para perro y, en torno a él, croquetitas dispersas por todas partes.

Pongo al perrito en su caja, desecho los periódicos orinados, limpio el piso, vuelvo a cubrirlo con periódicos limpios y me pongo a buscar por el departamento alguna nota de Nate que explique el origen del perro. No encuentro nada. Le marco a Nate por teléfono, pero su celular está apagado. Lo llamo al trabajo en caso de que no haya salido todavía, pero nadie me contesta. Por lo demás, sería ilógico que Nate hubiera traído un animal al departamento en algún momento de la tarde y luego hubiera vuelto a la oficina a terminar su jornada.

De algo estoy seguro: cuando salí a trabajar esta mañana, no teníamos animales en casa.

Me cruza por la mente la posibilidad de que el cachorrito sea de Frank, nuestro casero. Él también tiene llaves del departamento y un perrito —César; insufrible— que lleva a todas partes. Eso no explica, sin embargo, por qué Frank habría entrado a nuestra casa para dejarnos un perro en la cocina.

El cachorro comienza a llorar otra vez, inconsolable. Lo saco de su caja y lo llevo conmigo a la sala. Me siento en el sofá y lo pongo sobre mis muslos. Tras unos segundos de inestabilidad y confusión, decide acostarse en mi regazo. Lo acaricio en la frente con mi pulgar. El cachorro gime contento; cierra los ojos y se queda dormido al instante con la punta de la lengua fuera.

Se trata, supongo, de un regalo de Nate: un regalo de tregua, de apaciguamiento. Hay parejas heterosexuales que, con la intención de resolver sus conflictos en el matrimonio, deciden tener un bebé.

Nuestro contrato de alquiler estipula que no podemos tener animales, pero, en últimas fechas, los detalles de la vida —de la viabilidad de todas las cosas— se le han escapado a Nate. Me pregunto si Frank nos dejaría quedárnoslo. Es improbable. También sería inútil intentar ocultarle el perro: Frank entra al departamento a cada rato, sin previa notificación, con el pretexto de revisar algún tubo, algún marco de ventana supuestamente averiado. Creo que es por ver a Nate.

Como sea, es imposible tomar decisiones —por ejemplo, el nombre del perro, que bien podría ser Tobías, en homenaje al de mi infancia; *Tobias*, incluso, sin acento, pronunciado en inglés, ya que el perro es un gringo güero— hasta que Nate vuelva a casa y me explique cómo llegó el cachorrito a la cocina; qué espera que hagamos con él.

Me da tristeza la idea de dejarlo solo en el departamento durante el día. Por fortuna, en este país hay gente cuya profesión es la de cuidar perros; llevarlos a pasear. Habría que comprarle juguetes masticables y una cama apropiada para mascota. A dos cuadras de aquí hay un veterinario, para que le ponga las vacunas necesarias y nos diga qué darle de comer.

Levanto al cachorro y me acuesto con él en el piso de la sala. Me lo pongo sobre el pecho. Se acerca para lamerme la cara, pero la tela de mi camisa lo hace resbalarse y caer al piso de sopetón. Me incorporo consternado, pero el cachorro ya está otra vez de pie, impertérrito. Se separa un par de metros, levanta la cola, pone la espalda cóncava, da un ladrido soprano y embiste contra mí. Forcejeamos un rato. Me doy por vencido y dejo que me lama la cara. Luego, sc mea junto a mi oreja.

No sé en qué momento debe uno comenzar a darle periodicazos a los perros —quién sabe, siquiera, si ese método didáctico continúe vigente—, pero la idea de pegarle a este cachorrito me parece monstruosa. Le digo "¡No, Tobias, no!", pero al perro le da igual. Me ladra divertido. Quiere volver al juego.

Después de limpiar el piso de la sala y combatir con Tobias otro rato —este perrito es incansable—, le marco de nuevo a Nate a su celular. Continúa apagado. Comienzo a hacer planes de contingencia, en caso de que Nate no venga a dormir: no puedo faltar al trabajo mañana por quedarme a cuidar al perrito; tampoco puedo llevarlo a la oficina. Tobias tendrá que estar solo unas horas, hasta que vuelva Nate a casa. Reviso que haya suficiente comida en la bolsa de croquetas; suficientes periódicos limpios.

A la hora de irme a acostar, pongo la caja de Tobias junto a la cama, de mi lado. Hago el fondo de la caja lo más mullido que puedo, con periódicos y trapos viejos. Meto a Tobias en la caja. En cuanto apago las luces, el perrito empieza a gemir, desahuciado. Extiendo el brazo izquierdo hasta tocar su cabeza. Tobias se tranquiliza. Comienza a morderme el dedo índice. Sé que uno no debe dejar que los cachorros hagan esto, para que, de grandes, con dientes y colmillos de adulto, no tengan el hábito de morder a la gente, ni siquiera con espíritu lúdico. Sin embargo, en este momento me da igual. Pobre Tobias, que haga lo que quiera: bastante ha sufrido ya.

Así nos quedamos dormidos.

En la mañana le sirvo comida de la bolsa de croquetas, lavo el plato de agua y lo relleno con agua fresca, extiendo una capa adicional de periódicos secos sobre el piso de la cocina y pongo una toalla frente a la encimera por si Tobias tiene ganas de morder algo. Ojalá ayer hubiera tenido la idea previsora de salir a comprarle unos juguetes. Prendo una radio vieja que tenemos en la alacena y sintonizo una estación de música clásica, para que le haga compañía. Levanto a Tobias, le prometo que su otro papá va a volver pronto, le doy un beso justo arriba de los ojos, lo pongo a media cocina, cierro la puerta de vaivén y me salgo del departamento lo más rápido que puedo, con el corazón horadado.

Al rato de haber llegado a la oficina, le marco a Nate a su celular. Está ahora encendido, pero Nate no contesta: la llamada se va al correo de voz. Cuando escucho el *bip* que indica el momento de dejar un mensaje, no sé qué decir, por dónde empezar: el perro, la trasnochada de Nate; por qué no me contesta, por qué no se ha comunicado. Tras unos segundos atónitos, digo solo, en voz neutra, sin rencor o enojo, para animarlo a que me llame, para al menos no disuadirlo:

—Soy yo; márcame.

Al mediodía no he recibido noticias suyas. Voy a la oficina de Ted, pero no lo encuentro: ya salió a almorzar. Vuelvo a mi oficina y le envío un mensaje: me siento terrible, creo que tengo fiebre, me voy a casa. Afuera del edificio de la editorial, busco un taxi para llegar al departamento lo más pronto posible, pero todos pasan ocupados. Tomo el tranvía que, en días como este, cuando uno tiene prisa, es particularmente lento, con su pinche traqueteo y campanita histórica. No hay asientos; voy de pie en el pasillo, junto a una familia de turistas teutones que se ríe a carcajadas. Siento un impulso de gritarles, de darle a cada miembro de la familia una buena

251

bofetada, una bofetada sonora: sus risas me parecen inapropiadas, completamente extemporáneas, porque en el fondo estoy convencido, sin poder explicármelo, de que Tobias, nuestra mascota, nuestro cachorrito, está muerto a media cocina.

Entro al departamento y Nate se sobresalta.

—¿Qué haces aquí? —me pregunta.

Desde el pasillo de la entrada, recorro el departamento con la vista: la recámara, la sala, el baño.

—¿Dónde está? —le pregunto.

Paso a su lado y entro a la cocina. La encuentro cabalmente limpia: no hay olor a establo, ni periódicos, ni orina, ni comida para perro. No hay perro. Huele a desinfectante.

—¿Dónde está quién?

—El cachorrito, Nate. ¿Dónde está el cachorrito?

—Ah —responde, como si nada—. Se lo llevaron.

—¿Cómo que se lo llevaron? ¿Quién se lo llevó?

—Su dueño. Es de un amigo.

Me quedo helado, sin saber qué decir, qué más preguntar. No entiendo nada. Pienso: "Es una mentira. Está muerto. Lo dejaste morir".

Me siento en el sofá de la sala. Siento basca; que el techo del edificio se me viene encima.

Nate se acerca y se pone en cuclillas frente a mí. Me pone las manos en las piernas.

—¿Por qué lloras? —me pregunta con voz blanda; preocupado.

Nunca me había visto así.

No respondo. Quién sabe, en realidad, por qué lloro. La sensación física —el dolor de estómago, las náuseas, el corazón raudo— no corresponde con las lágrimas. Pero ahí están: fluyen imparables. Tengo la nariz llena de mocos y apenas puedo respirar.

Nate se pone de pie. Me abraza. Reclina su cabeza sobre la mía.

—No llores, Gato, el perrito está bien; está en su casa. No sabía siquiera que te gustaran los perros. Podemos comprar otro, si tú quieres; uno idéntico. Por favor no llores.

Comienzo a desnudarlo. No es por ganas de coger; al menos no se trata de excitación pura. En los últimos meses, el sexo con Nate se ha convertido en un intento infructuoso de apropiármelo. Nate se deja; participa con cierta pasividad, sin proponer actos o posiciones.

Coopera.

Nos besamos. Busco en su cuello rastros del olor de antes —el olor a hierba mojada—, pero no los encuentro. Le quito la camiseta. Hurgo con mi lengua en sus axilas; en torno a sus pezones. El cuerpo de Nate no responde a mi tacto como lo hacía antes: apenas reacciona.

Me pongo de rodillas y le bajo los *jeans*. No trae ropa interior. Tiene la verga casi completamente flácida. Me encabrono. Tomo una nalga con cada mano y las comprimo con fuerza, para causarle dolor. Nate da un respingo y dice "auch", pero se deja hacer. Me pongo su pito en la boca para obligarlo a endurecerse. El pito me sabe mal, como a beso con aliento mañanero. Es, creo, el sabor de la saliva seca; de la saliva de alguien más. Asqueado, vuelvo a comprimir las nalgas de Nate hasta escuchar una nueva interjección, pero no dejo de mamarle la verga, obseso con ponerla dura. Cuando entiendo que mi empeño es inútil, me pongo de pie —todavía repugnado por el sabor de su pito—, empujo a Nate hacia la cama y me lo cojo.

La editorial organiza un grupo focal con académicos de varias universidades de California para evaluar las opiniones acerca de *Travesías del español*. El capítulo más comentado es el último: el de las guerras, la discriminación, el terrorismo. Con muy pocas excepciones, los participantes del grupo focal opinan que se trata de un capítulo "atrevido", *daring*. Lo dicen a manera de elogio. Como consecuencia, seis coordinadores de lengua adoptan *in situ* el libro de texto para sus universidades.

Ted recibe un ascenso por sus "estándares ejemplares de excelencia editorial".

—Hicimos un buen trabajo, muchacho —me dice.

Sean y Nancy dan por sentado que también yo recibí un ascenso y vienen a mi oficina a felicitarme. No los desmiento. En el fondo, me da casi igual. Pienso: "Es probable que en cuestión de semanas ya no esté aquí".

El Departamento de Ciencias Políticas de la Universidad de Berkeley invita a Fadi a formar parte de un panel sobre el intervencionismo estadounidense en el Medio Oriente. Le pido que venga una noche antes, que se quede con nosotros en San Francisco; tenemos un sofá cómodo. El día de su llegada, lo espero en la escalinata del departamento. Cuando llega, en vez de mostrarle el interior, abro la puerta, dejo su maleta en el pasillo y me lo llevo a pasear por la ciudad antes de que Nate vuelva del trabajo.

Caminamos un rato por Castro. Luego, bajamos por la calle dieciocho hasta Dolores Park. Ahí ascendemos a la cima del parque, que está en la intersección de las calles veinte y Church. A media subida, le muestro la escultura de Miguel Hidalgo, de quien —sorprendentemente— ha escuchado antes. Bajamos por la calle Dolores. Del lado este del parque hay un grupo pequeño de palmeras que me gusta mucho, dispuestas en círculo, como en concejo, con una palmera al centro. No sé a quién se le ocurrió plantarlas en San Francisco; están fuera de lugar en este clima, pero han prosperado sobremanera. Cuando acabamos de rodear el parque, le propongo a Fadi un trago en el Pilsner, que está a tres cuadras.

En el bar, compramos cervezas de barril y nos salimos al patio de atrás para beberlas. A esta hora, el patio está vacío. Le pido a Fadi que me ponga al día con respecto a Layla, Haas y Arturo; le pregunto acerca de su tesis y me dice que, ahora sí, está por terminar las correcciones, que tiene una entrevista de trabajo en la Universidad de Nueva York la próxima semana. Nos acabamos la primera cerveza, entro al bar para comprar otra y cuando vuelvo con los tarros, Fadi me pregunta qué onda contigo, *what's up with you*.

Había considerado la posibilidad de pedirle algún consejo; una opinión objetiva acerca de los problemas en mi vida, en mi pareja, cómo ayudar a Nate. De hacerlo, había decidido ser selectivo con la información, en parte por reserva —porque no he discutido con Fadi los detalles de mis andanzas sexuales o amorosas a partir de que conocí a Nate—, pero sobre todo por vergüenza: me cuesta trabajo pensar en el estado de las cosas sin sentirme ridículo, disminuido. Sin embargo, en cuanto empiezo a hablar, las palabras me salen sin tapujos. Le cuento del abuso de las drogas: metanfetamina cristalizada, quizá, aunque Nate lo niega; las noches que ha pasado fuera, mi incertidumbre constante; el trabajo lateral de prostituto de cuando Nate vivía en Chicago y el fajo de billetes que, misteriosamente, ha vuelto a ensancharse, de manera formidable, en las últimas semanas. Le narro las conversaciones que tenemos cuando Nate está sobrio; las manifestaciones de arrepentimiento, cada vez menos verosímiles. Le cuento la historia del perrito; pobre animal, dónde estará, con quién. Le digo que me preocupa el riesgo de infección; que nos infectemos ambos. Le describo el llanto de Nate; sus súplicas, las conexiones que hace con su infancia para explicar su conducta irresponsable. Le enlisto las promesas hechas; las promesas rotas. El plan de acción: terapia de pareja, en cuanto lo apruebe el seguro médico. Aprovecho para quejarme también del exceso de plantas; de la volatilidad de sus obsesiones de limpieza y orden, que —por cierto— van en declive; del desnudo neoclásico de tan mal gusto que adorna nuestra sala.

—Si le doy una puñalada al retrato al óleo de Nate, ¿crees que sea Nate el que se muera? —le pregunto.

Fadi no se ríe. Me mira boquiabierto, consternado, como si fuese yo una copa de cristal al borde de la mesa. Alguien deme un codazo.

—No lo puedo creer —dice—. ¿Por qué no me habías dicho nada?

Lo pondero un rato. Pienso: "Porque me siento humillado, Fadi; porque me siento responsable de la situación. Más que nada, porque no quiero que me digas que tengo que empacar mis cosas y salirme de casa; dejar a Nate esta misma noche, dejarlo para siempre. Porque sé que tal vez sea esa la única alternativa sensata, viable, y es la única respuesta que no quiero escuchar". Le digo, en cambio:

—No sé, Fadi. Quizá por lo que pasó aquella noche en Chicago, cuando te visité por primera vez: la confesión que me hiciste. Me cuesta trabajo hablar contigo de estas cosas. No quiero incomodarte.

Fadi se pone una mano en la frente y cierra los ojos, como para implorar paciencia celestial y hacer evidente que está en presencia de un bruto. Se toca las sienes con los dedos; se las soba un poco.

—Mira —dice con voz templada, como se les explica a los niños que están en pleno berrinche porque no pueden apropiarse de juguetes ajenos o comerse el chocolate en vez de la merienda; los niños que nunca entienden nada—, estás pasando por un momento difícil, atroz, y quiero ser compasivo, pero es momento de que te haga saber un par de cosas. Ante todo, y lo digo porque te quiero mucho, con la intención de esclarecer lo que sucedió; no para insultarte, aunque honestamente lo tienes merecido, ante todo, quiero decirte que eres la persona más narcisista que he conocido en mi vida. Y mira que Layla ha sido una presencia constante desde mi infancia. Pero tú le ganas; eres mucho peor: tu ego no tiene fondo.

Fadi guarda silencio, a la espera de que yo responda. No sé, sin embargo, qué decir. No es lo que esperaba escuchar en boca de mi amigo, menos aún tras haberle descrito a corazón abierto el *statu quo* de mi vida en pareja; las tribulaciones.

—No entiendo, Fadi. ¿Por qué me dices esas cosas? *What's your point?*

Mi amigo respira hondo. Bebe un trago largo de cerveza. Continúa:

—Esa noche en Chicago te expresé mis sentimientos, de acuerdo. Sin embargo, en ningún momento declaré que fueran románticos. Te dije que te quería mucho, que eras una persona especial, que deseaba tenerte en mi vida para siempre. No se trataba de una declaración apasionada. Te lo dije porque quería que lo supieras: no eres solo un conocido más —un amigo a distancia—, sino una de las personas más importantes para mí.

Fadi hace otra pausa. Tiene un poco de espuma en el labio inferior; no sé si de rabia o de cerveza. Considero advertírselo, pero justo entonces se limpia la boca con el dorso de la mano.

—Muchas gracias, Fadi, yo también…

—Esa era mi única intención —me interrumpe—. Pero tú elegiste interpretarlo a tu manera.

Y como no me dejaste aclarar mis palabras esa noche, te lo digo hoy, para evitar un nuevo malentendido: nunca me has interesado sexualmente, ni siquiera un poquito.

Me siento avergonzado. Durante un instante se me figura que Fadi va a sacar a colación la noche en que dormimos juntos en su cama; la noche en que, embriagado por la mota, el alcohol y la velada con sus amigos, intenté meterle mano. Cada vez que recuerdo su sorpresa, su rechazo, la humillación me mata un poco. Por fortuna, Fadi no menciona el tan ominoso suceso.

—Aquella noche, cuando te hablé de mis sentimientos, me dolió mucho que no me dejaras explicarte el sentido de mis palabras. Intenté hacerlo varias veces; ahí mismo, en el restaurante, y luego a lo largo del fin de semana. Incluso en el antro, cuando nos tomamos las pastillas. Pensé que sería el momento perfecto de dejar todo en claro, pero eres tan ególatra, que ni siquiera me diste oportunidad de abrir la boca.

—Recuerdo el momento exacto, Fadi. Tú estabas sentado...

—Luego conociste a Nate —me interrumpe otra vez, con la voz cada vez más alzada—. A partir de entonces, la posibilidad de tener una conversación sensata contigo se cerró por completo. Cualquier cosa que te hubiera dicho en ese momento lo habrías interpretado como un insulto a Nate, a tu relación.

Quisiera que Fadi dejara de hablar. Miro el piso, a los clientes que están dentro del establecimiento.

No deseo enterarme de nada más. Fadi, sin embargo, me pone una mano en el hombro a manera de énfasis, para recuperar mi atención.

—Déjame que te revele algo: me enteré de que Nate era prostituto la misma noche en que me lo presentaste en el antro. Arturo me lo dijo: él y Haas lo habían contratado en alguna ocasión, uno o dos años antes. Nate, por supuesto, no se acordó de ellos o fingió no recordarlos. Pero su anuncio estaba en todos los sitios de internet imaginables; en todas las publicaciones gay de Chicago. Opté por no contártelo durante tu visita, en parte porque me da igual —en contra de lo que puedas creer, no tengo prejuicios morales al respecto—, pero sobre todo porque, en boca mía, habrías interpretado la información como un intento de echar por tierra a Nate; tu relación con él. Ya de por sí estabas convencido de que yo te amaba desesperadamente.

Un grupo de cuatro amigos sale al patio. Dos de ellos se sientan en la banca que está a nuestra izquierda, los otros permanecen de pie. Encienden un cigarro de mota. Cuando todos en el grupo han tenido oportunidad de darle un toque, uno de ellos extiende el brazo para ofrecerme el porro. Lo considero un segundo y luego le digo que no, muchas gracias. Ensimismado, Fadi no ha advertido su presencia.

—Fadi, lo siento mucho —le digo en voz baja—. No sé qué decir. Me siento como un idiota.

No me responde; quién sabe si me escuchó. Tiene la mirada fija en un punto indeterminado; el ceño caviloso. Después de un rato, continúa:

—Sé que, desde el momento en que conociste a Nate, te convenciste de que existe algún tipo de animosidad entre él y yo, al menos por parte mía. Estás equivocado. No ha habido siquiera ocasión de que lo conozca a fondo; apenas he hablado con él. Quizá ahora, tras lo que me contaste, mis sentimientos hacia Nate no sean particularmente benévolos. Sin embargo, en aquel entonces, mi enojo no era con él, sino contigo. De hecho, me dio un gusto inmenso cuando te vi tan feliz, tan enamorado.

—¿Entonces por qué me pediste la última vez que fuera a visitarte yo solo, sin Nate?

—Porque quería restaurar nuestra amistad; hacerte saber todo esto. Con Nate al lado, habría sido imposible comunicarte que, francamente, me estabas tratando muy mal. Por ejemplo, me dolió mucho que el verano pasado cancelaras nuestros planes de viaje a Beirut. Los habíamos hecho con un año de antelación. Tenía muchas ganas de llevarte, de mostrártela; mis parientes te esperaban. Pero cancelaste los planes sin más —sin proponer siquiera otra fecha— y no volviste a mencionar el viaje.

El patio está ahora más lleno de gente; clientes que reconozco de otras veces en que he venido a este bar. Un tipo que va a mi gimnasio, con quien nunca he hablado, se acerca contento a saludarme, como si fuéramos grandes amigos. ¿Cómo estás? ¿Qué te has hecho? ¿Dónde está tu novio? Le digo que no está aquí, que está en casa, y al instante pierde el interés. "Bueno, nos vemos en el gimnasio", dice y se va al otro lado del patio.

Fadi tuerce los ojos, divertido.

Le pongo una mano en la nuca.

—Perdón, Fadi. Soy un imbécil.

—Estoy de acuerdo —sonríe—, pero aun así te quiero mucho. Me duele que tengas problemas en tu relación y que en todo este tiempo hayas creído que no podías contar con mi apoyo.

Me siento, de pronto, agotado. Podría echarme a dormir en una de las bancas del bar.

—¿Qué voy a hacer, Fadi?

—No sé —me dice, con una sonrisa triste—. No tengo respuesta que ofrecerte. Te puedo apoyar en lo que quieras, pero solo tú sabes si los problemas de Nate tienen solución; si te corresponde a ti solucionarlos. No importa lo que yo te diga o aconseje, porque a final de cuentas vas a hacer lo que tú consideres correcto, necesario.

Fadi me pasa el brazo por encima de los hombros.

—Espero que, al final de todo esto, salgas más o menos ileso, con la frente en alto. En cualquier caso, yo estaré ahí para echarte la mano en lo que quieras; en lo que necesites.

Hace una pausa larga. Luego, me dice al oído:

—Mientras tanto, te voy a pedir un favor muy, muy grande. Se trata de mi único consejo: no vuelvas a tener relaciones sexuales con Nate sin ponerte un condón y vete a hacer la prueba del sida mañana mismo.

Cuando entramos al departamento, las luces están apagadas. Lo primero que pienso es que Nate no está, que no va a volver a casa esta noche, que será otra madrugada de esas. Luego, escucho su ronquido en la recámara: es como el bostezo de un león. Siento un alivio gigantesco.

Enciendo la luz de la sala. Nate puso la maleta de Fadi sobre una mesita. También extendió sábanas y cobijas sobre el sofá. Encima de la almohada hay un recado: *¡Bienvenido, Fadi! Hice un pollo para ustedes. Si tienes hambre, lo puedes encontrar en el recipiente amarillo que está en el refri. También hay fruta. Sírvete lo que quieras. Dejé la cafetera preparada para mañana en la mañana. Estás en tu casa.*

Le muestro el papelito a Fadi, orgulloso, como si el recado fuera toda la indemnización necesaria. Fadi lo lee y me sonríe, pero no dice nada. Me da un abrazo; las buenas noches.

—Nate y yo salimos siempre temprano al trabajo —le susurro—. No te levantes por nosotros; tú descansa. Suerte mañana con tu panel en Berkeley y, sobre todo, con tu entrevista de trabajo en Nueva York.

Paso al baño a hacer pipí y lavarme los dientes, y luego voy a la recámara. El reflejo de la luz de la sala me permite ver el bulto que forma Nate bajo la colcha. Ya no ronca; está despierto: sin decir palabra, alza las cobijas para invitarme a que me meta a la cama de su lado. Nos acurrucamos. Nate me besa la nuca y en cuestión de segundos vuelve a quedarse dormido; a roncar.

A la hora del almuerzo voy a la clínica que está en la calle siete. Un consejero de planta me pregunta por qué quiero hacerme un examen de VIH y, tras explicarle someramente, me dice, en un tono amable, que mi conducta, en efecto, es considerada de alto riesgo. Me sugiere —pero no espera una respuesta; da por sentado que voy a hacerlo— una plétora de exámenes adicionales: gonorrea, clamidia, sífilis.

—¿Has tenido dolor, comezón o algún tipo de roncha en tus genitales en tiempos recientes?

Lo pienso unos segundos. La semana pasada, recuerdo, hubo un día en que tuve que rascarme los testículos a cada rato. Respondo que sí y el consejero agrega el examen de herpes a la lista.

Al final, me explica que, como parte necesaria de la evaluación, tiene que preguntarme si soy víctima de abuso doméstico.

—No —le respondo.

Asiente, creo que con escepticismo. Todo es relativo.

—En el mostrador de la entrada pueden darte folletos acerca de los servicios de asistencia que se ofrecen en la ciudad de San Francisco, en caso de que llegaras a necesitarlos.

Le doy las gracias.

—El abuso doméstico es un tema serio —me advierte.

—Me imagino.

—Muy serio —insiste.

Ambos guardamos silencio unos segundos. Luego, el consejero suspira y me indica que pase al consultorio que está al final del pasillo, donde una enfermera va a aplicarme los exámenes. Cuando estoy por salir de su oficina, me dice:

—Me gusta tu camiseta, por cierto. Tenía una muy parecida cuando era adolescente, *a teenager*, a principios de los ochenta.

Traigo puesta la playera del arcoíris que me compré en Chicago el día en que Nate y yo nos vimos por primera vez, cuando entró al Starbucks de Andersonville, muerto del frío, a comprarse un café.

Hace casi dos años.

—Gracias.

La enfermera lee mi expediente médico con una mano en la mejilla y un gesto que tal vez sea de preocupación. Acto seguido, me saca sangre: dos tubos de ensayo; me mete palitos de plástico con punta de algodón en la boca, el recto y la uretra; me da un contenedor de plástico para que lo lleve al baño y orine dentro. Al volver, me dice:

—Todo listo, *sweetie*, pasa a la recepción para que te den nueva cita.

El tono de su voz se me figura compasivo, como si ella supiera algo de lo que yo todavía no estoy enterado.

Tengo que volver por los resultados de los exámenes en una semana; el próximo viernes.

Odio profundo por la gente que pide permiso para hacer una pregunta estúpida y por la gente que responde que tal cosa no existe; tú pregunta; sonrisita alentadora. Odio por la gente que sugiere el uso de una etiqueta adhesiva sobre el pecho para que todos en el grupo puedan identificarse con su nombre. Odio por la gente que trae donas o pastelitos a la primera junta editorial del día para ganarse el afecto de los concurrentes. Odio por la gente que se define con una sola característica y a cada rato la recalca para convencerse de su veracidad: "¡Siempre lloro en las películas!" o "¡Soy muy espontánea!" o "¡Tengo un sentido del humor muy seco!" Odio por la gente que confunde *irónico* con *sarcástico*. Odio por la gente que se sube al autobús por la puerta de atrás; que se baja por la puerta delantera. Odio por la gente con caspa, con mugre bajo las uñas; la gente que sorbe el café o hace ruido al masticar. Odio por la gente que le pregunta a uno si vio el partido de anoche, que es la misma gente que se ríe con los comerciales de la tele. Odio por la gente que se sale del cine a media película. Odio por la gente que te dice, con orgullo camuflado de vergüenza, que jamás en su vida ha leído un libro. Odio por la gente que se ríe como matraca cuando alguien se tropieza. Odio por la gente que habla por teléfono en los baños públicos, mientras orina. Odio por la gente que te cuenta cómo ha cambiado su vida gracias al yoga. Odio por la gente que lleva ropa con emblemas de equipos deportivos. Odio por la gente que pide cafés de diseño estrambótico para manifestar su individualidad. Odio por los meseros de este país, que te traen la factura antes de que acabes de comer: "Aquí les dejo la cuenta... cuando estén listos". Odio también por los meseros que te traen el café junto con el postre. Odio por la gente que, antes de entrar al elevador, pregunta si va para abajo. Odio por la gente que usa el elevador para subir un solo piso. Odio por la gente que proclama, sin que nadie le pregunte, sus creencias religiosas. Odio por los que te dicen, con presunción, que son ateos, como si se tratara de un logro personal. Odio por la gente que les pone suéteres a sus perros. Odio por los vegetarianos, los veganos y los que dicen tenerles alergia a los cacahuates. Odio por la gente que camina a medio pasillo. Odio por los extrovertidos que creen que todos en la fiesta deberían ser como ellos: "¡Anda, baila, diviértete!" Odio por la gente que empieza las conversaciones con un comentario acerca del clima. Odio por la gente que te dice, con aire de superioridad, que sus abuelos son de España. Odio por la gente que interrumpe tu lectura en el tranvía para hacerte preguntas sobre tu libro; para paliar su soledad. Odio por la gente que respira como fuelle. Odio por la gente que aúlla al bostezar. Odio por los cajeros del supermercado que opinan acerca de tus compras: "¡Este cereal es también mi favorito!" Odio por los gordos que agitan los brazos al andar y por los flacos que caminan encorvados. Odio por la gente que no te da los buenos días y por la gente que te los da. Odio por los chinos que se cortan las uñas en el transporte público, por los latinos que se detestan tanto que votan por el partido republicano, por los negros que hablan a un volumen dinamita y por los blancos que conversan a un volumen medroso, de roedor: gringos blandengues de educación protestante que hacen con las palabras lo que los conejos con las zanahorias.

Más que nada, un odio a mí mismo; un odio insondable: imbécil, esperpento, insufrible, inútil, pendejo.

En Chicago es dos horas más tarde que en San Francisco. Cuando llamo a Abigail, es la una y media de la mañana allá: Abigail ya estaba dormida. Debe de haber visto nuestro número de teléfono en la pantalla, porque contesta, adormilada:

—Hola, *love*. ¿Todo bien?

Piensa que es Nate quien la llama.

—Perdón por la hora, Abby —le digo—. Tengo que hablar contigo.

Me despierto de madrugada, sobresaltado, por causa de un estrépito en el pasillo o en la sala, como si a alguien se le hubiera caído una caja de herramientas. Me levanto a investigar y no encuentro nada. En tiempos recientes me sucede esto con frecuencia: escucho, mientras duermo, ruidos que no existen. Se trata de un efecto secundario, acumulativo, del somnífero. Hay veces también en que abro los ojos a media noche y veo, durante unos segundos aterradores, la figura de una persona junto a la cama; una figura que me observa. A veces grito, otras veces el miedo me forma un tapón en la garganta. Cuando tengo alucinaciones de este tipo —"sueños vívidos", de acuerdo con la hoja médica que viene dentro de la caja del fármaco— el susto es tan grande, que rara vez vuelvo a quedarme dormido.

Nate ronca de su lado del colchón. No sé a qué hora regresó. No lo sentí llegar. Mi llamada con Abigail —lloró mucho, la pobre— terminó a eso de la una y media de San Francisco; yo me fui a dormir poco después, atarantado por el efecto del somnífero.

Son las cinco de la mañana. Vuelvo a la cama y cierro los ojos, pero me doy por vencido a los pocos minutos: me tiene inquieto la incertidumbre de lo que va a suceder, ahora que Abigail está enterada de la condición de Nate, cada vez más fuera de control.

—Creo que lo mejor es que vaya a San Francisco —me dijo hacia el fin de la llamada, con voz de alguien a quien le queda mucho por llorar—. Voy a cancelarles a mis pacientes del viernes e irme a pasar un par de días con ustedes, cuando menos.

Al final, no decidimos si es mejor que Abigail le advierta a Nate, con antelación, la causa de su viaje, o si es preferible tomarlo desprevenido. Abigail cree que ocultarle los motivos de su visita a Nate es una forma de traicionar su amistad; obsequiarle un motivo a Nate para que reaccione negativamente. Yo, por el contrario, me inclino por el elemento sorpresa: me preocupa que en los próximos tres días —hoy es martes apenas—, con tal de evitar el enfrentamiento (en el campo profesional de Nate y Abigail lo llaman "intervención en drogodependencia", aunque no sé si la visita de Abigail para hablar con Nate constituya tal proceso), Nate se enfurezca o acobarde y elija desaparecer del todo.

Completamente despabilado, sin poder dormir más, decido irme temprano al trabajo. Llego a la oficina minutos antes de las seis. No hay nadie más en todo el piso; el equipo de limpieza termina a las cinco y media. En semanas recientes, tras noches insomnes, me los he encontrado algunas veces hacia el final de su jornada.

Dejo mi mochila sobre mi escritorio y voy a prepararme un café. Mientras se calienta y filtra el agua, enciendo la tele con el control remoto. El canal de noticias anuncia, en vivo, algún tipo de accidente: de la parte superior de un rascacielos salen grandes nubes de humo negro. Agitados, los presentadores de noticias —un hombre y una mujer— reportan que, hace unos quince minutos, un avión se estrelló contra el edificio.

—Testigos dicen haber visto el momento en que el avión se colisionó, tal vez intencionalmente, contra una de las torres del World Trade Center.

Justo entonces entra otro avión por el lado derecho de la pantalla y se estrella contra la misma torre, o una torre que está detrás, es difícil saberlo desde este ángulo. Del edificio sale una bola enorme de fuego; se expande, se eleva, florece anaranjada. La reportera gime; dice: "Oh, Dios".

Ambos edificios simulan volcanes activos; la fumarola de la torre que recibió el segundo impacto inicia unos diez o veinte pisos más abajo que la otra. Las bocanadas de humo se concentran en un punto intermedio entre ambos rascacielos; luego se dispersan, en nubes perezosas, hacia la izquierda.

La cámara cierra el foco sobre el costado más visible de una de las torres. De cerca puede verse el fuego que se escapa, como un grito colérico, por entre las estrías de metal. El socavón del impacto se me figura la boca de un pugilista que perdió la pelea.

Entrevistan a una mujer en la calle. Tiene la cara cubierta de sangre y polvo. Atrás de ella, los ciudadanos de Nueva York corren despavoridos en dirección opuesta a las torres. La testigo dice que vio a gente caer por las ventanas, desde los pisos superiores del edificio; docenas de personas.

—Vi a dos figuras brincar tomadas de la mano.

Al momento de decir esto se le va la voz por completo y comienza a llorar: uno de esos llantos tan hondos y vehementes que no producen sonido alguno.

Los presentadores de noticias anuncian que un tercer avión acaba de chocar contra el Pentágono. Si bien antes habían especulado acerca del motivo de las colisiones, ahora lo dicen abiertamente: se trata —no queda ya la menor duda— de ataques terroristas coordinados.

No hay, por lo pronto, video disponible del tercer choque. La imagen corta a una esquina llameante de una de las torres, la segunda en recibir el impacto. De pronto, uno de los costados se sume un poco, se tuerce como tornillo hacia la derecha y queda, en un instante, cubierto por una nube gigantesca de humo. De la nube brotan, furiosos, pedazos de edificio.

La torre se colapsa; desaparece en cuestión de segundos. Deja, en su sitio, un nubarrón vertical.

Pánico, gritos, sangre; peor que antes. "Miles de policías y bomberos…", dice una reportera.

A los pocos minutos anuncian que un cuarto avión se estrelló en el estado de Pensilvania. No se sabe aún cuál fue su blanco; algunos reportes no confirmados dicen que chocó en el medio de la nada.

—Podría tratarse de un accidente no relacionado con los ataques —comentan los presentadores de noticias—. Mientras tanto, ya evacuaron la Casa Blanca y las secciones del Pentágono que no quedaron dañadas. El presidente está en Florida, a salvo.

Los presentadores no comentan la posibilidad de que la otra torre se desplome también. El impacto del avión en este edificio ocurrió bastante más arriba; quizá este hecho lo salve del derrumbe total.

—¿Qué hacemos ahora? —pregunta el presentador—. ¿Cómo responde uno ante toda esta destrucción? ¿Qué va a pasar mañana?

Media hora después que su hermana gemela, la otra torre, la víctima del primer avionazo, se colapsa también.

Pum.

Los presentadores la miran desplomarse sin decir palabra. La nube de humo gris forma una coliflor podrida sobre el sur de la isla.

La reportera rompe el silencio:

—Devastador —es todo lo que puede decir.

Donde antes había dos rascacielos ahora no hay nada más que polvo, cascajo y muerte. Es el truco de magia más cruel del mundo.

De pronto, recuerdo con horror que Fadi está en Nueva York. Fue a su entrevista de trabajo. Le marco a su teléfono celular. La llamada no entra: se queda colgada en el aire, indecisa. Imagino lo peor: Fadi no puede contestar porque está apachurrado, destripado como jitomate, bajo una viga de acero. Durante las próximas horas le marco cada cinco, diez minutos, sin conseguir que se establezca una conexión. Finalmente, a eso de las cuatro, el teléfono, en vez de ofrecerme un silencio enervante, comienza a sonar ocupado. El cambio de estatus representa, creo, una buena señal: una señal de vida. Intento marcarle otra vez; diez veces más. Al fin, después de dos horas, Fadi contesta el teléfono. Dice mi nombre y, al instante, se corta la llamada. Marco su número de nuevo, pero la línea no vuelve a conectarse.

No importa; me quedo más o menos despreocupado: Fadi, al menos, no está muerto.

Los siguientes días son de depresión colectiva. Los estadunidenses se esfuerzan por volver a su rutina cotidiana, pero en todas partes se escucha a la gente conversar acerca de los ataques terroristas. Las noticias no hablan de otra cosa; entrevistan a expertos en distintos campos, a senadores y diputados, a testigos y sobrevivientes. Transmiten video del impacto del segundo avión, tomado desde distintos ángulos; imágenes heroicas de bomberos y policías; montañas de concreto y acero desfigurado. En el cuarto de recreaciones de la oficina, alguien adhiere al muro una hoja tomada de una revista: un dibujo de la Estatua de la Libertad, quien, sentada en su pedestal en la isla de Ellis, llora inconsolable.

Aflora, en todo el país, un patriotismo empático. La gente cuelga banderas de Estados Unidos de las cornisas de sus ventanas. ¿Quién pudo haber hecho esto?, se preguntan todos. Las conjeturas producen desconsuelo en algunos, rabia en otros.

La mitad del país quiere venganza; quiere guerra.

El viernes, en cuanto salgo del trabajo, voy a la clínica de la calle siete a recoger los resultados de mis exámenes. Le entrego a la recepcionista la tarjeta con el código que me dieron la semana pasada. La recepcionista masca su chicle y busca el número en un legajo de hojas engrapadas. Cada hoja tiene tres columnas. Algunos de los códigos están suprimidos con trazos ondulantes de tinta azul; otros, resaltados con marcador amarillo. La recepcionista escudriña las columnas, de arriba abajo, con la ayuda de una uña de acrílico larga, morada. Hurga en cada columna un par de veces. No encuentra mi código. Masca otro poco su chicle y luego saca de un cajón una hoja con una lista más corta. Busca el número ahí; tampoco lo encuentra. Se rasca la cabeza con la uña postiza, mete ambas listas al cajón y, sin decir palabra, se pone de pie y desaparece por una puerta lateral. La escucho consultar a otra persona en voz muy baja. Al minuto, vuelve al escritorio de la recepción y me dice:

—Lo siento mucho, no tenemos los resultados todavía. El laboratorio está atrasado. Vuelva el lunes o el martes, por favor.

Tengo las palmas de las manos sudadas. Veo puntitos de luz que flotan en el aire.

—Disculpe —le digo. La voz me sale fúnebre—: sé que, cuando los resultados de un examen son positivos, el laboratorio hace otro examen de seguimiento, para corroborar. ¿Me puede decir si es ese el caso? ¿Es por eso que mis resultados no están disponibles todavía? ¿Salieron positivos?

La recepcionista me mira consternada. Me asegura que no tiene acceso a ese tipo de información; solo sé que los resultados no están aquí; siéntese, por favor, está usted pálido; puedo llamar a la enfermera de guardia.

—No es necesario, muchas gracias.

Llamo a Nate con mi teléfono nuevo —no lo he usado más que cinco o seis veces desde que lo compré; mi directorio apenas tiene una docena de números— y le dejo un mensaje de voz para pedirle que me encuentre en el Eagle cuando salga de su última cita. Lo llamo a su celular: desde hace algún tiempo, me ha preocupado que alguien más responda en su oficina y me anuncie que Nate ya no es empleado de la organización.

La oficina en la que trabaja Nate está a dos calles del bar. Nate llega unos minutos después de su hora acostumbrada de salida. Para mi gran alivio, viene vestido con camisa, pantalones oscuros y zapatos formales, de acuerdo con el código *business casual*, que es el que se requiere en New Horizons —la organización no gubernamental en la que trabaja— y no de acuerdo con el código puteril, que es bastante más laxo.

Me saluda con un beso precipitado en los labios y luego me mira con desconfianza.

—¿A qué se debe tu visita? ¿Qué haces por estos rumbos?

El error que comete quien hace dos preguntas consecutivas es el de darle la oportunidad a la otra persona de responder, si así lo prefiere, solo la última.

—Fui a la clínica de salud de la calle siete a hacerme un examen del VIH. Más bien, fui a recoger los resultados de unos exámenes que me hice la semana pasada: gonorrea, herpes, clamidia, sífilis… sida.

Nate me mira un poco alarmado.

—¿Y…?

—No estaban listos los resultados. Tengo que volver la próxima semana.

El barman se acerca a tomar nuestra orden y ambos pedimos cerveza. En la televisión que está detrás de la barra hay un partido de beisbol. Miramos la pantalla con interés fingido. Yo ni siquiera entiendo las reglas.

—¿Te dijo Abigail que planeaba venir este fin de semana? ¿Has hablado con ella en los últimos días?

Poco después de los ataques terroristas, la Administración Federal de Aviación ordenó que todos los aviones en el país aterrizaran en el aeropuerto más cercano. El espacio aéreo se mantuvo cerrado durante dos días. Apenas ayer comenzaron a despegar algunos aviones comerciales. Los aeropuertos están repletos de gente ansiosa por ir, por volver; parecen centros de refugiados. La posibilidad de que Abigail pueda tomar un avión en los próximos días es casi nula.

—Sí, he hablado a ratos con ella, durante la tarde, desde la oficina.

Nate no responde la primera pregunta, pero tampoco muestra sorpresa al escuchar que Abigail tenía el propósito de venir. Es posible que, al final, Abigail lo haya alertado con respecto al motivo de su visita, aunque lo dudo mucho: Nate ha estado bastante manso en los últimos días, a pesar de los eventos ocurridos en Nueva York —o por causa de ellos—. Por otra parte, es posible también que Nate simplemente haya adivinado las intenciones de Abigail, dado que su viaje fue anunciado con tan poca antelación.

Estoy cansado de especular; del abuso de puntos suspensivos en el diálogo de nuestra relación.

—¿Te dijo Abigail que yo la llamé? ¿Te dijo por qué iba a venir a San Francisco?

No me responde. Mira el partido de beisbol en la tele como si su vida dependiera de que el bate le diese a la bola. Tiene la mandíbula tensa.

—No podemos seguir así, Nate. Estoy agotado. Tenemos que hacer algo.

Nate alza la mano, dice *"excuse me"* y señala su botella vacía. El barman le trae otra cerveza. Nate le da las gracias y regresa la mirada a la pantalla de la tele.

—Nate, tú lo sabes mejor que nadie: necesitas atención médica.

Algo importante sucede en el partido de beisbol y los comentaristas describen la peripecia del juego con voces fervorosas. El barman y las otras personas sentadas en el cuadrilátero que forma la barra reaccionan con sorpresa y entusiasmo. Nate no responde a los eventos del partido; tampoco me responde a mí.

Se bebe media cerveza de un tirón, pone la botella sobre el posavasos, saca el fajo gordo de billetes de su bolsillo y echa dos billetes sobre la barra.

—Vámonos —dice sin verme—. *Let's go.*

Caminamos hacia el departamento en completo silencio. Nate marca el paso y decide la ruta; en qué calle girar y cuándo cruzar de una acera a la otra. Yo lo sigo; mascota fiel. Subimos hacia Lower Haight por la calle doce, giramos a la izquierda en Page y otra vez a la izquierda en Octavia. Al llegar a la calle Haight, lo tomo de la mano. Nate acepta renuente, con la palma tiesa. Al paso acelerado al que vamos, me es necesario ajustar los dedos a cada rato para mantener el enlace. A dos calles de Fillmore, a tres de la casa, Nate, de súbito, se detiene, libera su mano de la mía y se acerca a la jardinera de un edificio de departamentos que fue construido en el último año. La jardinera tiene helechos que se ven recién plantados. Nate toma sus frondes; los separa con cuidado, los huele, los acaricia. Normalmente, Nate platica con las plantas, pero hoy juega con ellas sin decir palabra. Después de un rato largo, le pregunto:

—¿Nos vamos, Nate?

No me responde. Continúa la exploración de los helechos. Me da la espalda.

El día de hoy estuvo nublado. Ya empieza a anochecer en San Francisco. Aun así, se me figura que el pelo de Nate está reluciente, encendido, como si se hubiera robado todo el sol del día. Su pelo, perfectamente rubio. Las manchitas rosadas de su nuca que jamás volveré a tocar.

—Nate, ¿nos vamos a casa? —le pregunto otra vez, con el llanto atorado en la garganta, aunque ya tengo claro que no va a responderme, que no va a volver conmigo.

Echado de bruces en el piso de la sala, el niño escribe en un cuaderno blanco. Tiene las piernas flexionadas. Compone un poema acerca de una lámpara que solo puede iluminar durante el día.

La madre del niño lo observa desde la cocina con una taza de té entre las manos. No lo dice en voz alta, pero piensa, desde hace tiempo, con gran preocupación y sentimiento de culpa, que su hijo no es lo que esperaba. Hay algo peculiar en él; algo inquietante. Sería más fácil que su hijo fuera de un temple más recio, como los otros niños de su edad.

A la madre del niño le preocupa el futuro de su hijo; su propio futuro.

Mañana, la madre le mostrará el poema a la sicóloga de la escuela, para ver qué puede hacerse, qué puede corregirse. La sicóloga, por el contrario, pensará que el poema es resultado de una mente creativa, con mucho potencial; hay que alentar sus intereses, la sensibilidad de los niños es enorme, pero frágil.

La madre volverá a casa hasta cierto punto insatisfecha; con mal sabor de boca.

Para sorpresa y horror del niño, el poema saldrá publicado, dos semanas más tarde, en la primera plana del periódico estudiantil. Las consecuencias serán terribles para él: los niños de su edad no perdonan esas cosas.

Será el último poema que escriba.

La noche se me fue de las manos de Max Ehrsam
se terminó de imprimir en junio de 2022
en los talleres de
Impresora Tauro, S.A. de C.V.
Av. Año de Juárez 343, col. Granjas San Antonio,
Ciudad de México